LA MALÉDICTION DE LA DÉMONE

CRÉATURES DE L'AUTRE MONDE

BROGAN THOMAS

TRADUCTION PAR
SOPHIE TROFF POUR LITERARY QUEENS

TRADUCTION PAR
MAIWEN HABCHI POUR LITERARY QUEENS

Ebook ASIN : B0DXMNC3N7
Livre de poche ISBN : 978-1-915946-63-8
Couverture rigide ISBN : 978-1-915946-64-5

Traduit par Sophie Troff
Traduit par Maiwen Habchi
Conception de la couverture par Melony Paradise of Paradise Cover Design

WWW.BROGANTHOMAS.COM

Pour mon mari

CHAPITRE UN

UNE FEUILLE TOMBE EN VIREVOLTANT, lui faisant faire un bond de côté comme si un monstre l'avait effleuré. Ses sabots dérapent sur le chemin rural, cherchant désespérément un appui. Mon cœur chavire et en une fraction de seconde, tout mon corps se crispe. *Reste droite, fixe un point devant toi, menton haut, respire. Relaxe.* Je me répète ce mantra en boucle.

Ça ne m'aide pas.

Un seul de nous deux peut paniquer à la fois, et ce n'est jamais mon tour.

Mon moniteur de dressage, le vampire Nuno, nous a envoyés faire le tour du domaine pour nous détendre après la séance de ce matin. Nuno veut qu'on crée des liens. Ha ! Parles-en à la bête qui s'ébroue sous moi. Un rien semble lui ficher la trouille. Je m'efforce de rester droite, souple, de suivre ses mouvements au lieu de me crisper. Mais déjà, je sens mes épaules se tendre et remonter vers mes oreilles. Je souffle un grand coup et m'oblige une fois encore à me détendre.

Son nom officiel est si pompeux que ça me fait rire qu'on l'appelle Pudding à l'écurie. Pudding, quelle blague ! Si on combinait la puissance d'une voiture de course avec la sensibilité d'une bombe à retardement, on n'approcherait même pas de l'énergie endiablée de ce cheval. On dirait qu'il va exploser.

Tout. Le. Temps.

J'adore l'équitation. Mais Pudding, mon nouveau hongre, est… hum… difficile. On n'accroche pas comme je l'espérais. C'est sûrement ma faute ; je préférerais monter Bob, mon gros cob irlandais tout poilu. Lui et moi, on se fait confiance. Ensemble, le dressage ressemble à de la magie. Mais on m'a fermement encouragée à monter un « vrai » cheval de dressage. Et Pudding, avec son pedigree tip-top des deux côtés, est taillé pour la discipline. Sauf qu'il n'est pas taillé pour moi.

La bête sur laquelle je suis perchée secoue la tête et j'ai terriblement envie de descendre. Mais ce serait pire si je mettais pied à terre ; Pudding n'hésiterait pas une seconde à me piétiner. Même si ça ne semble pas évident sur le moment, je sais par expérience que je suis plus en sécurité sur son dos. Je lève les yeux au ciel. Fichu cheval.

Le jour est splendide. La lumière du matin filtre à travers les arbres, dessinant des rayures dorées sur le chemin. Pudding, bien sûr, s'amuse à sauter par-dessus chaque ligne lumineuse. Ouais, je m'éclate. *Pas du tout.*

Reste droite, fixe un point devant toi, menton haut, respire. Relaxe.

Les oiseaux chantent, et ses sabots rythment leur mélodie. Du bout des doigts, je caresse doucement son encolure acajou. Il souffle bruyamment par les naseaux.

Pour la première fois, sa tête et son cou s'assouplissent. Nous nous détendons tous les deux. Je pousse un soupir et, alors qu'un sourire naît sur mes lèvres, un canard surgit d'une haie à notre gauche, battant des ailes avec fracas en émettant un cancan sonore qui résonne.

Toute la haie frémit.

Mes yeux s'écarquillent d'horreur et avant même que l'écho du cri ne s'estompe, le bolide Pudding s'élance, passant de zéro à cent en une fraction de seconde.

Oh, bon sang.

Tirer sur les rênes ? Inutile. Ça ne freinera jamais sa panique. Alors, je les croise dans mes mains pour qu'il ne me les arrache pas et je m'agrippe à une poignée de crins pour éviter d'être éjectée.

Quel enfer.

— Oh oh, tout doux, mon grand, l'encouragé-je sur un ton chantonnant.

Ses sabots martèlent le sol à une cadence infernale, et le paysage se noie dans un tourbillon de couleurs filant à une vitesse vertigineuse. Mes yeux pleurent sous le vent qui me fouette désormais le visage.

— C'était un canard, espèce de gros bêta ! C'est bon. Tout doux, mon grand. Tout dooouuux. Il ne t'arrivera rien avec moi, calme-toi.

Ma voix reste incroyablement calme — le fruit de longues années de pratique.

Ce qui ne m'empêche pas de m'égosiller intérieurement : *Je vais y passer.* Mais ça, Pudding n'a pas à le savoir.

Son oreille gauche se tourne vers l'arrière et ses foulées ralentissent.

Merci mon Dieu.

— C'est bien... Doucement maintenant, au pas, oh oh...

Sa course folle ralentit pour devenir un galop, un trot, et enfin, un pas énergique dont la foulée fait rebondir ma poitrine à présent endolorie. Aïe.

Résistant à l'envie de m'effondrer de soulagement, je me force à débloquer ma main crispée sur les rênes pour tapoter son encolure moite de sueur.

— Gentil cheval, allez, au pas.

Mon corps entier tremble sous l'effet de l'adrénaline. J'ai la nausée et la bouche sèche.

Mais bon, je suis en vie. *En vie.* Je voudrais descendre et embrasser le sol. Tiens, prends ça l'univers, je suis en vie ! Un rire de soulagement m'échappe.

— Je suis une cavalière d'élite...

À peine ces mots fiérots ont-ils franchi mes lèvres que Pudding, sans raison apparente, fait un bond magistral suivi d'une pirouette.

Oh merde.

La selle n'est plus là. Je suis catapultée dans les airs. Comme au ralenti, je vois le sol se rapprocher de mon visage. Je m'écrase avec un *boum* sonore.

Oh, non.

Haletante, je bascule sur les mains et les genoux. La douleur me tambourine la tête, tandis que mes yeux suivent l'arrière-train de Pudding qui s'éloigne au galop — en direction des écuries, j'espère. Ses sabots martèlent le sol, *tagada,*

tagada, m'abandonnant là. L'envie de me rouler en boule et de pleurer m'envahit.

— Non, non, oh non, non ! soufflé-je, estomaquée.

Mes doigts gantés raclent le gravier froid avec frustration. Épouvantée, je me mets à beugler :

— Pudding, reviens ! S'il te plaît, reviens ! Pudding !

Et s'il lui arrivait quelque chose ? Et s'il se prenait les pattes dans les rênes ?

— Mon Dieu, je t'en supplie, ne te prends pas les pieds dans tes rênes, sangloté-je presque.

Je retire ma bombe et me frotte le front en ronchonnant.

— Non, non… c'est pas vrai. C'est un cauchemar !

L'idée qu'il puisse se blesser, qu'il abîme ses précieux membres bien dressés en cavalant vers l'écurie pour retrouver ses copains, me terrorise pour lui.

Je bats des paupières pour refouler mes larmes.

Je me force à me relever, malgré mes jambes tremblantes. Une douleur vive me traverse les côtes. Je grimace, ma main se pose instinctivement sur l'endroit sensible, mais elle aussi a pris cher. Sous mon gant de cuir, qui a miraculeusement tenu le coup, je sens la texture poisseuse du sang. Je retire mes gants avec précaution et les glisse dans la ceinture de mon pantalon d'équitation. Ma bombe chérie, en revanche, n'a pas eu cette chance… Éraflée, cabossée, bonne pour la poubelle. Mais elle a fait son boulot. Je la tapote avec gratitude. J'ai atterri sur la tête ; sans elle, c'est mon crâne qui arborerait cette vilaine bosse.

Je la remets sur ma tête.

Un soupir de frustration m'échappe. Je fais rouler mes épaules, évalue les dégâts. Le reste de mon corps… va…

disons aussi bien que possible après avoir été projeté à trois mètres dans les airs avant d'atterrir sur le sol.

— Ouais, Emma, une vraie cavalière d'élite, grommelé-je.

Je grimace en retirant un gravillon fiché dans ma paume ensanglantée. Je me tourne et clopine dans la direction où Pudding s'est enfui. Chaque pas fait vibrer la douleur dans mes côtes et mon crâne bourdonne.

Argh, quelle idiote. Comment j'ai pu oublier mon téléphone dans ma chambre ? Je fais quoi maintenant ? Je jette un coup d'œil autour de moi et réalise que notre sprint m'a entraînée loin des sentiers battus. Je me trouve dans une partie du domaine que je n'ai jamais explorée.

Je n'ai rien à faire ici.

Le monde où je vis est rempli de magie. C'est un kaléidoscope surnaturel où coexistent métamorphes, démons, sorciers, vampires et une myriade de faës. Enfin, coexister est un bien grand mot ; c'est chacun pour soi, et nous, les humains, on se bat pour survivre au milieu de ces créatures. C'est une lutte permanente où forts et faibles s'affrontent constamment. Tout est une question de pouvoir.

Je shoote dans un petit caillou. Les humains comme moi obéissent. Survivre, c'est suivre les règles, point barre. Tolérés à peine, nous sommes des ombres, une pensée fugace dans l'esprit des créatures qui régissent ce monde. Ça a toujours été comme ça, depuis la nuit des temps. Je suis humaine et faible, mais je suis aussi une anomalie : personne ne sait avec quoi mon ADN humain est mélangé. Et puis, il y a mon physique... Je lève les yeux au ciel. Tout le monde convoite la beauté. Dans ce monde patriarcal et dangereux, mes quelques tours de magie me permettent de devenir un trophée. Assez précieux pour qu'un démon de premier niveau s'intéresse à moi et m'offre sa protection.

À condition que je respecte ses règles.

Merde, je n'ai pas le droit de me trouver là.

Je déglutis. Ma gorge est sèche comme du papier de verre. Je me recroqueville légèrement, la tête baissée, et continue de marcher. Avec un peu de chance, personne ne saura que je me suis aventurée en zone interdite.

Le vent agite les arbres et, soudain, un bâtiment d'un blanc éclatant apparaît dans mon champ de vision à gauche.

Je regarde dans la direction où Pudding a disparu, puis vers le bâtiment mystérieux. Voilà.

Une petite voix agaçante dans ma tête me murmure : *Va voir. Demande de l'aide.*

C'est une très mauvaise idée.

Je tapote nerveusement ma cuisse du bout des doigts. Mon regard oscille entre le bâtiment et le sentier. Pudding doit déjà être rentré aux écuries. J'ai au moins trente minutes de marche devant moi pour le rejoindre. Mais si je trouve un téléphone et que j'appelle Sam, elle pourra surveiller son arrivée et le récupérer avant qu'il ne lui arrive autre chose.

Je hoche la tête. Ça, c'est une bonne idée.

Résolue, je pivote, serre les dents, et me fraie un chemin à travers les arbres. Je baisse la tête pour que les branches basses frottent contre ma bombe cabossée plutôt que contre mon visage. Mes bottes d'équitation glissent sur le sol meuble, et je manque de tomber en dévalant un talus. Je me redresse et continue d'avancer vers le bâtiment. À chaque pas, mon cœur s'emballe un peu plus. Maintenant, il cogne dans mes oreilles. Ma respiration devient plus rapide et plus visible dans l'air frais.

Je devrais faire demi-tour.

Pourquoi je fais ça ? Ah oui, Pudding. Ces chevaux finiront par causer ma perte. Je secoue la tête et poursuis ma route.

La bâtisse blanche est massive, sans fenêtres ; grâce à mon ADN en partie surnaturel, je ressens l'énergie qui l'entoure alors que je clopine prudemment vers la structure.

Le bâtiment est protégé par une barrière magique, une sorte de mur invisible qui vibre jusque dans mes os. Une protection de sorcière conçue pour tenir les intrus à l'écart.

Ces barrières dorées, en forme de dôme, sont comme un champ de force magique. Elles peuvent soit te filer une belle décharge, soit te tuer, selon son but. Elles servent à garder les individus à l'extérieur... ou à l'intérieur.

Cette barrière est une véritable œuvre d'art. Elle grésille, crépite et change de couleur à mesure que je m'approche. Tout le bâtiment hurle : *N'entre pas, ou tu le regretteras...* Cette barrière est mortelle.

Cette conclusion me fait sourire. Au moins, je sais que je peux passer à travers.

Sans ralentir, je la traverse.

Chapitre Deux

La magie glisse sur moi comme si je n'existais pas. Je suis peut-être majoritairement humaine, mais mon géniteur inconnu m'a légué quelques talents intéressants. Les sortilèges n'ont aucun effet sur moi.

Je tire la porte d'entrée qui s'ouvre sans bruit. Pas verrouillée. Je passe ma tête dans l'entrebâillement pour jeter un œil.

Rien à l'horizon.

J'ai une excuse en béton pour expliquer ma présence ici, mais une sensation de malaise s'insinue en moi. Comme la petite créature bien dressée que je suis, je connais les règles. Et là, j'en enfreins une nouvelle. Je déglutis.

Je pénètre dans le couloir sombre et relâche la lourde porte. Elle se referme d'un coup sec derrière moi avec un *whoosh*. Je bondis en avant pour éviter qu'elle ne me claque sur les fesses.

Les lumières du plafond s'allument automatiquement avec un bourdonnement. Pourtant, leurs faisceaux lumineux crus et froids réussissent l'exploit d'augmenter le sinistre du couloir. Tout est gris : les murs, le sol, et même le plafond. Cet endroit dégage une froideur qui me fait frissonner de la tête aux pieds.

Je reste plantée dans ce carré de lumière artificielle. Mes narines se dilatent alors que, comme une idiote, je renifle bruyamment. Rien. Pas la moindre odeur dans l'air. Pas étonnant : mon nez est celui d'une humaine ordinaire, pas celui d'un métamorphe ou d'un vampire. Eux, ils auraient flairé quelque chose tout de suite. Mais je m'entête quand même à renifler. Ça sent... le cheval. Je laisse échapper un rire moqueur. *Quelle cruche.*

Je secoue la tête pour me moquer de moi-même. Heureusement que personne ne me voit faire l'imbécile.

— Bonjour ? dis-je en toussotant pour éclaircir ma voix rauque. Coucou, il y a quelqu'un ? Je suis tombée de cheval et j'ai besoin d'appeler Sam aux écuries. Il y a quelqu'un ?

Ma voix résonne dans le couloir vide. Je tends l'oreille. Rien. Pas un son.

Je m'avance avec prudence. Comme dans un film d'horreur, les lumières s'allument devant moi en grésillant et s'éteignent derrière moi avec un petit *clic*. Je me retrouve dans un carré de lumière solitaire, incapable de discerner ce qu'il y a devant moi ou derrière. Sans fenêtres, ce bâtiment ressemble à un tombeau terne.

— La vache, cet endroit est trop flippant.

Je frissonne à nouveau. À mi-chemin, je tombe sur un

bureau et bingo, un téléphone. *Alléluia.* Je compose le numéro.

— Salut, Emma... ouais. J'ai récupéré le monstre essoufflé et trempé de sueur. Qu'est-ce que j'en fais ?

Mes jambes flanchent et je m'affale contre le mur du bureau, soulagée.

— Oh, merci, Sam. C'était horrible de le voir partir au triple galop, avec les étriers et les rênes en vrac. J'étais terrifiée. Il va bien ?

— Je l'ai trouvé en train de courir le long de la clôture du pré des juments, à hennir pour attirer leur attention. Ouais, ce grand dadais va très bien. Heureusement que tu as appelé, j'étais sur le point de lancer l'alerte et les gardes à ta recherche. T'es où ? Pourquoi tu ne réponds pas au téléphone ?

— Je l'ai laissé dans ma chambre... Je ne pensais pas en avoir besoin, dis-je en me mâchouillant la lèvre, esquivant sa question sur ma localisation.

Moins elle en sait, mieux ce sera.

— Tu veux bien lui passer le jet d'eau et vérifier ses jambes ? Si je me dépêche, je devrais être de retour avant que tu aies fini.

— Ouais, ouais, je vais le décrotter, même s'il ne le mérite pas. Ça va, toi ?

— J'aurai besoin d'une nouvelle bombe, et peut-être de nouvelles côtes.

Je soupire avant de lâcher, penaude :

— C'était ma faute, pas celle de Pudding. Je me sens tellement bête.

— C'est pas toi l'idiote. C'est ce fichu vampire qui t'a dit de sortir ce cheval infernal pour te détendre. Ce type a un côté sadique qui fait froid dans le dos. Je savais que c'était une erreur que tu partes seule. Écoute, je vais m'occuper de ce canasson pour toi, mais toi, promets-moi de prendre un bon bain chaud. L'eau tiède devrait aider pour les contusions. T'es sûre que t'as pas une côte fêlée ? Les côtes, c'est vraiment l'enfer. Je te le promets, Emma, Pudding va bien. Alors prends soin de toi et, pour une fois, accepte mon aide.

Je rassure Sam en lui disant que mes côtes sont juste contusionnées, et nous terminons la conversation par moi acceptant, du bout des dents, de prendre un long bain.

J'ai le pressentiment que je ne pourrai pas m'empêcher d'aller examiner Pudding plus tard. Je fais confiance à mon amie, mais je sais que je ne pourrai pas me détendre tant que je ne l'aurai pas vu de mes propres yeux. Pour l'instant, dès que je ferme les paupières, je le revois partir en trombe.

Je secoue la tête avec exaspération. Pourquoi je n'ai pas tenu les rênes ?

Je retourne dans le couloir vers la sortie, essayant de chasser ma morosité. L'essentiel, c'est que Pudding soit sain et sauf. On l'a échappé belle aujourd'hui. Ça aurait pu être bien pire.

Un bruit étrange me fait stopper net. Je penche la tête, retiens mon souffle, et tends l'oreille.

J'entends comme... comme un chien. Oui, c'est ça, il gémit de douleur. Je n'hésite pas une seconde. Mes pieds se dirigent d'eux-mêmes vers la source de détresse. Mon amour pour les animaux étouffe le peu de bon sens qu'il me reste.

Je longe rapidement le couloir grisâtre ; le bourdonnement flippant des lumières suit mes pas, chaque carré s'allumant et s'éteignant en rythme. Mes oreilles s'efforcent de capter les couinements tandis que des frissons courent sur mes bras.

Je m'arrête devant une porte en acier massif, lugubre à souhait. J'ai l'impression que le bruit vient de là. Une barrière dorée standard ondoie devant l'entrée. J'avale péniblement ma salive en me mordillant la lèvre et retiens mon souffle pour écouter. Oui... c'est bien là.

Qu'est-ce que tu fais, Emma ? Passer un coup de fil, c'est une chose. Fouiller dans une pièce verrouillée et protégée par une barrière magique, c'en est une autre. Parmi toutes les erreurs que j'ai commises, celle-ci pourrait bien être la pire. Je ravale ma salive. Je ne devrais pas faire ça.

C'est le point de non-retour. Je m'avance à petits pas, puis j'enfonce ma main dans la barrière qui s'écarte entre mes doigts.

Je saisis la poignée de la porte.

— Faites qu'elle ne soit pas verrouillée..., prié-je en la tournant.

Il y a un déclic, puis d'un geste vigoureux, j'ouvre la porte en grand.

La lumière du couloir se déverse dans la pièce. En faisant attention — j'ai un semblant d'instinct de survie tout de même — je garde mes orteils de l'autre côté de la barrière magique, de manière à ce qu'elle reste entre moi et ce qui se trouve dans la pièce.

Peu à peu, mes yeux s'habituent à l'obscurité.

— Oh.

Mon cœur chavire en voyant le chiot. Une petite boule de poils couleur crème, avec des touffes rousses, recroquevillée dans un coin de la pièce. Je me frotte la poitrine, les yeux embués.

— Pauvre petite chose.

Sans réfléchir, je franchis le seuil et m'avance dans la pièce.

— Ne pleure pas, petit.

Le chiot redresse la tête, et immédiatement, son énergie me percute. Ce n'est pas un simple chiot. C'est un jeune *loup métamorphe*. Ses grands yeux verts, emplis de douleur, rencontrent les miens, et il émet un jappement déchirant en rampant vers moi sur le sol en béton. Mon cœur se serre et l'émotion me noue la gorge. Ses gémissements et la peur qu'il dégage éveillent quelque chose de profond en moi. Sans hésiter ni craindre qu'il m'attaque, je comble la distance entre nous, tombe à genoux et le prends dans mes bras. Mes côtes protestent violemment, mais je les ignore. Ce louveteau a besoin de moi.

En jetant un rapide coup d'œil sous son ventre, je découvre qu'il s'agit d'une *femelle*.

Oh non...

Je déglutis péniblement, le nœud dans ma gorge se transforme en une peur panique. Les métamorphes femelles sont aussi rares que le crottin d'un cheval à bascule. Je me suis mise dans un sacré pétrin. Des *guerres* ont éclaté pour des métamorphes femelles.

La petite louve enfouit sa tête dans mon cou, ses pattes avant s'agrippent à ma clavicule alors qu'elle cherche à se blottir davantage. Chaque inspiration, chaque gémissement qu'elle laisse échapper, tire la corde sensible de mon âme. Son souffle de chiot chatouille les petits poils à la base de ma nuque. Effrayée, une larme roule sur ma joue, et je frotte mon visage contre sa fourrure toute douce pour la cacher.

— Ça va aller, t'inquiète. Je suis là, tu es en sécurité

maintenant. Je vais tout faire pour te ramener chez toi, murmuré-je en ravalant la boule de peur qui reste coincée dans ma gorge.

Je la berce dans mes bras.

Nous tremblons toutes les deux.

Je la caresse en glissant les doigts dans sa fourrure. Finalement, au bout de quelques minutes, son corps se détend complètement et ses gémissements s'arrêtent.

Je sens qu'elle est en confiance.

En confiance totale. Avec moi.

Je serre les dents. Une colère sourde me parcourt. Une flamme s'allume dans ma poitrine. C'est ma réaction naturelle face à la violence et à l'injustice, mon besoin viscéral de protéger les faibles. Elle ne peut pas rester ici.

Ni dans cette pièce ni sur le domaine du démon. Moi... je suis une petite humaine choyée, mais les autres... ILes autres n'ont pas cette chance. Je dois faire ce qui est juste.

Cette métamorphe a besoin de *moi*. Je presse sa fourrure douce et chaude contre ma poitrine, gagnée par une détermination féroce. Le besoin de la protéger devient presque écrasant.

Si je ne la fais pas sortir d'ici, quelque chose de terrible arrivera. L'abandonner ? Hors de question.

Ce genre de tache noire sur mon âme ? Jamais je ne pourrais vivre avec ça.

— Il est plus facile de se sortir du pétrin que d'échapper à sa mauvaise conscience, je marmonne à son intention.

Je la serre contre moi et souris tristement. Une nouvelle larme roule lentement le long de mon nez. J'ai toujours été la fille qui suivait les règles. Pas parce que je suis parfaite. Mais parce que j'ai appris à *jouer* la fille parfaite. Un masque de neutralité, de calme, d'élégance. C'est ce qui m'a permis de rester relativement en sécurité.

Merde, je vais avoir de gros ennuis, mais parfois, il faut faire ce qui semble juste. Quitte à être punis pour nos choix.

Et je vais être punie.

Ouais, aujourd'hui, je transgresse toutes les règles.

Chapitre Trois

Encore une fois, mon truc bizarre avec la magie joue à mon avantage. Tandis que nous quittons précipitamment le bâtiment, la barrière glisse sur nous. Jusqu'ici, tout va bien. J'ai remarqué que mon « truc » fonctionne aussi sur tout ce qui est en contact avec moi, objets comme êtres vivants.

Je fonce vers ce que j'espère être la limite ouest du domaine. J'ai un sens de l'orientation désastreux, surtout après ma chevauchée débridée. C'est comme si Pudding avait jeté mon cerveau dans une machine à laver en mode essorage. À chaque pas, la petite métamorphe pèse de plus en plus lourd dans mes bras. Chaque fois que je songe à la poser, espérant qu'elle me suive, elle pleure. Mes bras menacent de me lâcher, et mes côtes... Oh, mes pauvres côtes... *Tais-toi et marche, Emma.*

Je boitille, les talons en feu, mes bottes de cavalière me

massacrent la peau. Elles ne sont pas faites pour marcher, encore moins pour crapahuter à travers les bois et escalader des murs.

Nous dépassons enfin la dernière barrière de protection, celle qui encercle tout le domaine de trois cents hectares, et nous débouchons sur une route au niveau de la supérette locale.

Elle est coincée entre un kebab et un traiteur chinois. Je sens mes jambes faiblir de soulagement lorsque je vois que le magasin est ouvert.

Je jette un coup d'œil nerveux autour de moi et gonfle mes joues. Il suffirait qu'un employé du domaine nous repère pour que tous les risques que j'ai pris soient réduits à néant.

Je n'ai jamais fait quelque chose d'aussi idiot... ou d'aussi courageux.

Le destin, ou la chance, nous fait croiser un méta-morphe. La petite louve dans mes bras renifle l'air et gigote, ressentant aussi sa présence.

Le type me lance un sourire lubrique.

— Putain, t'es bonne. T'as perdu ton étalon, blondi-nette ? Tu peux toujours monter celui-là... Je te laisserai même me cravacher.

Il agrippe son entrejambe et avance le bassin vers moi. Je reste bouche bée et plisse le nez, écœurée.

Beurk, quel crétin.

Voilà pourquoi je préfère les chevaux aux humains ; au moins, leur merde sort du bon côté.

Je me résigne à mon triste sort ; cet obsédé est la seule aide disponible. Personne d'autre n'est en vue et je n'ai pas le luxe de faire la fine bouche. Tout ce que je peux espérer, c'est qu'il ne fasse rien de stupide. Genre, tenter de nous kidnapper, la petite louve ou moi.

— Vous pouvez nous aider ? demandé-je d'un ton pressant. Je dois contacter la meute de cette petite *femelle*.

J'arrondis les yeux d'un air entendu et baisse la tête vers la boule de fourrure qui s'agite dans mes bras.

C'est comme si j'avais prononcé une formule magique.

Le métamorphe se redresse d'un coup. Son attention passe de moi et de ses pensées salaces à la petite métamorphe blottie dans mes bras. Ses narines frémissent, et ses yeux s'écarquillent de manière presque comique. Il recule aussitôt en levant les mains.

— Oh, putain de putain..., dit-il d'un ton paniqué et choqué à la fois.

Oh non, on dirait qu'il va détaler comme un lapin. Je fais un pas en avant pour tenter de le retenir, mais au lieu de fuir, il plonge la main dans la poche de veste. Il farfouille, sort son téléphone, et lève un doigt pour me faire signe d'attendre.

— Chef, la meute disparue que vous cherchez... Je crois que j'ai trouvé un des petits.

APRÈS AVOIR VIDÉ une bouteille d'eau avec la petite louve, je trouve un coin sûr dans la supérette où attendre pendant que le métamorphe monte la garde près de l'entrée, tout agité. Je m'assois par terre, adossée à un frigo qui bourdonne. De là, j'ai une vue dégagée sur la porte, et grâce à un espace entre les étagères, je peux surveiller la rue.

Maintenant que je suis immobile, la douleur s'installe. J'ai l'impression d'être un hématome sur pattes. Mes pieds me lancent et mes longues bottes me scient l'arrière des genoux. Je n'ose pas les retirer, de peur que mes pieds et mes chevilles ne gonflent comme des ballons.

La petite louve grimpe sur mes genoux et s'y pelotonne. Distraitement, je caresse sa douce fourrure, mes pensées s'égarent vers ce qui m'attend à mon retour. L'anticipation... Mon Dieu, cette étrange torture de savoir qu'une punition terrible approche.

Le démon voit tout.

Je jette régulièrement un coup d'œil à l'horloge du magasin. Le temps semble s'être accéléré.

Il faut que je me barre d'ici.

Plus je tarde à rentrer au domaine, plus ma punition sera sévère. Pourtant, je n'arrive pas à me décider à partir, pas avant d'avoir la certitude que la louve sera en sécurité.

— Ils sont là, grogne le métamorphe.

Trois véhicules noirs, style Land Rover, se garent le long du trottoir.

Je me lève difficilement en serrant la petite contre moi. Ma bombe et mes gants restent au sol. Je les récupérerai plus tard.

Je regarde les nouveaux arrivants avec un intérêt incertain mêlé d'un soupçon de soulagement ; enfin, je vais pouvoir confier cette boule de poils à des gens qui savent ce qu'ils font. Les portières s'ouvrent, et ce qui ne peut être décrit que comme une escouade de soldats déferle sur le trottoir.

Une étrange appréhension me traverse et me file la chair de poule.

En treillis noirs, chargés d'armes en argent étincelant sous le soleil, ces hommes ne sont pas de simples métamorphes. Non, ceux-là appartiennent à une autre catégorie. Une catégorie de prédateurs à part entière. Mon soulagement se transforme en une terreur glaciale.

Des satanés chiens de l'enfer.

— Oh mon Dieu, vous ne m'aviez pas dit que c'étaient des chiens de l'enfer ! glapis-je en m'adressant au métamorphe.

Les chiens de l'enfer sont des métamorphes puissants, dotés de la magie du feu, les forces spéciales du conseil des métamorphes. Je n'en avais jamais vu avant... et franchement, je préférerais ne plus jamais en croiser. Mon cœur s'emballe, et une peur incontrôlable me submerge. C'est plus fort que moi... N'importe qui avec un minimum de bon sens paniquerait complètement. Des chiens de l'enfer. Mon pouls désormais affolé prouve que ces monstres sont *terrifiants*.

Dans quel enfer — mauvais jeu de mots — me suis-je fourrée ?

Dix paires d'yeux se braquent sur moi. Ils se déploient en arc. Des papillons agités se bousculent dans mon ventre, et mon cœur bat si fort qu'il menace de me transpercer la poitrine.

Quel enfer !

J'ai envie de me gifler pour ma bêtise. Mon instinct me hurle que j'ai commis une erreur monumentale. Les sirènes d'alarme retentissent dans ma tête à un volume assourdissant. Je fulmine. Pourquoi ai-je cru que je pourrais juste déposer la petite et repartir tranquillement ?

Je n'ai pas réfléchi. Quelle imbécile !

J'avais tellement peur de ce que le *démon* allait me faire que j'ai oublié les autres dangers. Je blâme ma chute de cheval, le choc à la tête, et ma propre stupidité.

Baisse les yeux. Fais-toi toute petite. Ne parle que si nécessaire. Remets-leur la louve, et dès que possible, fuis.

Dans le vaste monde impitoyable des créatures, il y a les puissants, puis les proies. Je sais très bien dans quelle catégorie je me situe. Ces géants qui avancent vers moi me surplombent comme des arbres revêtus d'une armure. Ils se trouvent tout en haut de l'échelle de pouvoir. Une puissance quasi divine.

Je préférerais chevaucher Pudding lancé à toute vitesse sur une autoroute, plutôt que de rester ici et de regarder ces prédateurs m'approcher. Des chasseurs.

Et leur proie, c'est moi.

Oh mon Dieu. Je me tiens, tremblante, dans l'embrasure de la porte de la supérette, les yeux respectueusement rivés au sol. Du coin de l'œil, je les vois avancer vers moi. Le métamorphe qui les a appelés trépigne nerveusement. Honnêtement, je ne serais pas étonnée de le voir s'écrouler pour se prosterner devant eux.

En y réfléchissant, l'idée n'est pas mauvaise. Me jeter par terre en criant : « Pitié, ne me tuez pas ! ». Ouais, implorer leur indulgence pourrait être une bonne stratégie.

Mon cœur bat de plus en plus vite. Pourtant, je m'efforce de cesser de trembler, de rester immobile. Même ma respiration me semble trop bruyante.

Il faut que je me reprenne. Je ferme les yeux, lâchement. Je préfère l'obscurité réconfortante derrière mes paupières que la vue des chiens de l'enfer. Je serre la petite métamorphe contre moi, plus pour me rassurer moi-même qu'autre chose. Elle remue dans mes bras, et j'ouvre les yeux pour croiser son regard. Ses grands yeux vert vif me fixent. Elle sort sa petite langue et lèche le dessous de mon menton.

— Beurk, merci pour la bave, dis-je avec un petit sourire.

Je lui rends la pareille avec un baiser rapide sur le sommet du crâne.

— Tu vaux bien ce cauchemar vivant, mon bout de chou...

Enfin, je crois.

Le plus grand, le plus imposant des chiens de l'enfer, fend le groupe d'un pas sûr. Les autres s'écartent pour le laisser passer. J'en oublie de garder la tête baissée et laisse mes yeux remonter lentement le long de sa silhouette massive, tandis qu'il s'approche de nous. Son expression menaçante me *pétrifie*.

Mais qu'il est beau. Beau de cette manière dangereuse, propre aux créatures meurtrières. Je prends une grande inspiration et tente d'ignorer les tremblements de peur qui me secouent. Sa beauté sauvage et masculine ne fait qu'ajouter à son aura mortelle. L'agressivité dans son énergie m'écrase, comme si un bus m'avait percutée de plein fouet. Je suis presque étonnée de ne pas voir l'air crépiter entre nous.

Ce monstre est absolument terrifiant.

— Qu'est-ce que tu lui as fait ? gronde-t-il.

Mon regard surpris se relève et croise le sien. Des yeux verts familiers, mais furieux, s'accrochent aux miens. Son regard, acéré comme une lame, me transperce. Je refoule l'envie de vérifier si je saigne. Ces yeux... aucun doute, c'est un parent de la petite. J'ai trouvé sa meute. Bêtement, je lui adresse un sourire hésitant.

— T'es sourde ? Je t'ai posé une question. Qu'est-ce que tu lui as fait, bordel ? aboie-t-il de nouveau.

Je ravale mon sourire, puis ma salive. Son visage… angélique, fier. Il est presque trop beau pour être regardé. Trop beau, trop saisissant, trop mystérieux…

Et moi, je suis un désastre ambulant. Je ne devrais ressentir que de la peur face à cet homme gigantesque, furieux, qui écume presque de rage. Aurait-il un pouvoir de séduction, propre aux chiens de l'enfer, dont j'ignore tout ? Je suis censée être immunisée contre ce genre de trucs.

Je détourne les yeux, luttant contre l'envie de le fixer d'un air niais. Je sais mieux que quiconque qu'il ne faut jamais croiser le regard d'un prédateur.

Alors pourquoi l'ai-je fait ?

Je baisse les yeux vers son menton.

— Elle sent le cheval. C'est volontaire ? Pour masquer son odeur ? lance un autre au fond.

— Qu'est-ce que tu lui as fait ? répète-t-il en feulant.

Je sursaute et baisse les yeux vers la louve dans mes bras, déconcertée par sa question.

— Comment a-t-elle pu se transformer en louve ? Elle n'a que neuf ans !

Ah. Mes yeux s'écarquillent. *Voilà pourquoi.* Je comprends maintenant. Les métamorphes de naissance ne maîtrisent généralement la transformation qu'à la vingtaine. Et vu sa petite taille, c'est évident qu'elle est beaucoup trop jeune. Comment n'ai-je pas fait le lien ?

Pauvre petite.

Tout ce que je parviens à faire, c'est hausser les épaules.

Enfin... J'essaie. Mon corps rigide rend le geste étrange. Je n'ai absolument aucune idée de ce qui a pu lui arriver.

J'ai envie de me recroqueviller sur moi-même, mais je me force à rester digne, le dos droit. Sa présence menaçante semble exiger une posture irréprochable. J'ai beau être surtout humaine, j'ai ma fierté. Même si je me sens comme une proie, je refuse d'en adopter l'attitude.

— Je... je suis désolée... Je ne sais pas... Je l'ai trouvée comme ça et je suis venue directement chercher de l'aide. C'est tout ce que je sais. Je suis contente qu'elle soit en sécurité, mais il faut vraiment que je rentre chez moi, dis-je, la voix s'effilochant vers la fin.

Bravo, Emma. Impressionnant. Quelle assurance !

Le chien de l'enfer croise les bras. Ses doigts tapotent son avant-bras musclé dans un rythme lent. Il plisse les yeux quand il réalise que je n'ai rien d'autre à ajouter.

Je ravale ma salive. Une peur brute me cloue la gorge.

Je dois rentrer chez moi.

Ha, belle théorie. Je me ratatine pour dissimuler ma peur. Mon regard glisse rapidement sur les autres chiens de l'enfer, cherchant désespérément... quelque chose. Une échappatoire. Et là, je le vois. Lui qui observe la scène en silence, tel un roc au milieu de la tempête rugissante. Il semble étrangement insensible à la rage masculine qui exsude de ses pairs.

Je dépose un dernier baiser sur la tête de la louve.

— Au revoir, petite. Sois courageuse, prudente et heureuse, murmuré-je.

Elle gémit doucement, mais je m'avance lentement vers le chien de l'enfer que j'ai choisi et lui tends la louve. Il a des yeux gris doux, qui contrastent avec sa peau sombre et ses traits sévères. Il la prend avec une délicatesse surprenante pour un homme de sa carrure. Je caresse une dernière fois sa fourrure avant de reculer précipitamment.

— Où l'as-tu trouvée ? Où est le reste de ma meute ? demande le chien de l'enfer menaçant sans me quitter des yeux.

Son regard glisse sur moi, m'évaluant de haut en bas, et ses lèvres se retroussent en une grimace de dégoût. Oh, super. Il me trouve naze.

Mal à l'aise, j'ajuste mon haut et la ceinture de mon pantalon d'équitation. Depuis l'adolescence, jamais un homme ne m'a regardée autrement qu'avec intérêt ou un désir mal dissimulé. Pas agréable, certes, mais une triste réalité de ce monde. Lui me regarde comme s'il n'hésiterait pas une seconde à me décapiter pour jouer au foot avec ma tête.

Pour lui, je ne suis pas une personne. Juste une chose. Une chose gênante en travers de son chemin.

Je prends une profonde inspiration, relève le menton, et croise son regard.

Je ne suis pas une chose.

— Je n'ai vu personne d'autre. J'espère que vous retrouverez votre meute. Vraiment. Je suis désolée, mais je ne peux pas vous aider davantage. Je dois partir.

Ma voix est basse, mais je suis fière qu'elle reste calme, forte, résistante.

Je ne peux pas lui expliquer où je l'ai trouvée. Pas un mot qui pourrait impliquer le démon. Ce n'est pas par loyauté, mais par instinct de survie. On ne dénonce pas ceux qui vous protègent. *Et on ne brise pas leurs règles non plus,* souffle la petite voix moralisatrice dans ma tête. *Euh, merci, je sais.* Putain, je dois me barrer fissa. Je me recule, mais Monsieur Terrifiant avance.

Il pénètre dans mon espace personnel, dominant de toute sa hauteur mon mètre soixante-huit. Ce colosse doit frôler les deux mètres dix, avec un corps tout aussi agréable que son visage. Des épaules énormes, des bras plus larges que ma taille, un torse sculpté, des hanches étroites.

Ce chien de l'enfer a été conçu pour inspirer la terreur.

Toute ma bravoure factice s'évapore, remplacée par un sourire tremblant et deux pouces en l'air.

Le coup du pouce en l'air, sérieusement ?

Oh non, qu'est-ce que je fous ? Je ramène mes bras dans mon dos, avant d'exécuter un geste encore plus gênant. Il se met à gronder et le regard qu'il me lance déborde d'une colère acide. Sa fureur grésille autour de moi, électrisant l'air. Il veut ma mort.

Merde, il va me bouffer toute crue. Comme un paquet de chips au bacon. Croquante et savoureuse.

Je déglutis.

Pourquoi ne peut-il pas simplement dire merci, comme toute personne normale ? Je n'ai pas kidnappé la petite. J'ai toutes les peines du monde à ne pas lui jeter cette vérité à la figure.

— Tu refuses de me répondre ? demande-t-il d'une voix calme... assassine.

Je sais que j'ai franchi une ligne invisible.

Nous nous jaugeons du regard. Je mémorise chaque relief de ses muscles, non pas par admiration, mais pour analyser les multiples façons dont il pourrait me briser. Je me raidis, redresse la colonne vertébrale et me prépare aux conséquences qui seront sûrement douloureuses.

Un grognement retentit, suivi d'un bruit sourd et du grattement de griffes contre le trottoir. Une boule de poils crème et roux surgit soudain parmi les chiens de l'enfer. Ma petite louve se faufile entre les jambes du grand chien de l'enfer et se poste devant moi, protectrice.

— Putain, Owen, siffle-t-il.

La façon dont elle grogne et montre les crocs m'attendrit.

— Désolé, John, elle m'a mordu, dit le chien de l'enfer aux yeux gris, avec un petit sourire mal dissimulé pour ma petite louve et ses adorables manières.

Elle tourne la tête vers moi et me lance un regard qui semble dire : « Qu'est-ce que tu attends ? File ! »

Je ne réfléchis pas. Je tourne les talons et cours dans la supérette. Comme une imbécile, je perds des secondes précieuses en ramassant ma bombe et mes gants. Pas question de laisser des preuves derrière moi. J'ai repéré la porte arrière tout à l'heure ; c'est mon issue de secours. Je dois rentrer chez moi.

Un bruit derrière moi.

Avant même que je puisse me retourner, une douleur fulgurante explose à l'arrière de mon crâne. Puis c'est le trou noir.

Chapitre Quatre

Du sang emplit ma bouche. Il s'écoule de mes lèvres tuméfiées, dégoulinant lentement le long de mon menton. John — le chien de l'enfer — fait les cent pas autour de son cercle archaïque tracé à la main... Un cercle dans lequel il croit m'avoir piégée. Il grogne. Je laisse retomber ma tête contre le pilier derrière moi et râpe l'arrière de mon crâne contre la brique. Je garde cependant un œil méfiant sur sa silhouette qui tourne en rond.

Je n'ai pas envie d'être ici.

Si je n'avais pas aidé la petite femelle métamorphe, je serais chez moi, dans mon lit. Mais je l'ai fait. Et me voilà. Un souffle douloureux m'échappe.

Je ne veux pas être ici... pas dans la salle de torture d'un chien de l'enfer. Tout me fait mal. Mon corps est en vrac, et je sais au fond de moi... que je suis foutue.

Je lutte contre moi-même, contre ma peur, contre la fatigue, contre mon propre corps qui me supplie de fermer les yeux et de laisser l'obscurité m'emporter.

Je m'appelle Emma. Emma. Emma. Je répète mon prénom en boucle. C'est mon ancre.

Je veux rentrer chez moi, merde. Seigneur, pourquoi me punis-tu ? Je ne suis pas le fruit de la magie comme les autres créatures.

Je ne suis ni puissante ni unique. Je ne suis que moi, à moitié humaine, mêlée à quelque espèce insignifiante. Rien de spécial. Je me lèche les lèvres, mais ma langue me semble énorme dans ma bouche.

Mon absence de particularité ne m'a pas empêchée d'aider la petite métamorphe, la *sœur* de John. Ça ne m'a pas empêchée de faire ce qui est juste. Et voilà où ça m'a menée. Tout droit en enfer.

John veut des informations. Des réponses que je n'ai pas.

Dans la vie, chaque choix a ses conséquences. Bonnes ou mauvaises. Conclusion ? Aucune bonne action ne reste impunie. Ça devrait être mon mantra. Peut-être que je devrais me le faire tatouer sur le bras pour me rappeler de réfléchir avant d'agir. Enfin... si je sors vivante de ce merdier.

Ma respiration siffle dans ma poitrine. John plisse les yeux en entendant ce son.

— Va te faire foutre, articulé-je d'une voix minable.

Ma grossièreté est une piètre tentative de bravoure. Un bouclier vocal. Une coquille vide qui sonne creux. J'essaie de me cacher derrière cette illusion de courage alors que la terreur s'insinue en moi comme un épais brouillard. La coquille se fissure, et bientôt il ne restera plus rien pour me protéger. Son expression désapprobatrice se durcit à mon insulte. Il croise les bras et m'observe avec une moue de dégoût. Oui, ben mec, le sentiment est réciproque.

Je hais ce beau connard.

Je me suis foutue dans une merde noire cette fois. Et maintenant, je récolte ce que j'ai semé.

Non.

Non, il faut que je sois honnête avec moi-même. Je savais. Je savais que ça allait mal tourner quand j'ai aidé cette petite louve.

Mais jamais je n'aurais imaginé ça : un *chien de l'enfer*. Je pensais que ce serait mon maître démon qui me punirait.

Pas le *frère* de la gamine.

Je croyais... je croyais que les métamorphes seraient reconnaissants. Ha ! Je suis trop naïve. Petite sotte. Moi et mon grand cœur. Faire ce qui est juste, quel mal ça pourrait faire, hein ? Un peu de risque pour faire monter l'adrénaline et circuler le sang ?

Eh bien, mon sang circule maintenant... partout sur le sol, bon Dieu !

Et le plus dingue dans tout ça, c'est que je ne peux pas entièrement blâmer John. C'est son instinct primaire qui le guide, une vision binaire en noir et blanc. Si j'avais une famille... une meute, et que quelqu'un l'avait enlevée, blessée... est-ce que je ne ferais pas tout pour la ramener saine et sauve ?

Pour quelqu'un que j'aime... je réduirais le monde en cendres.

Même si le monde entier flambait, je l'en sortirais des décombres. Ça fait de moi une mauvaise personne ?

Et puis, je ne peux pas m'empêcher de me poser cette

question : est-ce que je ferais la même erreur que John, incapable de distinguer l'innocence de la culpabilité ?

Ha, ça tient carrément du syndrome de Stockholm, Emma. Trop d'empathie, voilà mon problème.

Foutue empathie.

Je suis une éponge à émotions. Ma grand-mère maternelle était une sorcière de la terre. Elle avait une capacité hors du commun pour communiquer avec le monde autour d'elle.

Malheureusement, je n'en ai rien hérité ; mon étrange immunité à la magie ne vient pas d'elle. Mais j'aime penser que mon empathie et mon amour pour les animaux viennent de ma mamie.

Elle est morte quand j'avais quatre ans, donc mes souvenirs sont flous. Mais quand je pense à elle, je visualise des éclats de chaleur, d'amour. Elle aurait voulu que je fasse ce qui est juste. Oui, il n'y a pas de mal à faire le bien.

Mes chaînes cliquettent. J'aimerais pouvoir me frotter le visage. Mes poignets me lancent, une douleur moindre comparée au reste de mes blessures. Est-ce qu'on peut appeler ça des blessures quand elles sont infligées par quelqu'un d'autre ? Je ne sais pas. Mon esprit s'éteint peu à peu, à l'instar de mon corps.

Quand je me suis réveillée enchaînée à ce pilier dans un sous-sol humide, j'ai paniqué. Heureusement, j'étais seule. Le chien de l'enfer n'a pas eu droit à une place au premier rang pour assister à mes convulsions. Après ce moment d'égarement, j'ai gardé ma dignité, du moins les premières heures. Seuls mes poignets en sang sont témoins de ma parenthèse d'angoisse. Une fois calmée, j'ai pris la mesure de mon environnement et de ma situation. Des murs en briques rouges, décolorés à la base par l'humidité. Une humidité qui monte presque à la même hauteur dans la pièce, comme si quelqu'un avait tracé une ligne. Pour garder un semblant de contrôle et ne pas céder à nouveau à la panique, j'ai compté les briques. Huit. Huit rangées de briques plus sombres. Sauf dans le coin, où j'en ai compté neuf.

Le demi-cercle de lumière filtrant par la fenêtre en haut du mur attire mon regard, m'arrachant un instant à la présence oppressante de John et au cercle tracé à mes pieds.

Au début, cette fenêtre projetait un arc parfait sur le sol poussiéreux et moisi. Enchaînée à mon pilier, j'ai observé pendant des heures cette courbe lumineuse glisser lentement avec le soleil, comme une horloge silencieuse, avancer jusqu'à presque disparaître. C'est alors que John est revenu me soumettre à ses méthodes.

— Démone, tu vas me dire où sont les autres que tu as enlevés. Ma mère, mon autre petite sœur. Tu vas parler, diablesse, sinon les choses vont être pires pour toi.

Sa voix est grave, basse, saturée d'une colère mal contenue.

Euh, comment ça pourrait être pire ? L'envie de rire de façon hystérique me prend. Cet idiot me prend pour une démone... *Je suis pas une créature démoniaque, tête de nœud,* ai-je envie de hurler.

Implorer. Supplier.

Mais ma voix ne répond plus. On ne peut pas hurler éternellement sans que sa gorge finisse par lâcher.

Je vis avec un démon. Un démon de premier niveau. Je pense qu'il l'aurait mentionné si j'avais le moindre brin d'ADN démoniaque. La raison pour laquelle mon maître démon s'intéresse à moi, c'est justement le mystère de mes origines. Je suis l'équivalent humain d'une pochette surprise : on ne sait pas exactement ce qu'on va trouver à l'intérieur.

John est un métamorphe, alors pourquoi ne sent-il pas mon humanité ? Je suppose que ça n'a plus d'importance.

Mon ventre se contracte. Je halète sous l'effet de la douleur, mais je mords ma lèvre pour ne pas crier. Une douleur incessante, un océan sans fin de vagues qui tentent de m'engloutir... de me noyer.

J'inspire lentement pour me stabiliser et essaie de refouler ma nausée. L'odeur âcre de moisissure, avec une pointe d'urine, me pique le nez. Je réprime un haut-le-cœur, mais la bile remonte brusquement. Soudain, un jet me sort par la bouche tel un personnage de *L'Exorciste* ; je dégobille sur le sol et sur mes fringues. John grogne, dégoûté, et s'éloigne. Je cligne des yeux, complètement retournée.

Dans la lumière tamisée, le vomi est vert pâle. Oh oh, c'est pas bon signe.

Qu'indique une régurgitation verdâtre ? Rien de bon. La lame qu'il a utilisée... elle a dû toucher un organe interne. Au moins, j'ai vidé ma vessie plus tôt et je n'ai pas à subir l'humiliation de me pisser dessus *à nouveau*.

Vomi, sang, urine... une belle routine de skincare sur ma peau, dis donc. J'espère que John apprécie l'odeur.

Plus pour très longtemps, susurre la voix nasillarde dans ma tête. Putain, j'ai mal partout. La douleur est une entité vivante qui me griffe de l'intérieur.

Ce serait si facile de lâcher prise.

Emma, il suffit de fermer les yeux.

Non. Je frotte ma tête contre le mur derrière moi. La sensation rugueuse, presque hypnotique, noie mes pensées sombres et ralentit les battements de mon cœur.

Mes yeux glissent vers un coin sec du sol. Si seulement... Si seulement je pouvais m'asseoir — le béton me semble étrangement confortable. Mais je ne peux pas. Les chaînes accrochées à mes frêles poignets m'empêchent de descendre. Mes jambes sont inutiles, des nouilles molles incapables de supporter le poids de ce sac de viande ensanglantée que John a fait de moi.

Je suis une idiote.

Même maintenant, après tout ce qui s'est passé, je sais que je ferais la même chose ; je sauverais la petite louve.

Quelle abrutie.

John se retourne brusquement vers moi, et mon cœur s'arrête de battre. Son corps massif s'avance, franchit la ligne tracée à la craie et pénètre dans le cercle.

Le cercle qu'il pense capable de bloquer mes soi-disant pouvoirs *démoniaques*.

Le cercle pulse. Je ne l'entends pas, mais je le ressens. Une vibration sourde qui traverse mon être, résonnant jusque dans mes os. Quelle que soit la magie qu'il contient, elle ne m'affecte pas.

Ha ! Je ne suis toujours pas une démone, tête de nœud.

Je me sens minuscule à côté de lui, je lève les yeux. Ma gorge se noue, et les chaînes lourdes tintent alors qu'un frisson parcourt tout mon corps. J'ai tellement froid.

Il se penche un peu plus près, ses yeux luisent d'un feu orange incandescent, la manifestation de sa magie. Terrifiants... magnifiques, mais terrifiants. Même après tout ce qu'il m'a fait, il reste atrocement beau. Ses pommettes hautes, cette mâchoire carrée... une beauté surnaturelle, presque cruelle.

Qu'est-ce qui déconne chez moi ?

C'est n'importe quoi. Cette attirance pour lui n'a aucun sens — c'est un sortilège... forcément.

Je recule instinctivement lorsque sa main s'avance, mais il attrape une mèche de mes cheveux blonds emmêlés et la glisse doucement derrière mon oreille. Il est si proche, sa respiration chaude caresse ma peau. Une chaleur écrasante se dégage de lui et s'infiltre en moi, brûlante.

— Tu oses prendre l'apparence d'une jeune fille... tu sens même l'humaine, murmure-t-il à mon oreille d'une voix grave et intime qui glisse sur ma peau comme du velours. Mais tu ne m'auras pas, démone.

Le chien de l'enfer prend mon visage entre ses mains. Il m'effleure délicatement la mâchoire avant de relever mon menton. Son regard plonge dans le mien, scrutateur. Ses cils, longs et recourbés, ont une teinte dorée délicate, presque irréelle.

— La mort est toujours au bout du tunnel, souffle-t-il. Même pour une chose comme toi, démone, il y a toujours un moyen.

Sa main glisse le long de mon cou, son pouce trace un lent mouvement de haut en bas sur ma gorge.

— T'es une putain de malédiction pour ce monde, ajoute-t-il.

Je doute qu'il soit conscient du mouvement de son pouce qui effleure ma jugulaire, sondant mon pouls. Puis il s'immobilise. Son froncement de sourcils trahit son mécontentement, comme si la faiblesse de mon pouls le contrariait.

— Parle-moi de ma meute.

J'avale ma salive, et il resserre sa prise. La proie en moi reconnaît immédiatement le danger incarné par la beauté de cet homme et la fine couche de glace sur laquelle je me tiens. Pour posséder la magie du feu, pour être un chien des enfers, il doit être un métamorphe ancien, puissant. Je lis la violence et les siècles dans ses yeux. Un millénaire de combats, de guerres, et de douleurs. Mon cœur se serre pour lui, pour tout ce qu'il a perdu. Pour l'homme qu'il aurait pu être. Tant de morts, tant de souffrance. Cela l'a transformé en monstre.

Dans les rares moments de calme comme celui-ci — entre ses accès de violence —, je parle. Je lui raconte tout de ma vie.

Tout.

Rien n'est tabou. Toutes mes pensées, tous mes souvenirs, je les déballe. L'interlude est terriblement intime. Il me connaît mieux que je me connais moi-même. Pourtant, il ne croit pas un mot de ce que je dis. Mince, j'ai tout fait pour le convaincre. Avant que mes hurlements ne volent ma voix, du moins. Maintenant, je n'ai plus de voix pour parler. Plus rien à dire, plus rien à prouver. Ce chien de l'enfer m'a mise à nu. Mes secrets se sont déversés comme un torrent, et il les a ignorés en les écartant avec dédain, en les piétinant sous ses bottes.

Il se fiche de qui je suis.

Sa présence m'oppresse. Maintenant que je ne peux plus parler, nous communiquons par l'énergie seule. Elle vibre autour de nous.

Quand je décide de l'ignorer, ses yeux s'embrasent de colère.

— Je te laisserai guérir si tu réponds à mes questions, merde ! s'emporte John.

Ses doigts se resserrent sur ma gorge, et il frappe le pilier près de ma tête de son poing. Mes oreilles bourdonnent, son cri de colère résonne dans la pièce, et mes entrailles semblent se liquéfier. Je cligne lentement des yeux. Un mélange de sang et de bile dégouline sur mes lèvres.

J'essaie une dernière fois.

Je lève des yeux suppliants vers lui et tente de m'adresser à ce qu'il reste de logique en lui, au côté rationnel emprisonné dans le monstre. John retrousse la lèvre et continue de me fixer, son mépris presque palpable.

Il sait que la magie ne fonctionne pas sur moi. Je lui ai tout expliqué. Mais il persiste à croire, moqueur, que je suis le cerveau derrière l'enlèvement de sa meute. Que je suis un démon.

— Je te laisserai guérir *si* tu réponds à mes questions...

Je ferme les yeux, vaincue. Peu importe ce que veut ce chien de l'enfer, je ne peux pas répondre à ses questions.

Comment pourrais-je alors que je ne sais rien ?

Je sens son souffle chaud sur mon visage glacé. Ma propre respiration se transforme en râle. Il relâche ma gorge. Un cliquetis, un bruit métallique. Avec des gestes sûrs, il libère mes poignets des chaînes.

Mes mains enfin libres, mon corps flasque s'effondre lourdement dans un bruit sourd. Ma tête heurte le béton dur avec un craquement. Ma vision déjà floue bascule dans l'obscurité.

Waouh, on voit vraiment des étoiles, pensé-je alors qu'un tourbillon de lumières multicolores sillonne mon champ de vision. Je repense aux dessins animés de mon enfance dont je me moquais, et je m'excuse mentalement. Les étoiles, c'est du sérieux.

Le chien de l'enfer grogne avec un mépris à peine dissimulé.

Je reste étalée là. Comparée au reste de mon calvaire, la douleur du sang affluant soudain dans mes poignets, mes bras et mes épaules à peine libérés se fond en arrière-plan. Comme quoi, les vœux se réalisent parfois. N'avais-je pas rêvé de sentir la fraîcheur du sol ?

Immobile, j'observe John qui rôde jusqu'au bord du cercle. Délibérément, il efface une partie des lignes tracées avec la pointe de sa botte astiquée.

Qu'est-ce qu'il mijote encore ?

— Pas de blagues, démone.

Ouais, parce que je suis *diablement* sournoise.

— Rampe hors du cercle et guéris-toi. Allez, démone.

Je lui lance un regard que j'espère chargé d'une incrédulité absolue face à cette exigence absurde. Ramper ? Il se fout de moi ? Peut-être il y a quelques heures, mais maintenant ? À quoi bon ? Je ne peux pas me soigner ici ou hors de son stupide cercle pour démons. *Je suis toujours pas un démon, abruti.*

Hum. Est-ce que j'essaie quand même... quitte à sacrifier le dernier vestige de dignité qu'il me reste ?

Non.

Non, ce sol est la surface la plus douce au monde. Je suis bien ici.

Pour mourir.

Je suppose que John s'attend à ce que je rampe comme un cafard démoniaque, mais face à mon immobilité, il revient à grandes enjambées. Il agrippe mon haut en lambeaux et me traîne sur le sol, jusqu'à l'autre côté du cercle.

Je gémis de douleur et hurle intérieurement.

— Guéris, bordel de merde ! aboie-t-il.

Je sens le sang s'infiltrer davantage dans mon haut déchiré, le tissu s'accroche à ma peau, poisseux et humide. Il passe une main dans ses cheveux courts et blonds, visiblement frustré. Il me regarde de haut, les jambes écartées, ses bras musclés croisés sur sa large poitrine. Il baisse le menton, tapote son avant-bras avec impatience. Il attend...

... et attend.

Bon sang, John, tu risques d'attendre longtemps.

Ma respiration siffle dans ma poitrine. Mon cœur ralentit. Je n'arrive plus à prendre une vraie bouffée d'air.

J'ignorais que le corps humain pouvait supporter autant de douleur. C'est à rendre fou. Je pensais, à tort, qu'au bout d'un certain temps, le corps s'éteindrait, les nerfs cesseraient de réagir, tout deviendrait un grand... eh bien, j'imaginais un grand flou cotonneux. Comme une enveloppe de ouate. Peut-être que c'est mon ADN surnaturel qui rend cette souffrance si vive ?

Oh mon Dieu... faites que ça s'arrête, je vous en supplie.

— Pourquoi tu ne guéris pas ?

Ses yeux de braise sont devenus verts. Il me pousse du bout du pied. *Attention, John, tu ne voudrais pas salir tes belles bottes reluisantes*, pensé-je faiblement.

Je me demande si, quand le soleil se lèvera, je serai allongée dans le demi-cercle de lumière... Ça me plairait. Est-ce que le rayon touchera mon visage ?

Je crois que c'est la fin.

— Pourquoi tu ne guéris pas ?

Il s'accroupit, repousse mes cheveux collés à mon visage. Il me fixe intensément et laisse échapper un grondement sourd. Je ne peux pas répondre — plus rien ne fonctionne. Après quelques secondes, John capte l'ampleur de mon état désespéré.

— Petite merde. Sale manipulatrice de merde.

Je cligne des yeux. Chaque fois que je les ouvre, le laps de temps entre chaque battement de paupière s'allonge.

Si tu t'endors, tu vas mourir.

C'est bon. Je suis prête.

Je ne remarque même pas que John est parti jusqu'à ce qu'il revienne avec une fiole de potion magique. Il en verse tout le contenu sur ma gorge. Le liquide glisse sur ma peau et descend le long de ma nuque. Il aurait aussi bien pu m'éclabousser avec de l'eau.

Quel gâchis pour cette potion de guérison.

— Pourquoi tu ne guéris pas ?

Sa voix a changé. Elle n'a plus la dureté acerbe d'avant et, pendant un instant, je pourrais presque me laisser berner par un semblant de sollicitude.

— Pourquoi tu ne guéris pas, bordel de merde ?

Parce que.

La magie n'a aucun effet sur moi.

Chapitre Cinq

Je flotte dans ma tête. Vais-je trouver la paix ? Est-ce fini ? Toute cette expérience de torture a été, d'une certaine manière, cathartique. Il n'y a rien de tel qu'un chien des enfers pour te torturer et te montrer ce que tu as dans le ventre. Une plongée horrifique et maboule dans l'introspection. Avec John, j'ai l'impression d'avoir vécu cent vies différentes, toutes aussi violentes et sanglantes. Je suppose que c'est ce que la terreur et la douleur te font : elles font défiler le destin en accéléré.

Aider la petite louve a apaisé et racheté quelque chose en moi. Aussi loin que je me souvienne, une sale part de moi murmurait, insinuait que, dans le fond, je serais exactement comme elle...

Ma mère.

Ravie d'affirmer que je ne te ressemble pas, maman.

Ha, tout revient toujours aux parents, pas vrai ? Son manque d'affection, son absence de proximité et sa haine à peine voilée ont jeté une ombre sur moi. J'avais cinq ans quand ma mère m'a vendue à un démon pour doubler tout le monde dans la file d'attente afin de devenir vampire.

Je te pardonne, maman.

— Emma, ne t'endors pas.

Sa voix... apaisante et *tourmentée.*

Je te déteste, maman.

— Emma, je te l'interdis.

Je t'aime, maman.

— Elle ne guérit pas. Il faut l'emmener à l'hosto.

Je ne regrette pas de t'avoir aidée, petite louve.

Chapitre Six

Je me réveille. Tiens, je suis en vie. Ah, et revoilà cette sensation cotonneuse qui embrouille tout. Je cligne des yeux pour accueillir le monde à travers ce voile artificiel. Les couleurs s'ajustent lentement, juste assez pour qu'un visage se dessine. Un démon se penche sur moi. Son visage reste encore un peu flou.

— Arlo, articulé-je sans force.

Ses yeux bleu-gris, d'ordinaire pétillants d'une joie sournoise, sont vides. Son expression ne montre rien, pas même de la colère. J'ai dû être inconsciente un moment, assez longtemps pour qu'il passe d'une rage dévorante du style « je vais t'arracher la gorge » à cette phase glaciale et effrayante du contrôle absolu.

Je veux qu'il me prenne dans ses bras. Je veux qu'il me serre contre lui. Qu'il caresse mes cheveux et me promette que tout ira bien. Que je suis en sécurité, que rien ne pourra plus jamais me blesser. Qu'il ne laissera personne me faire du mal.

Le démon ne fait rien de tout ça.

Évidemment, suis-je bête.

Arlo effleure ma joue d'un doigt délicat.

— J'avais de grands espoirs pour toi… Tu étais ma préférée. Regarde ce que tu as fait de toi : tu es brisée. Brisée au-delà de toute guérison possible. Si j'avais voulu te réduire en miettes, te bousiller, je l'aurais fait moi-même, dit-il.

Il fronce les sourcils et frotte son pouce sur son index, comme s'il essayait d'enlever une tache imaginaire, la souillure de notre contact.

— Mais non, tu as voulu te mêler de *mes* affaires, de *mon* business. Voilà le résultat. Voilà ce que ton grand cœur t'a coûté. Tu es finie, et c'est toi qui as causé ta propre perte.

Je le supplie du regard, incapable de formuler des mots. Mais cela n'a aucun effet. Pas plus que cela n'en a eu sur John. Je tremble, mon ventre me fait mal.

Arlo fronce les sourcils et ses lèvres charnues se tordent en un rictus. Il s'éloigne, se dirige vers une immense baie vitrée.

Mon regard brouillé parcourt rapidement la pièce que je ne reconnais pas. Une cage de verre. Je me sens comme un poisson dans un aquarium. On doit être à l'hôpital.

Je bouge légèrement et une douleur sourde traverse mon torse. Aïe.

Je me fige. J'attends une nouvelle vague plus forte, mais grâce à cet état cotonneux dû aux médicaments, elle reste à distance, une pulsation constante mais supportable.

Le démon se retourne, et mon esprit s'emballe. Ai-je raté ce qu'il disait ? Tout est si flou, si brumeux.

— J'espère que tu as retenu la leçon. Je n'ai pas besoin de te punir, tu t'es surpassée dans l'autodestruction. Ta vie a changé : ton statut dans ma maison a chuté, tu es tout en bas désormais. Une simple mise en garde vivante, un avertissement pour les autres. Plus personne n'osera franchir les limites avant des siècles. C'est la *seule* raison pour laquelle je ne te tuerai pas. Je vais te garder. Mais je ne te toucherai plus jamais.

Il s'approche du lit avec un sourire faux et suffisant qui étire ses lèvres pleines et arrogantes.

— Je t'aurais laissée mourir. Je n'aime pas ce qui est cassé.

Arlo me dévisage avec une moue de dégoût.

— Le pauvre petit toutou de l'enfer est inconsolable... La culpabilité le ronge à vue d'œil. C'en est presque poétique : deux âmes brisées, liées par le destin pour l'éternité.

D'un geste de la main, il désigne la pièce.

— John Hesketh a payé tout ça. C'est lui qui a trouvé un chirurgien vampire avec une passion étrange pour la médecine sans magie. Ce docteur t'a charcutée pour te maintenir en vie.

Arlo ricane. Il se penche et murmure à mon oreille :

— Est-ce que John Hesketh a fait mumuse avec toi dans l'espoir de sauver sa chère maman ? Quels secrets lui as-tu livrés ? Hum ? Combien de temps lui a-t-il fallu pour briser mon petit joujou ?

Il relève mon menton du bout de son ongle.

— Tu veux savoir un truc intéressant, ma petite

Bousillée ? Pendant que tu profitais des soins particuliers du chien de l'enfer...

Il marque une pause dramatique et se penche encore plus près. Son souffle glacé effleure mon visage. Des frissons me traversent les bras. Il arque un sourcil, et ses yeux s'illuminent d'un plaisir cruel.

— ... ils étaient déjà morts. Sa meute. Avant même qu'il ne te rencontre, ils étaient morts. Depuis plus d'une semaine.

Chapitre Sept

Le monde est peuplé de monstres aux visages avenants et d'anges criblés de cicatrices. — Inconnu

Mon chirurgien, monsieur Hanlon, accomplit des miracles. Dans ma tête, je l'appelle le Prof. C'est un vampire, petit et mince, avec d'épais sourcils gris en broussaille. Ses cheveux, courts mais hérissés, partent dans tous les sens sur les côtés. On dirait un savant fou. Toujours prompt à sourire, il donne pourtant l'impression d'être assez strict. Mais il ne me trompe pas : cet homme est un saint.

De nos jours, la médecine repose principalement sur la magie ; les équipements médicaux hybrident technologie et sortilèges. Ces appareils qui ressemblent à de simples scanners sont en réalité bourrés de magie. Cette dernière est devenue un outil essentiel dans l'arsenal des médecins.

Si quelqu'un se casse un bras, il faudra d'abord le remettre en place avant d'appliquer une potion de guérison. Mieux vaut éviter d'avoir à recasser un os qui se sera mal reformé parce qu'on aura appliqué une potion trop tôt. La magie accélère la guérison ; elle ressoude et régénère les tissus. Au fil des années, on a développé une magie médicale lucrative capable de soigner la plupart des maladies et infections. Les blessures qui, autrefois, nécessitaient des semaines, voire des mois de convalescence, peuvent désormais se régénérer en quelques minutes, ce qui peut sauver des vies dans des situations d'urgence ou sur le champ de bataille.

Les potions de guérison fonctionnent pour toutes les espèces, même celles dotées de pouvoirs innés. Elles soignent tout le monde... sauf moi.

Monsieur Hanlon dit qu'il n'a jamais rencontré quelqu'un comme moi : quelqu'un d'immunisé contre la magie, un trou noir magique. Même lui ne comprend pas mes étranges pouvoirs.

Et ça le fascine. Le défi que je représente le ravit... enfin, une fois passée la stupeur de me voir griller plusieurs de ses coûteux appareils. La technologie magique peut être capricieuse, alors ajoutez mon immunité dans l'équation, et les machines sophistiquées de l'hôpital ont tendance à sauter.

Le Prof se réjouissait d'avoir pu mener à bien une opération sans aucun recours à la magie. Il avait dû ressortir ses vieux manuels et se replonger dans la théorie. Je l'imagine dans la salle d'opération, avec l'air exalté d'un enfant lâché dans un magasin de jouets, carte bancaire en main, les mots « achète tout ce que tu veux » résonnant encore dans ses oreilles. Avoir l'occasion de plonger les mains dans mon ventre et de manipuler mes organes a dû être, pour lui, un plaisir rare.

Quel cinglé.

Il me répète sans cesse que je suis son chef-d'œuvre.

Bien sûr, certains doivent encore recourir à une médecine plus traditionnelle. Principalement les rares humains farouchement opposés à l'usage de la magie, ou ceux qui n'ont pas les moyens de se payer des soins magiques, car les potions de guérison coûtent cher.

En réalité, seuls les humains, les sorcières et les jeunes métamorphes ont besoin de l'intervention régulière d'un médecin. Les autres espèces possèdent des dons innés pour se soigner au quotidien.

Et je ne vais pas mentir, je suis jalouse. J'aimerais pouvoir guérir par magie.

Je suis à l'hôpital depuis plus de deux mois. Pour une simple blessure au couteau, les dégâts étaient impressionnants : la lame a lacéré mon appendice et une partie de l'intestin grêle. J'ai subi deux grandes opérations et combattu une septicémie. Et malgré les litres d'antibiotiques qu'on m'a injectés, je continue de développer de petites infections tenaces.

À un moment, pour plaisanter, je me surnommais *Miss Pus*. C'était tellement dégoûtant de voir la quantité de pus que mon corps pouvait produire. Des litres. À gerber.

Mais je suis vivante.

Pour me sauver, on m'a... on m'a fait une iléostomie, une stomie. C'est un trou artificiel dans la paroi de mon abdomen, où une partie de mon intestin grêle a été tirée à l'extérieur. Mes excréments sont maintenant collectés dans une poche.

Le Prof est confiant. Il dit que, si je lui laisse assez de temps et que mon corps guérit correctement, il devrait pouvoir tout remettre en place.

La stomie se trouve en bas à droite de mon ventre. Elle est rouge vif, on dirait une petite rose. Une mini extraterrestre. Sa texture fait penser à l'intérieur de ma joue.

Ouais, du délire.

Un organe censé rester à l'intérieur du corps se retrouve à l'extérieur.

La stomie, je l'ai appelée Bert. Je la traite délibérément comme un animal de compagnie, capricieux mais salvateur. Je ne vais pas entrer dans les détails, mais vivre avec une stomie peut être... crado. Alors, rejeter la faute sur Bert lorsque les choses tournent mal m'aide énormément.

C'est Bert le méchant, c'est pas moi. Ce n'est pas ma faute.

J'ai encore du mal à croire à tout ça. J'ai le sentiment d'être coincée dans un cauchemar sans fin.

Pourquoi ça m'est arrivé, à moi ?

Je suppose que donner un nom à Bert me permet de surmonter le choc de ma *nouvelle normalité*. Ha, « nouvelle normalité ». Je déteste cette expression. Je ne veux pas de cette fichue normalité. J'aimais bien l'ancienne moi.

C'est un vrai défi de ne pas me laisser submerger par le deuil des changements de mon corps. J'ai l'impression d'avoir perdu une partie de moi. J'essaie d'être forte, de garder une certaine forme d'optimisme, mais j'ai perdu une partie de ma fougue. Je ne me sens plus aussi confiante. Je ressens un besoin profond d'éviter les autres. Moi, l'extravertie, la pipelette qui pouvait parler à n'importe qui pendant des heures, je suis devenue maladroite et taiseuse.

Je suis censée être une femme forte et indépendante. Je frotte les cicatrices sur mes poignets, vestiges des chaînes ; c'est l'une des nombreuses habitudes étranges que j'ai développées. Ces cicatrices me font parfois mal, un souvenir fantôme du métal froid contre ma peau. Je les frotte pour me rassurer sur le fait que les chaînes ne sont plus là.

Certains jours, je me sens comme diminuée. J'ai peur tout le temps, et je ne supporte pas de me voir sombrer dans cet état.

J'ai toujours été quelqu'un de positif. Alors je m'accroche désespérément à cette lumière, je m'y cramponne de toutes mes forces. Quand l'amertume tente de s'infiltrer, je repousse ces pensées destructrices.

Tant de cicatrices. À l'intérieur comme à l'extérieur.

Je dois les voir comme des preuves de survie. Si je ne le fais pas... bref. Pendant mes heures éveillées, je refuse de trop réfléchir. Mais dans mes rêves, je n'ai pas cette chance.

Les cauchemars... ils me hantent. Je dois rester forte et avancer mentalement, coûte que coûte. Si je m'arrête... si je m'attarde sur le négatif... je vais me noyer dans la tristesse et la peur.

J'ai appris rapidement que le courage véritable peut se résumer à simplement sortir du lit le matin en affrontant son corps, son esprit et ses peurs intérieures.

Manger est devenu difficile. La nourriture est mon ennemie. Si j'avale quelque chose qu'il ne faut pas, je vomis ou j'ai des douleurs d'estomac atroces, et Bert devient incontrôlable. C'est humiliant. Zut, je suis encore en train de me plaindre. Il faut que je reste positive.

Monsieur Hanlon passe pour sa visite. Il se plante devant moi et pianote sur sa tablette. Pendant des semaines, j'ai été si mal que c'était presque impossible d'organiser mes pensées. Mais maintenant que le brouillard des médicaments se dissipe et que je me sens plus lucide, je saisis l'occasion pour lui poser des questions *importantes*.

— Non, tu ne monteras pas à cheval avant un moment, répond le Prof en me regardant comme si j'étais frappadingue.

Je suis assise en tailleur, essayant d'étirer les muscles tendus de mes jambes et de mon dos sans solliciter mes pauvres abdominaux. Je me tortille en réaction à son regard sévère.

— J'espère que ton corps guérira suffisamment pour que je puisse envisager une opération de réversion, et tout remettre à sa place, reprend-il en tapotant sur sa tablette. Mais la tachycardie et ta perte de poids m'inquiètent. Je dois t'avertir, Emma : les organes n'aiment pas qu'on les malmène. Je crains que ton système digestif se montre difficile à l'avenir. Notamment au sujet des aliments que tu pourras tolérer... mais on en parlera plus tard. Je ne doute pas que tu y feras face avec ta grâce et ton courage habituels. Pour le moment, concentrons-nous sur ton retour à la maison. Si les prochains résultats sont bons, tu pourras quitter l'hôpital. Une fois chez toi, je te conseille vivement d'éviter de monter à cheval et de soulever des objets lourds.

— Lourds ? répété-je pour obtenir une précision.

Pour moi, *lourd* correspond à un sac de nourriture pour chevaux ou une balle de vingt-cinq kilos de copeaux.

— Rien de plus lourd que... disons une petite bouilloire, répond-il avec un sourire encourageant.

Mon cœur se serre. Je me frotte le visage et les tempes avec frustration.

Oh, c'est pas vrai...

Je me force à hocher la tête.

— Merci, monsieur Hanlon, dis-je avec un sourire trop éclatant pour être sincère.

Je hoche la tête à nouveau en levant les yeux au ciel dans l'espoir absurde que cela retienne mes larmes.

Comment vais-je m'occuper des chevaux ?

Si j'ai encore mes chevaux, bien sûr. Depuis mon réveil, je n'ai pas vu Arlo. Il a soigneusement évité de m'expliquer ce que signifiait exactement ma « chute de statut dans sa maison ». Je ravale mes angoisses, mais cette inquiétude lancinante ne me quitte pas.

— Tout ce qui arrive, en bien ou en mal, arrive pour une raison, je marmonne.

Je suis reconnaissante d'être en vie, me répété-je à plusieurs reprises.

Mais que ça fait mal. Je frotte ma poitrine du poing. Je veux m'occuper de mes chevaux. Comment pourrais-je le faire quand tout ce qui touche au soin des chevaux pèse une tonne ? Au milieu de tout ça, c'est peut-être futile... Mais Bob, mon gros cob poilu, est le centre de mon univers depuis plus de dix ans. Je ne peux pas imaginer ma vie sans prendre soin de lui. Ces longues semaines sans savoir si Bob et Pudding vont bien ont été un enfer.

Et pourtant, je peine à m'asseoir sans frétiller comme un poisson hors de l'eau. À cause des opérations, ma paroi abdominale a été tailladée et mes muscles se sont atrophiés. Quant à Pudding, c'est une vraie tête brûlée. Pour des raisons évidentes de sécurité, je ne peux plus le dresser. Mais sans mes chevaux, je ne suis plus *moi*. Je frotte à nouveau ma poitrine.

M. Hanlon pose une main compatissante sur mon épaule avant de quitter la pièce.

Sois positive. Sois courageuse. Je vais peut-être rentrer chez moi… à condition d'avoir encore un chez-moi.

Arrête, Emma.

Je repense à cette citation sur les pommes de terre et les œufs : « La même eau bouillante qui ramollit la pomme de terre durcit l'œuf. Tout dépend de ce dont on est fait, pas des circonstances. »

Ha. « De quoi je suis faite. » Je roule des yeux.

Je suis comme le monstre de Frankenstein.

La créature de John.

J'allonge ma jambe droite, roule les épaules pour soulager la tension. Je me demande s'il est fier de sa création. Comme si mes pensées l'avaient invoqué, le chien de l'enfer apparaît derrière la vitre de ma cage en verre.

John se tient dans l'embrasure de la porte. Il porte un T-shirt noir et un pantalon qui épousent sa silhouette. Ses yeux verts, troublants, me scrutent. Intelligents, perçants, ils analysent tout avec une précision glaciale.

Mes yeux s'arrondissent. Je me fige sur le lit. Une sueur froide perle à la racine de mes cheveux, tandis que ma paupière gauche tressaute de façon incontrôlable.

Pourquoi est-il ici ? Pour s'excuser ? « Désolé de t'avoir poignardée, Emma. » C'est carrément déplacé. Avec précaution, je frotte brièvement mon œil qui saute. Puis je plisse les yeux en le fixant. Je n'arrive pas à intégrer le fait qu'il soit *là*, devant moi.

— Il faut qu'on parle, dit-il.

Boum.

À l'instant où j'entends sa voix, tout s'assombrit autour

de moi. Une bile amère me remonte dans la gorge. Ce n'est qu'après quelques secondes que je me rends compte que je suis en train de... *hurler.*

Affolée, je plaque mes mains sur ma bouche, l'une par-dessus l'autre, pour étouffer le cri. Mes doigts s'enfoncent dans mes joues. Malgré cela, le hurlement persiste dans ma gorge. Des larmes de terreur coulent librement sur mon visage. Les gouttes salées qui se sont formées glissent le long de mes poignets jusqu'à picoter une petite entaille.

Purée ! C'est comme si tous mes cauchemars avaient pris vie !

Je secoue la tête. Non.

Non à l'incrédulité horrifiée qui braille dans mon esprit, non à l'idée que John soit *ici*, dans le même bâtiment que moi. Est-il revenu pour me faire du mal ? Je ne veux pas lui parler. Je suis en vrac à cause de cet homme qui se tient devant moi. Et il veut discuter ? Son ton désinvolte ne m'inspire aucune confiance. Seulement une peur abyssale. Quelle est la vraie raison de sa présence ici ?

John reste immobile dans l'encadrement de la porte, détendu. Pendant un instant fugace, une expression de regret passe sur son visage, mais elle disparaît si vite que je me demande si je l'ai imaginée. Ses yeux, eux, sont froids. Calculateurs.

Il *me* juge alors que je lutte pour me maîtriser.

Tout en moi me hurle de me lever et de me carapater ou, à défaut, de me planquer en me bouchant les oreilles dans l'espoir puéril que, si je ne le vois ni ne l'entends, il disparaîtra.

S'il fait un pas de plus...

NON.

Mes pensées débridées s'arrêtent net alors que je regagne un semblant de maîtrise. Je ne vais pas m'infliger ça. Je refuse.

John est une autre forme d'*infection* qu'il me faut combattre.

Je ne laisserai pas mes peurs primales me contrôler. Je reste sur le lit, les genoux ramenés contre ma poitrine. Mon souffle lutte pour franchir la barrière de mes mains plaquées sur ma bouche, mes narines se dilatent alors que je halète, incapable de trouver assez d'air à travers mon nez encombré.

Il attend patiemment que je ne flippe plus, puis il poursuit comme si mes hurlements ne l'avaient pas interrompu.

— Je m'inquiète pour ta sécurité... pour les conséquences d'avoir aidé ma sœur.

Les conséquences de ce que toi, *John*, as fait.

— J'ai les moyens et les ressources de t'emmener dans un endroit sûr. Tu n'es pas en sécurité avec Arlo.

Il prononce le nom du démon comme si c'était un vieil ami, et non un ennemi juré. Le roulement délicat de sa voix me retourne l'estomac. Rien dans son ton ne laisse penser qu'il est conscient qu'Arlo est derrière l'enlèvement et le massacre de sa meute.

Bien sûr qu'il le sait... Après des mois d'enquête, le chien de l'enfer doit tout savoir.

— Il a levé sa protection, poursuit John. Il n'a plus aucun droit sur toi. Ce n'est qu'une question de temps avant que quelqu'un ne passe à l'attaque.

Mais en quoi ça le tracasse ?

— Arlo ne te laissera jamais partir. Il te brandira comme un appât pour voir ce qu'il peut attraper.

Une métaphore de pêche... ironique, vu que je vis dans cet aquarium en verre depuis des semaines.

Je me balance doucement d'avant en arrière.

— Ne fais pas semblant de te soucier de moi, marmonné-je à travers la barrière formée par mes mains.

John incline la tête.

Quand je reprends enfin le contrôle, je baisse prudemment les mains. J'humecte mes lèvres et, dans un élan pas très discret, je me déplace de l'autre côté pour mettre le lit entre nous. Je me redresse trop vite, et mon abdomen proteste violemment. Je vacille sur mes jambes, ma tension encore trop basse me provoque des vertiges. Des points noirs dansent devant mes yeux, et je cligne frénétiquement des paupières pour les chasser. Quand je parviens à retrouver un semblant d'équilibre, je recule lentement.

Mon cœur, déjà mis à rude épreuve, bat à tout rompre ; une douleur irradie jusqu'à ma nuque et ma mâchoire.

Je continue de m'éloigner du chien de l'enfer jusqu'à ce que mes fesses butent contre la vitre. Je ne peux pas aller plus loin. D'un revers de main, j'essuie les larmes sur mon visage et je tousse pour m'éclaircir la voix.

Je respire à fond.

Tout ira bien. Ou peut-être pas. Mais ce n'est pas grave.

Mes mains, comme animées d'une volonté propre, viennent instinctivement protéger Bert. Les yeux de John suivent le mouvement, et il fronce les sourcils.

Je ravale ma peur et, relevant le menton avec défi, je répète :

— Ne fais pas semblant de te soucier de moi.

Ma voix tremble, mais cela ne m'arrête pas.

— Tu veux seulement te servir de moi. J'imagine que tu

as un plan maléfique en tête ? continué-je plus fort. Je ne te laisserai pas m'utiliser, chien de l'enfer. Les dégâts que tu as causés... ne te suffisent pas ?

Je mords l'intérieur de ma joue pour me forcer à continuer — j'ai des questions à lui poser.

— Ta sœur..., commencé-je.

Ma gorge se noue et je sens une boule d'angoisse grossir, menaçant d'étrangler ma voix. Mais il faut que je sache — l'ignorance m'a rendue folle dans ce lit d'hôpital, et ce type est le seul à détenir la réponse.

— Est-ce qu'elle va bien ? Elle a repris forme humaine ? Est-elle... en sécurité ?

Il tressaille. Ce n'est qu'une micro-expression : une crispation de la bouche, un léger tic à son sourcil droit qu'il ne parvient pas à réprimer.

— Ne parle pas de ma sœur, menace-t-il. Ne pense même pas à elle. Son bien-être ne te regarde pas.

Son visage à la beauté parfaite se déforme en une expression terrifiante, et l'énergie sombre qui émane de lui semble aspirer tout l'air de la pièce.

Je me recroqueville davantage. Si seulement je pouvais creuser un trou à travers la vitre dans mon dos et m'enfuir... Ce n'est pas normal de demander des nouvelles de ma petite protégée ?

Je tends un doigt tremblant vers lui.

— Tu es un monstre, John Hesketh. Je vois clair en toi.

Oh merde, j'en ai trop dit. Je me mordille la lèvre inférieure. Mais comme je suis maso et incapable de me taire, je redresse les épaules, lève le menton et lance :

— Arlo m'a dit que tu avais payé pour mes soins médicaux. Désolée de ne pas te remercier, mais si je suis là, c'est à cause de toi. Alors va-t’en. Laisse-moi tranquille. Je ne veux plus jamais te voir. Tu en as fait assez.

— Je vais envoyer quelqu’un pour t’aider. Te protéger…

— Non.

— Tu n’as pas le choix, grogne-t-il.

Non, en effet, jamais.

— Je te déteste, craché-je.

Mon pouls pulse dans mes veines, et tout mon corps tremble de peur.

Il chancelle légèrement à mes mots. Pendant une fraction de seconde, je jurerais que son assurance l’a quitté. Puis ses yeux s’illuminent de cette horrible flamme orange.

— Bien, dit-il avec un rictus cruel.

Chapitre Huit

Après le fiasco de la visite de John, je commence à discerner un peu partout les traces de son ingérence. À force de recouper les indices, je réalise rapidement qu'il n'a pas seulement payé pour mes soins médicaux. Il a également acheté tous les articles de toilette et les vêtements qui sont apparus comme par magie durant mon séjour à l'hôpital.

C'est un sentiment étrange d'être vulnérable face à quelqu'un qui vous a à la fois blessé et soigné.

Une voix infime mais persistante de compassion murmure en boucle que le chien de l'enfer a perdu sa meute. *Perdu*. Quel euphémisme. John n'a pas *perdu* sa meute. Le démon, mon maître démoniaque, a massacré sa famille. Cette infime parcelle de moi soutient que John fait tout son possible pour réparer son erreur.

Non — je brise cette illusion en mille morceaux. Je ne peux pas me permettre d'être aussi naïve.

Je me frotte le visage et glisse les doigts dans mes cheveux. Je tire sur mes mèches jusqu'à ce que mon cuir chevelu me fasse mal. Je dois me forcer à ne pas croire à mes propres mensonges, ces espoirs insidieux que John pourrait se soucier de moi.

Il ne se soucie pas de moi.

C'est absurde de penser le contraire. Il m'utilise pour atteindre le démon. Il s'est insinué dans ma vie comme un virus. J'avais raison de le comparer à une infection. Il est la pire des infections.

John est un *poison*.

Je ne vais même pas essayer de comprendre ce qui se passe dans sa tête. Au moins, après avoir voulu que je me plie à ses exigences, il m'a heureusement laissé tranquille.

Pour la énième fois, je regarde par la fenêtre qui donne sur le parking de l'hôpital. Dans le monde extérieur à cette chambre isolée, une pluie fine détrempe le sol. C'est le genre de journée où le froid s'immisce jusque dans vos os.

Mes analyses sanguines sont revenues. Pas d'infection. Je suis officiellement délestée de mon statut *Miss pus* — ils m'ont enfin donné le feu vert pour rentrer chez moi.

Chez moi.

Je tourne la tête vers le lit, où mon bazar est empaqueté.

— Comment je vais porter tout ça ? maugréé-je.

Je croise les bras et les resserre autour de moi dans un geste de réconfort. Je n'ai eu aucune nouvelle du domaine. Alors je ne sais même pas où je vais.

Est-ce toujours ma maison ?

Je tapote les sacs du bout des doigts. L'hôpital dispose

de son propre portail, alors au moins, je n'aurai pas beaucoup de chemin à faire. Les portails sont des passages magiques créés par les sorcières, connectés aux lignes telluriques. Leur magie relie ces portes à d'autres ouvertures dispersées à travers le monde. Mais il y a des règles : il faut connaître le code d'accès pour atteindre une destination, et avoir la permission. Sinon, on risque de se retrouver face à une barrière de protection peu accueillante, voire mortelle, de l'autre côté. Enfin, pas *moi*. Mais ce serait impoli et dangereux d'apparaître sans prévenir dans n'importe quel portail.

Je ne sais pas pourquoi les portails fonctionnent pour moi et pas les autres formes de magie. Peut-être parce que la magie des lignes telluriques est si grande que la mienne, étant comme une goutte dans l'océan, n'est pas assez puissante pour interférer.

Ils ne sont accessibles qu'aux riches et aux puissants, alors peut-être que je me trompe en pensant que je vais pouvoir en emprunter un aujourd'hui. Mon regard dérive vers la grisaille du dehors, froide et humide. Flûte, peut-être que je vais devoir rentrer à pied.

Un coup frappé sur la vitre derrière moi me fait faire volteface. Une elfe raffinée et majestueuse se tient dans l'embrasure de la porte, et ce n'est pas une infirmière. Elle s'incline dans un salut formel.

— Emma, je m'appelle Eleanor. On m'a affectée à ta garde rapprochée. Puis-je te raccompagner chez toi ? demande-t-elle en souriant.

Elle est magnifique. Ses immenses yeux marron foncé et ses oreilles pointues trahissent son sang pur d'Aes Sídh, une guerrière elfe faë. Ses cheveux noirs soyeux, longs et tressés avec une précision minutieuse, respectent les traditions de son peuple. Sa tenue est un savant mélange de styles archaïque et futuriste : un haut noir à col montant et manches longues sur un pantalon souple. Je sais qu'elle cache sur l'un de ses bras ses marques magiques de guerrière. Ces motifs, semblables à des tatouages humains, sont réputés pour s'illuminer lorsqu'elle exécute la magie guerrière faë, une magie à la fois fascinante et terrifiante.

Je la fixe en clignant des yeux, éberluée, tandis que mon cerveau met quelques secondes à comprendre.

Ma garde rapprochée.

Ah, oui. Les gardes. J'avais totalement occulté ce détail laissé par la visite de John.

Chez moi... Je déglutis et me voûte légèrement. Je me frictionne les bras dans une vaine tentative de réconfort et me mordille la lèvre. Les infirmières pourraient m'aider à atteindre le portail... Je pourrais refuser, non ?

Mais la petite voix raisonnable en moi me pousse à accepter son aide.

— Est-ce que j'ai le choix ? demandé-je doucement en continuant de me frotter les bras.

Les faës ne peuvent pas mentir, alors Eleanor me répond par un silence. Elle m'adresse simplement un sourire radieux avant de glisser avec grâce vers le lit pour rassembler mes affaires.

Bon, très bien.

— Eleanor, c'est un honneur d'accepter ton aide, marmotté-je poliment.

John me perturbe, il me terrifie, mais cette faë n'y est pour rien. Eleanor ne fait que son travail, et je n'ai aucune raison de lui manquer de respect. En plus, c'est une guerrière redoutable. Inutile d'ajouter une Aes Sídh irlandaise à ma liste d'ennemis potentiels.

Et franchement, je n'ai aucune idée de ce qui m'attend une fois chez moi. Avoir une guerrière coriace à mes côtés pourrait m'être utile, même si elle m'est imposée par des circonstances discutables.

— Excellent. C'est tout ce que tu as ? demande-t-elle en désignant la pile de sacs sur le lit.

— Oui. Désolée… je ne peux pas t'aider à les porter… J'ai… euh…

Eleanor coupe court à mon explication maladroite :

— Je suis au courant de ton état.

Je hoche la tête et lui adresse un petit sourire gêné.

Je m'attendais à ce qu'elle attrape les sacs, mais au lieu de ça, la marque guerrière sur son bras droit s'illumine. Une lumière perce à travers le tissu noir de sa manche longue, et les sacs sur le lit commencent à frémir et à cliqueter. J'observe la scène, fascinée, la bouche entrouverte, tandis qu'un simple geste de sa main les fait s'élever doucement dans les airs.

Ouah, d'accord, ça c'est un sacré tour de magie.

Sans un dernier regard pour le bocal qui me servait de chambre, je la suis docilement dans le couloir. Derrière nous, les sacs flottent dans les airs. Je les surveille du coin de l'œil veillant à ne pas perturber la magie faë. Tant que je ne m'approche pas trop, ça devrait aller.

Eleanor avance lentement, s'ajustant à mon rythme, après que j'ai refusé d'utiliser un fauteuil roulant. Je suis déterminée à quitter cet hôpital debout. Au bout d'un moment, je regrette ma décision. Mon corps me supplie de m'arrêter, mais j'ai passé assez de temps assise pour une vie entière. *Tiens bon, Emma. Un pas à la fois.* Avec ma vision vacillante, les murs du couloir semblent onduler. Pourtant, contre toute attente, je ne me cogne nulle part. Marcher droit est déjà une victoire en soi.

Quand nous arrivons au portail situé au rez-de-chaussée de l'hôpital, nous sommes accueillis par un énorme chien de l'enfer sous forme de loup. Je titube en arrière en poussant un cri.

— Emma, je te présente ton autre garde, Riddick, annonce Eleanor calmement. Mon employeur m'a informée que Riddick restera sous forme de loup en ta présence.

L'elfe et le chien de l'enfer me fixent en silence, attendant visiblement une réaction. Mon pouls tambourine si fort dans mes oreilles que c'est tout ce que j'entends. Pitié, pas un autre chien de l'enfer. Je me demande si Riddick peut sentir Bert. Cette idée me pousse à me recroqueviller sur moi-même, et ma lèvre tressaute nerveusement. Je la frotte contre mon épaule avant que tout mon visage n'entre dans la danse.

Mes nouveaux gardes continuent de me dévisager. Ils attendent toujours une réaction normale à cette présentation.

Allez, Emma.

J'expire avec raideur et... je fais des marionnettes avec les mains.

Des marionnettes.

Je grimace. *Qu'est-ce qui me prend ?* Mes mains tremblantes viennent se poser sur Bert dans un geste protecteur. Dire que j'étais autrefois distinguée...

Face à mon anxiété évidente, Riddick s'effondre de tout

son poids au sol. Allongé sur le ventre, la tête posée sur ses pattes, il laisse échapper un gémissement plaintif.

Ma bouche s'ouvre de surprise en observant le gigantesque loup prostré devant moi. Son épais pelage crème et roux semble doux, et ses yeux d'un vert éclatant me rappellent ma petite protégée — sa version masculine et colossale. Je chasse cette idée absurde : je n'ai pas croisé beaucoup de métamorphes sous leur forme animale, donc je n'ai aucune idée si ce pelage roux est fréquent ou non.

L'énorme langue de Riddick pendouille de sa gueule. Il me gratifie de ce qui ne peut être décrit que comme un sourire canin. Je ne peux m'empêcher de sourire aussi — les animaux m'attendrissent toujours. Et même si je sais qu'un mec potentiellement flippant se cache sous cette fourrure, j'apprécie son effort pour me mettre à l'aise.

— Je... Je suis désolée, dis-je en toussotant pour m'éclaircir. Il faut me pardonner, je ne suis pas vraiment moi-même en ce moment. Ravie de te rencontrer, Riddick.

Je me tortille les mains.

— Euh... Je peux savoir combien de temps vous êtes censés me... protéger ?

Je cligne des yeux en direction d'Eleanor.

Elle fronce les sourcils. Elle doit me prendre pour une folle. Je le suis peut-être. Est-ce qu'Arlo avait raison ? Suis-je brisée ? Non, pas brisée... juste cabossée.

— Cette mission est un poste permanent, déclare-t-elle.

Quoi ?

— Permanent ? Oh, je suis sûre que votre aide me suffira pour aujourd'hui, ricané-je.

Oh merde, j'ignore ce qui m'a valu d'avoir une guerrière faë et un chien de l'enfer comme gardes permanents. Une question plus pertinente serait de savoir ce qu'ils ont fait pour mériter un tel calvaire...

Je suis au comble de l'étonnement quand Eleanor saisit le code du portail qui mène à la résidence du domaine. Comment John a-t-il réussi à placer ses gens sur les terres d'Arlo ? Le démon est bougrement territorial.

Je m'applique à garder les mains le long du corps alors que je suis démangée par l'envie de caresser le pelage du chien de l'enfer. Je suis cinglée. Qui voudrait caresser un monstre ?

Le portail scintille, et sans cérémonie, nous le franchissons.

Chapitre Neuf

À la sortie du portail, nous sommes accueillis dans le couloir par Doris, l'intendante du domaine.

— Emma, te voilà de retour... et tu as ramené des amis, dit-elle d'un ton chargé de mépris.

Elle renifle et repousse une mèche de ses cheveux sombres derrière son oreille, tout en me toisant de la tête aux pieds. Ses yeux bleus, légèrement vitreux, s'illuminent d'une lueur narquoise.

— On t'a changé de chambre. La nouvelle favorite du Maître occupe désormais tes anciens appartements...

En réponse, je lui offre mon plus beau sourire.

Je suis certaine que Doris s'attend à ce que je me jette par terre en chouinant quelque chose comme : « Pourquoi moi ? Pourquoi ? Je l'aime ! » Mais comme je ne réagis pas, elle plisse les yeux et aboie :

— Suis-moi.

Nous la suivons tous en file indienne tandis qu'elle nous conduit vers l'arrière de la maison. Quand nous arrivons à mes nouveaux quartiers, je ressens un léger malaise. Le démon ne plaisantait pas en disant que j'étais désormais au bas de l'échelle. Je me demande avec embarras ce que mes gardes vont penser de tout ça.

Je traîne des pieds. Mon Dieu, je voudrais retourner à l'hôpital, dans mon aquarium lumineux et spacieux.

Cette chambre est merdique.

Adieu, ma grande suite inondée de lumière ! À la place, me voilà avec un placard sous l'escalier digne de Harry Potter. La porte qui bute contre le lit ne s'ouvre même pas entièrement. La pièce est juste assez grande pour contenir un lit une place. Et c'est tout. Un ancien débarras sans fenêtres, sans lumière naturelle, éclairé par une pauvre ampoule qui pendouille du plafond.

Dans un manoir qui compte des dizaines de chambres vides, ce choix véhicule un message clair. Mais c'est bon, tout va bien. Je vais m'y faire.

— Cosy, commenté-je en souriant.

— J'ai gardé quelques affaires essentielles, ajoute Doris en désignant du menton le petit carton et l'unique sac-poubelle noir, abandonnés au milieu du matelas mince et affaissé.

— Oh, c'est gentil. On dirait que j'ai mon propre trou de souris façon Homer Simpson, plaisanté-je, rendant hommage à mon dessin animé préféré, puis je souris au matelas défoncé. Merci, Doris, c'est parfait. Et merci d'avoir sauvé mes affaires, c'est très aimable à toi.

Elle ronchonne, croise les bras sous ses gros seins et me jette un regard noir.

Ha, que puis-je dire ? Je suis une adepte de la politesse horripilante. Navrée, Doris, mais je ne vais pas m'effondrer en pleurant.

Je ne peux pas m'empêcher de sourire. Si j'en avais l'énergie, j'exécuterais une danse de la joie. Quelle délivrance, quel soulagement de ne plus être le petit toutou du démon. Je devrais sans doute éviter de me réjouir d'avoir été reléguée au bas-fond, obligée de dormir dans un débarras. Mais jusqu'à cet instant, je n'avais pas réalisé à quel point je voulais sortir de cette cage dorée. Jamais je n'ai vu le fait d'être la favorite d'Arlo comme un trophée. Un frisson me parcourt tout le corps. Quelle chance de m'en être sortie.

Rien n'arrive par hasard.

— La salle de bain est à l'étage... au *troisième*, poursuit Doris d'un ton acide.

Riddick grogne, et elle sursaute légèrement. Je souris au chien de l'enfer.

— J'ai dit troisième étage ? Je voulais dire troisième porte... c'est au bout du couloir, se reprend-elle.

Elle me lance un regard embarrassé, tend la clé de la chambre à Eleanor, puis disparaît précipitamment. Je caresse la tête de Riddick — *bon chien* — et secoue la tête amusée en voyant Doris s'éloigner. J'ai vécu dans cette maison pendant plus de dix-sept ans ; c'est comme si elle avait oublié que j'en connaissais chaque recoin.

Je frappe dans mes mains, puis j'adresse un sourire à mes deux gardes.

— Au fait, je vous ai dit que j'avais des chevaux ? lancé-je sur le ton de la conversation.

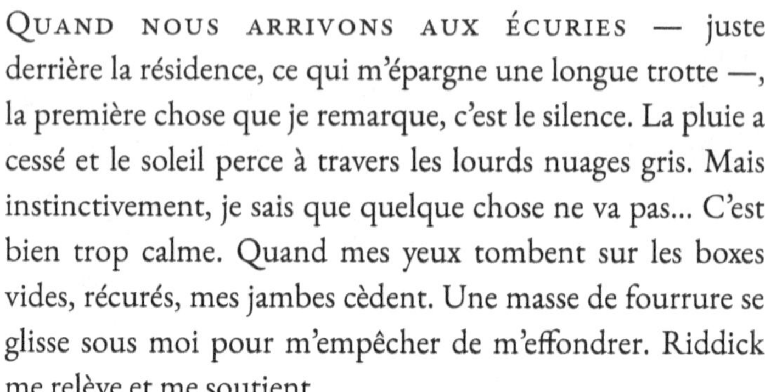

Quand nous arrivons aux écuries — juste derrière la résidence, ce qui m'épargne une longue trotte —, la première chose que je remarque, c'est le silence. La pluie a cessé et le soleil perce à travers les lourds nuages gris. Mais instinctivement, je sais que quelque chose ne va pas... C'est bien trop calme. Quand mes yeux tombent sur les boxes vides, récurés, mes jambes cèdent. Une masse de fourrure se glisse sous moi pour m'empêcher de m'effondrer. Riddick me relève et me soutient.

Tous les chevaux... partis... Les chevaux sont *partis*.

Partis, partis, partis, se réverbère comme un écho dans ma tête.

Ils ont vidé les lieux. Les écuries sont désertes. Une panique écrasante m'envahit. Pendant plusieurs minutes, je ne parviens même plus à penser. Je suis inutile. Complètement impuissante.

— Bob... Il faut que je le retrouve, soufflé-je, la voix brisée par une boule énorme dans ma gorge.

Mon cœur cogne violemment dans ma poitrine, mon estomac se tord, et je tremble de tout mon être. Ma vision se brouille.

— Il faut que je retrouve mon meilleur ami, je ne peux pas le perdre. Et Pudding... Je n'ai même pas eu le temps de vérifier s'il allait bien. Je suis tombée et je n'ai pas vu si... Oh, non.

Eleanor croise mon regard, ses yeux brillent d'une inquiétude sincère.

Va voir dans le pré.

Je me précipite vers les paddocks. Les enclos délimités par des clôtures en bois sont vides. Le silence qui m'entoure est assourdissant.

Pendant plusieurs minutes, je reste pétrifiée, fixant les lieux avec incrédulité. Que faire ? Je frotte mes tempes.

Que faire ? Non. Non. Non. Bob... mon Bob.

Mes chevaux sont partis. Bob et Pudding ne sont plus là.

Cette absence abyssale achève ce qu'il restait de mon âme. Je ne veux plus être ici. Ce monde est trop dur. Tout est trop dur. Ma bouche se tord de chagrin, et je cache mes yeux derrière mes mains.

Riddick souffle doucement, puis me pousse délicatement avec son museau. Sans réfléchir, je baisse une main et plonge les doigts dans sa fourrure, m'ancrant à lui. Le chien de l'enfer géant m'offre un réconfort inattendu.

— Pourquoi tu renifles ? lance une voix familière.

J'écarte la main de mon visage et relève la tête pour croiser les yeux bleus d'une vampire. Elle plisse les yeux et me jauge, les mains posées sur ses hanches étroites. Avec son pantalon de jogging crasseux et son débardeur rouge, ses cheveux bruns relevés en un chignon désordonné d'où dépassent des brins de foin, elle a l'air d'une sans-abri.

— Sam, marmonné-je. Les chevaux, ils ne sont plus là...

Je lève une main pour désigner l'évidence.

— Ouais, ils ont tous été vendus en quelques semaines. Tu l'as *vraiment* foutu en rogne, ce démon de merde. Désolée, Em... Pudding, cette tête brûlée, a été vendu à un prix d'or. Il est tellement talentueux qu'ils se sont battus pour lui. Il est parti en Allemagne. Je n'ai pas pu l'acheter...

Je hoche la tête tristement, peinée de ne pas avoir pu lui dire au revoir.

— ... pas après avoir racheté ton gros poilu.

Je cligne des yeux, surprise.

— Tu as racheté... Bob ? murmuré-je incrédule.

— Évidemment. Tu me dois quatorze mille cinq cents livres. Qui aurait cru que Bob valait autant ? Contrairement à ce qu'on pense, les vampires ne sont pas pleins aux as, tu sais, réplique Sam avec un petit sourire destiné à Eleanor. J'ai à peine quatre-vingts ans. Les chevaux ont accaparé ma vie humaine, et cette passion m'a suivie dans ma vie de morte-vivante. Les créatures comme moi ne seront jamais riches si elles ont des chevaux. Ces saloperies coûtent une fortune...

— Merci, merci, merci ! lancé-je en me précipitant vers elle, sortant instantanément de ma mélancolie.

— De rien. Mais ne me serre pas dans tes bras, dit-elle en tendant les mains pour m'arrêter. J'ai pas envie d'entrer en collision avec ton sac à caca. Sérieusement, Em, je croyais qu'ils t'avaient soignée à l'hôpital. Ils t'ont laissée sortir dans cet état ? T'as une mine merdique.

Elle met une main sur le côté de sa bouche pour chuchoter à Eleanor :

— Excellent jeu de mots.

Eleanor a l'air horrifiée et Riddick grogne. Je pouffe de rire, un large sourire étire mes lèvres au point de me faire mal aux zygomatiques. Seule une vraie amie oserait plaisanter sur le fait que j'ai une stomie. J'adore cette nana.

— Je t'aime, Sam. Tu m'as trop manqué. Ça t'embête pas si on va voir mon cheval ?

— Eh ben, t'en as mis du temps à le demander. Il est

dans une écurie *merdique*, répond-elle en souriant et en arquant un sourcil au mot *merdique*. Ne m'en veux pas, mais j'ai dû le planquer quelque part. Je lui ai acheté un Shetland comme compagnon. Je sais combien tu les adores.

Je lève les yeux au ciel. Sam sait parfaitement que ces poneys sont des cauchemars sur pattes, de vraies petites crapules. Pauvre Bob, il a dû être terrorisé. Je suis persuadée que le diable en personne a créé les Shetlands et les a rendus volontairement hyper teigneux.

Sam me prend soudain dans ses bras et me serre fort.

— Ne refais plus jamais ça. J'étais morte d'inquiétude, sérieux. Mais qu'est-ce qui t'a pris ? rouspète-t-elle en me secouant. T'es vraiment trop bête. Je suis tellement contente que t'ailles bien. Si t'as besoin de quoi que ce soit, t'as qu'à me demander. Je suis là pour toi, ne l'oublie jamais. Par contre, je facture l'amour vache, et pleurnicher sur moi coûtera plus cher.

Nous emboîtons le pas à Sam qui ouvre la marche. Je suis tellement fatiguée que j'ai mal au cœur. Je m'appuie de plus en plus sur le chien de l'enfer pour avancer.

Un hennissement retentit, et la tête de Bob apparaît au-dessus de la porte branlante de son box.

— Bob ! m'écrié-je.

Il hennit à nouveau.

Je me précipite pour ouvrir la porte de son box. Elle coince à mi-chemin et Sam doit tirer dessus pour m'aider. Mes mains tremblent alors que je pénètre à l'intérieur. Les yeux ronds et pleins de larmes, je contemple mon Bob. Il est superbe.

— Bob, j'ai cru pendant une seconde horrible que je t'avais perdu. Oh là là, tu m'as tellement manqué.

Bob esquive ma main tendue d'un mouvement brusque de la tête. Ses naseaux se dilatent, ses yeux se plissent, et il me lance un regard furieux, comme si quelque chose venait de le frapper. Il fronce le nez. Puis, d'un mouvement si brusque qu'il manque de me renverser, il pivote sur ses sabots pour me tourner le dos et fixe le coin opposé de l'écurie.

— Bob ?

Je sens une petite piqûre au cœur alors qu'il me présente son énorme croupe touffue. Il jette un coup d'œil par-dessus son épaule, puis se détourne à nouveau avec un souffle agacé.

— Bob... est-ce que tu... euh... m'en veux ? je murmure.

Ses oreilles s'agitent légèrement, prouvant qu'il écoute.

— Je ne t'ai pas abandonné exprès. Pardon, mon cheval, tu m'as terriblement manqué. Je te promets de faire tout mon possible pour ne plus rester loin de toi aussi longtemps. Je suis désolée, Bob-cob... Tu me pardonnes ?

Bob pousse un long soupir. Je m'approche doucement et commence à gratter son arrière-train gris pommelé. Il remue sa croupe, déplaçant ma main de façon calculée vers une autre zone à gratter en priorité. Une fois satisfait du temps que j'ai passé à soulager ses démangeaisons, il se retourne en grognant.

Ses grands yeux bruns me fixent. Il tend le cou et laisse échapper un souffle chaud vers moi. Lentement, il s'avance jusqu'à ce que sa lourde tête repose sur mon épaule. J'ignore la petite voix dans ma tête qui m'appelle à la prudence. Je caresse son museau soyeux et gratte la base de ses oreilles. Bob souffle son haleine de foin dans ma direction, ses yeux se ferment lentement, signe de contentement.

— Tu m'as tellement manqué, mon grand. Tellement.

Un sanglot m'échappe, et je me penche en avant pour passer mes bras autour de son cou, enfouissant mon visage dans sa longue crinière argentée. Je hume son odeur familière.

— Maintenant, je me sens enfin chez moi, murmuré-je.

CHAPITRE DIX

Je trottine dans le couloir en direction de la salle de bain, les bras chargés de mes affaires de toilette et de mon pyjama. Je m'efforce d'éviter mon reflet dans le miroir. Si les zombies existaient, je me ferais vraiment du souci ; si un chasseur de zombies me croisait en ce moment, il me descendrait sans hésiter.

Quand je capte par accident mon reflet, je frissonne. Je suis blanche comme un linge... Il n'y a plus une once de rose dans mes lèvres, ni même sous mes ongles. Avec mes cheveux blonds, mes yeux bleu clair, et cette allure de zombie, je ressemble plutôt à un fantôme.

Après une douche rapide, un brossage de dents énergique et un changement de sac pour Bert, je suis prête à aller me coucher.

— Est-ce que je peux laisser la porte ouverte ? demandé-je à Riddick en me balançant d'un pied sur l'autre les mains entortillées.

Je me sens ridicule, une gamine qui demande à dormir avec la lumière du couloir allumée. Sans fenêtres, le débarras est plongé dans l'obscurité totale. Après avoir vécu des mois dans une chambre vitrée, ce changement est brutal. Même si je devais m'en douter, je ne m'attendais pas à être prise de claustrophobie. La taille minuscule et l'absence de lumière rendent l'atmosphère pesante. Impossible de dormir ici sans laisser la porte ouverte — on suffoque, sinon.

Riddick répond par un petit soupir, puis opine lentement.

Je regrette — pour ne pas changer — que la magie ne fonctionne pas sur moi. D'après ce que j'ai compris, Eleanor communique avec Riddick grâce à un lien mental magique. Trop cool. J'aimerais pouvoir lui parler.

Je prends son hochement de tête pour un oui et lui adresse un grand sourire.

— Merci, Riddick.

Je tire sur la porte, mais elle racle contre le cadre du lit et rebondit. Je plisse les yeux et donne un coup d'épaule gauche contre la porte, en prenant soin de ne pas heurter Bert. Aïe. Je n'arrive toujours pas à la faire passer complètement derrière le lit. Dans un dernier effort, je parviens à la coincer ouverte contre le lit. Je recule pour admirer mon œuvre et frotte mon bras endolori. Un sourire de soulagement éclaire mon visage : beaucoup mieux ! Les lustres du couloir inondent la pièce d'une lumière douce.

Dans ta face, Doris. Pas besoin d'intimité ici.

Quand je grimpe sur le lit, il grince et gémit sous mon poids.

— Oups, glapis-je en battant des bras, paniquée, alors que mon corps roule involontairement vers le centre du matelas.

Je laisse échapper un piaffement sonore qui ferait la fierté de Bob, puis éclate de rire. Mince, j'avais complètement oublié le trou d'Homer jusqu'à ce que je m'allonge. Le matelas est tellement défoncé qu'il est impossible de dormir ailleurs que dans le creux en plein milieu. Il me faudra peut-être une corde pour m'extirper de là demain matin. Je plaque une main sur ma bouche pour étouffer mon rire, mais je continue de glousser tout en me tortillant pour échapper à un ressort qui s'enfonce dans mon dos.

Quand j'imaginais la nuit de mon retour ici, des tas de scénarios cauchemardesques me traversaient l'esprit. Mais un lit inconfortable ? Cela ne figurait pas sur la liste des sanctions prévues pour être revenue au domaine, sur le lieu de mon crime, après avoir arraché la petite métamorphe des griffes du démon. Je m'étais préparée à ce qu'ils me relèguent dans le bâtiment lugubre, la prison où je l'ai trouvée. Ou qu'ils me jettent dans des oubliettes, sombres et profondes, pour que plus jamais personne n'entende parler de moi.

Je me mordille la lèvre.

Et pourtant, me voilà, avec une garde rapprochée pour assurer ma sécurité. Ça semble presque trop beau pour être vrai.

La housse de couette est douce, et les oreillers moelleux. Je fais courir mes doigts sur le joint de Bert pour m'assurer qu'il est bien en place. Finalement, après quelques contorsions, je me cale sur le côté, les mains sous l'oreiller.

Je jette un coup d'œil à Riddick. Le grand chien de

l'enfer est allongé dans le couloir, juste devant l'entrée de ma chambre. Je me demande ce qu'il pense de mon petit spectacle pour m'installer dans le lit. Je souris ; il doit me prendre pour une nunuche.

La lumière vive du couloir danse sur son pelage, irisant sa magnifique fourrure rousse, qui semble encore plus duveteuse. Sous l'oreiller, mes doigts frémissent à l'idée de le caresser. *Ces chiens de l'enfer sont tordus*, me réprimandé-je intérieurement. Son attention est entièrement dirigée vers le couloir, en alerte.

C'est dans des moments de calme comme celui-ci que je pense à ma petite louve. Surtout en regardant Riddick. Personne ne parle d'elle — comme si elle n'avait jamais existé. Je ne sais pas où elle est ni si elle se trouve en sécurité. Les métamorphes ne sont pas causants ; poser des questions sur une métamorphe femelle est dangereux. Le seul homme qui pourrait me répondre deviendrait violent si je tentais encore de lui demander, à en juger par son regard. Même si ça me répugne, je suis obligée de repousser son souvenir au fond de mon esprit. Si je suis censée l'aider ou la revoir un jour, nos chemins se croiseront. Sinon, je dois avoir foi. Foi qu'elle va bien et que les métamorphes prennent soin d'elle. Moi-même, je ne suis pas capable de me protéger... c'est grave.

— Reste en sécurité, petite louve, murmuré-je à l'univers. S'il te plaît, reste en sécurité.

Riddick, sentant mon regard sur lui, pousse un long soupir avant de tourner la tête vers moi. Ses yeux verts et graves m'enveloppent d'une attention silencieuse.

— Bonne nuit, Riddick. Merci de veiller sur moi, chuchoté-je.

Il ne réagit pas à mes mots, mais c'est inutile. Son énergie magique de métamorphe glisse vers moi, infusant la pièce de vagues douces et réconfortantes.

Je soupire profondément, mon corps se détendant enfin.

Il me fait me sentir en sécurité. Être enveloppée métaphysiquement dans son énergie chaude procure une intimité particulière, un sentiment de paix et de protection que la plupart des gens ne remarqueraient même pas, ou considéreraient comme banale. Je n'avais jamais ressenti ça avant. Je ferme les yeux et me laisse envelopper par cette sensation. C'est peut-être mon imagination, mais qu'importe. Elle réchauffe mon âme. Je ne comprends pas pourquoi, mais je lui en suis reconnaissante.

Au chaud et en sécurité, je m'endors.

Un grondement sourd retentit. J'ouvre brusquement les yeux. Ma gorge me brûle, et les restes d'un cri meurent sur mes lèvres. Instinctivement, je lève les mains et me couvre la bouche.

Oh non. Je tremble alors que les tentacules de mon cauchemar glissent loin de moi. J'ai crié. *Oh non.*

Je tente de me redresser, mais le creux au centre du matelas rend tout mouvement laborieux. Un nouveau grondement me parvient, et mes yeux se tournent vers la porte. La silhouette massive de Riddick bloque l'entrée.

Il grogne sur quelqu'un dans le couloir.

Mon cœur bat à tout rompre sous l'effet de la peur. Je

gigote frénétiquement, malgré les protestations de Bert et de mes abdos, mais j'arrive enfin à rouler hors du lit. Mes pieds touchent le sol avec un bruit sourd, et en un petit pas hésitant, je me retrouve dans le couloir.

Une foule de gens mécontents fait face à Riddick, la plupart en pyjama. En tête du groupe, Doris.

Oh, mince, on dirait que j'ai réveillé toute la maison. Ma gorge en feu en témoigne. J'avais naïvement espéré qu'en quittant l'hôpital, je pourrais aussi laisser les souvenirs horribles derrière moi. Manifestement, ce n'est pas le cas. Je comprends pourquoi ils sont furieux. Personne n'aime être réveillé au milieu de la nuit par des hurlements à glacer le sang. Je croise les bras sur ma poitrine et les frotte nerveusement.

J'essaie de contourner la masse de Riddick, mais il se décale pour me bloquer le passage, son long pelage roux et crème me frôle les jambes. Dès que Doris m'aperçoit, elle fronce les sourcils et lève un index accusateur.

— Toi, crache-t-elle en me pointant rageusement du doigt. Tu vas quitter ma maison immédiatement !

Ce n'est pas *ta* maison, Doris. Le maître du domaine, un démon plutôt territorial, pourrait avoir quelque chose à redire à ce sujet.

Je tripote une mèche de cheveux moites, puis la coince derrière mon oreille.

— Désolée… je vous ai réveillés ? J'ai fait un cauchemar. Pardonnez-moi, je ne voulais effrayer personne, dis-je, morte de honte.

Mais tout ce que je reçois en réponse, ce sont des regards noirs et une colère à peine contenue. Les larmes me montent aux yeux.

Je connais la plupart de ces gens. Nous avons vécu ensemble pendant des années. Ils ne sont pas ma famille, mais je ne les ai jamais traités autrement qu'avec respect et gentillesse. Pourtant, ils me fixent maintenant comme une étrangère. Mon cœur se serre.

Je n'ai pas ma place ici. Je n'ai ma place nulle part.

Une fraction de seconde, Riddick détourne son attention du groupe pour jeter un coup d'œil vers moi. Ses iris verts croisent les miens. Son regard semble hanté. Oh non, je crois que j'ai traumatisé le pauvre chien de l'enfer.

— Je suis désolée, murmuré-je à son intention.

— Oh ça oui…, siffle Doris.

Elle frappe dans ses mains.

— Retournez tous vous coucher ! Je vais m'occuper de… de *ça*.

Les six silhouettes disparaissent rapidement dans le couloir, me laissant seule avec Doris, deux gardes, et Riddick.

Je me balance d'un pied sur l'autre alors que Doris s'avance vers moi, son doigt pointu dirigé droit sur mon visage. Je frémis. Le grognement grave de Riddick vibre autour de nous, et miraculeusement, Doris se ravise, reculant précipitamment.

Je suis persuadée que s'il n'avait pas été là, elle m'aurait fait du mal.

Le visage crispé par la fureur, elle resserre sa robe de chambre violette autour d'elle et croise les bras sous sa poitrine. Ses yeux lancent des éclairs, avides de vengeance.

Merde, elle est folle de rage.

— Il y a une chambre libre dans les baraquements à l'arrière, crache-t-elle. Elle est inoccupée la nuit, car les gardes sont en service de nuit et dorment pendant la journée. Là-bas, tes hurlements pour attirer l'attention ne dérangeront personne. Tu ne penses qu'à toi, Emma. Ton comportement ce soir était consternant et prouve à quel point tu es égoïste. Tu ferais mieux de rester discrète pendant la journée — malheur à toi si tu déranges qui que ce soit d'autre.

Son doigt accusateur me pointe avec une insistance presque douloureuse. Je grimace à ses méchantes paroles.

— Ton chien de garde ne te protégera pas si tu nous déranges.

Les gardes échangent des regards nerveux, et l'un d'eux recule d'un pas.

Le *chien* en question dévoile ses crocs. Je me place instinctivement devant Riddick, au cas où il lui prendrait l'envie de mordre Doris. Il me semble que personne ne contrôle ses rêves, mais je me tais et baisse les yeux, essayant d'adopter un air contrit. Ce qui n'est pas difficile vu que je me sens mal. Riddick ne sera peut-être pas là la prochaine fois pour me protéger, et je dois vivre ici. Je ne veux pas faire de Doris une ennemie.

Mon Dieu, c'est la honte. Non seulement j'ai l'air pitoyable mais maintenant, tout le monde sait que je *suis* pitoyable. *Brisée.*

— Prends tes affaires.

Ah bon, on n'attend même pas le matin. Je regarde Riddick d'un air paniqué. Oh non, comment je vais faire ? Je n'ose pas dire à Doris que je ne peux rien porter. Elle penserait sûrement que j'invente ça pour lui compliquer la vie.

— Je vais rassembler les affaires d'Emma, intervient Eleanor en s'avançant avec élégance dans le couloir.

Je pousse un soupir de soulagement.

— Merci, Eleanor, et excuse-moi pour le dérangement.

Punaise, même pas une nuit entière et je me fais déjà expulser de la résidence.

Agacée, Doris souffle avant de s'éloigner à grands pas. Ouf. Je frissonne. Si elle avait pu, je crois qu'elle m'aurait traînée hors de la maison par l'oreille ou jetée dehors à coups de pied. Heureusement, elle n'a pas osé provoquer Riddick. Je n'aurais jamais pensé être reconnaissante envers John pour son intervention, mais en cet instant précis, je le remercie de m'avoir assigné des gardes.

— Dépêche-toi, renâcle Doris au bout du couloir.

Je sursaute et me précipite pour la suivre, mais je m'arrête net, bloquée par une montagne de fourrure. Je cligne des yeux, confuse, en regardant Riddick. En réponse, il baisse la tête et me lèche les orteils.

— Beurk, râlé-je en fronçant le nez et en regardant mes pieds maintenant tout baveux. Il fallait vraiment que tu le fasses ? demandé-je en lui tapotant la tête. Oh, tu as raison. Laisse-moi prendre mes chaussures.

CHAPITRE ONZE

LE DÉMON VEUT ME PARLER. Il m'a convoquée pour une audience. Je n'ai aucune envie de m'entretenir avec lui. Chaque fois que j'ai l'illusion d'avoir retrouvé un peu de liberté, il me tire par les pieds.

La liberté ? Ha ! Je lève les yeux au ciel à cette idée ridicule. J'ai simplement échangé la poêle du démon pour les flammes du chien de l'enfer. La liberté n'existe pas pour moi.

Non, je suis la boule de flipper dans la machine infernale des créatures — j'ai un démon à gauche et un chien de l'enfer à droite. Une boule qui n'a pas son mot à dire sur sa trajectoire, brinquebalée de toutes parts. Super programme.

Je m'habille en mode « clinique chic » : un legging confortable et un pull large informe. La douceur du tissu est essentielle pour ne pas irriter les cicatrices sur mon ventre.

Mon épaisse chevelure blonde tombe en rideau jusqu'à ma taille — la seule partie de mon corps qui a encore un peu d'allure chez moi. Quand je me suis habillée ce matin, mon visage pâle avait l'air encore plus creusé que d'habitude, mes pommettes ressortaient, et des cernes profonds creusaient mes yeux. J'avais espéré que ce pull bleu ciel ferait ressortir la couleur de mes iris et me donnerait meilleure mine. Raté.

Avant d'entrer dans la pièce, mes doigts tracent anxieusement le contour du sceau circulaire sur le sac de Bert, dissimulé sous mes vêtements. C'est devenu un tic : vérifier encore et toujours que l'adhésif du petit sac opaque est intact et qu'il reste bien collé à ma peau. J'adresse un sourire crispé à mon elfe de garde, Eleanor.

Quand je lui ai dit qu'elle n'était pas obligée de m'accompagner, elle m'a répondu par un haussement de sourcil mécontent que j'ai interprété comme « Tu plaisantes, j'espère ? Je suis ta garde rapprochée. ».

Sans un mot, elle me désigne la porte fermée d'un signe de tête. Je lui réponds par un hochement hésitant.

— Non, je suis pas prête, soufflé-je. On pourrait rester ici, non ?

Ignorant ma supplique, elle frappe à la porte avant de l'ouvrir. J'inspire à fond et pénètre dans ma pièce préférée : la bibliothèque.

Opulente mais chaleureuse, la bibliothèque est le seul espace de la maison du démon qui n'a pas été modernisé. Je respire à nouveau profondément, et l'odeur familière des livres m'envahit. Ça sent la vanille sucrée, la terre et le vieux papier.

Des étagères de chêne couvrent les murs et montent jusqu'au plafond, remplies de trésors. Avec les écuries, cette pièce est mon refuge. Et le démon le sait. Me convoquer ici est-il une tentative de profaner mon sanctuaire ? Je soupire en silence. Probablement.

Arlo est assis dans un fauteuil semblable à un trône, plus imposant et orné que les autres sièges de la pièce. C'est une mise en scène grossière, mais efficace pour rappeler qu'il est le maître des lieux.

Comme toujours, il est impeccablement vêtu, dans un costume gris anthracite sur mesure. Habituellement, ses cheveux noirs, courts sur les côtés et longs sur le dessus tombent négligemment sur ses yeux bleu-gris. Aujourd'hui, ils sont plaqués en arrière, révélant des pommettes saillantes, un nez délicat et des lèvres charnues.

Trois hommes que je n'ai jamais vus sont assis en demi-cercle autour de lui.

Je m'arrête au centre de la pièce.

— Maître, tu voulais me voir ?

Je baisse la tête et les yeux en signe de respect, jouant mon rôle avec docilité.

Du coin de l'œil, je vois Eleanor se positionner à ma droite, légèrement en avant. Elle incline la tête à son tour, solennelle, puis adopte une position protectrice.

Je lutte pour garder une expression sereine. Bon sang, j'ai envie de me tortiller dans tous les sens. Mille questions me brûlent la langue, mais je pince les lèvres et garde mes émotions bien enfouies derrière mon masque. Dos droit, omoplates serrées, menton relevé... Je m'efforce d'incarner une image d'élégance froide. Mes mains, elles, tremblent. Alors je les cache derrière mon dos.

Le démon tapote ses lèvres charnues du bout des doigts. Une fois. Deux fois. Puis il se penche sur le bord de son trône. L'aura qui l'entoure vibre d'une excitation presque palpable. Ses yeux de prédateur pétillent. Oh non. Ce rendez-vous ne promet rien de bon. Arlo est trop enthousiaste. Et quand le démon s'amuse, cela finit toujours mal.

Pourquoi m'a-t-il convoquée ?

Mon regard glisse avec appréhension sur les trois visiteurs. Leur énergie dégage une prestance indéniable. Ils doivent être importants pour avoir leur place dans cette pièce.

Fait inhabituel, ces hommes sont tous d'espèces différentes : un vampire, un elfe et un métamorphe. Dit à voix haute, cela ressemble au début d'une mauvaise blague...

C'est le vampire qui accroche mon regard en premier. Enfin, ses ongles... dégueu. Longs, sales, plus proches de griffes, ils s'enfoncent dans le rembourrage du siège. Il a l'air ancien. Pas vieux au sens humain, mais usé par les siècles. Il a perdu cette vitalité qui caractérise ses semblables, et son apparence a quelque chose de fané. Il ressemble à une momie bien conservée, un crâne coiffé de cheveux. Ses longs cheveux bruns sont attachés à la nuque par un nœud noir. Oui, un ruban noir. Et ce n'est pas la seule bizarrerie de son style ; ses manches de chemise sont en dentelle noire.

Bref, il ressemble à un vieux vampire foldingue.

L'elfe, lui, possède de gigantesques yeux gris et une chevelure blonde tressée dans un style similaire à celui d'Eleanor. La ressemblance s'arrête là, car cet elfe n'est pas un guerrier. Son costume et son maintien princier évoquent la royauté. Je penche légèrement la tête, curieuse de deviner de quelle cour il provient.

Quant au métamorphe, il tranche par son look moderne : jean, T-shirt blanc à manches longues moulant un torse musclé. Il est affalé dans son fauteuil, les jambes écartées dans une posture classique d'alpha. Quand je pose mon regard sur lui, il se penche en avant en appuyant les coudes sur ses genoux. Ses mains pendent nonchalamment entre ses jambes. Depuis mon entrée, il ne m'a pas quittée des yeux. Quand il capte mon attention, il bombe ostensiblement les biceps. J'ai du mal à ne pas lever les yeux au plafond. Ces métamorphes... tous les mêmes. C'est probablement un métamorphe félin, vu sa crinière dorée qui évoque un lion. Son énergie est puissante, et avant de croiser le chien de l'enfer, il m'aurait sûrement terrifiée. Mais aujourd'hui ? Rien. Comparé au molosse, c'est un chaton. Il peut me dévisager autant qu'il veut, il ne m'impressionne pas.

Aucun d'eux ne m'intimide. Mon regard revient à Arlo, qui entame les présentations avec un enthousiasme trop visible. Sa voix, d'ordinaire marquée par l'accent britannique si raffiné, est exagérément pompeuse aujourd'hui.

— Messieurs, je vous présente Emma. Hélas, suite à une rencontre avec un chien de l'enfer... elle est brisée.

Il ponctue ses mots d'un geste dédaigneux dans ma direction.

— Brisée ? Pourquoi voudrions-nous d'un de tes jouets cassés ? siffle l'elfe.

Je tressaille. Il renifle et me regarde avec un dégoût à peine voilé.

— Moi j'aime ce qui est cassé, s'excite le vampire foldingue en frappant dans ses mains.

L'elfe l'ignore et continue.

— Qu'est-elle, au juste ? C'est vrai qu'elle pourrait être belle, mais pourquoi l'un d'entre nous voudrait-il d'elle ?

Il se lève, ajuste sa veste et glisse dans ma direction. Il s'arrête devant moi.

Eleanor change délibérément de jambe d'appui. L'elfe remarque son mouvement et esquisse un sourire narquois. Il ne me touche pas, mais se penche si près que nos souffles se mêlent. Il plonge ses yeux dans les miens. Je soutiens son regard, impassible.

Je ne suis pas brisée. Je suis forte et courageuse.

— Oui, elle est belle. Encore plus maintenant, avec les joues rouges de colère. Ses yeux sont remarquables, multicolores, exquis.

Mes yeux, sûrement un autre cadeau de mon géniteur anonyme. Du bleu clair au violet sombre, ils changent de couleur selon ma tenue ou mon humeur.

Non sans jeter un dernier sourire moqueur à Eleanor, l'elfe retourne à sa chaise. Une fois assis, les hommes entament un débat. À mon sujet. Comme si je n'étais pas là. Comme si je ne comptais pas.

Je réprime l'envie de m'agiter, de céder à la rage qui monte. *Reste droite, fixe un point devant toi, menton haut, respire. Relaxe.* Je répète mentalement mon mantra de cavalière. Il est approprié à la situation. Je ne bouge pas, je ne les regarde pas. Je ne contrôle rien. Pas encore, mais ça viendra. Je suis un vide froid et calme.

J'ignore ce qui a poussé le démon à orchestrer cette farce grotesque. Mais je refuse de lui offrir la moindre arme à retourner contre moi.

— Emma est immortelle, déclare soudain Arlo d'un ton dramatique.

Sa révélation claque dans l'air comme un fouet, coupant

court à toute discussion. Quatre paires d'yeux me fixent, trois d'entre elles brillant d'une curiosité nouvelle.

— Oui, immortelle. Mais elle peut être blessée, et elle ne guérit pas toute seule. J'ai récemment découvert que sa magie particulière lui permet de défier le vieillissement. Mes tests approfondis ont révélé qu'Emma, maintenant qu'elle a vingt-deux ans, restera figée dans cet âge... pour toujours, termine-t-il avec un geste théâtral dans ma direction.

Immortelle ? En voilà une nouvelle. Je fronce les sourcils et laisse échapper une grimace signifiant « si tu le dis ». Heureusement, je me reprends avant que quiconque ne le remarque et rabats mon masque impassible.

Immortelle ? Pourquoi ment-il ?

— De quelle espèce est-elle ?

— Avec quoi a-t-elle été croisée ?

— La généalogie d'Emma est une énigme, un mystère captivant. Elle possède de nombreux talents. C'est une cavalière accomplie...

Son regard se pose sur moi, et mes narines frémissent. Si seulement il savait que Sam a acheté mon cheval et que Bob est en sécurité. *Quel connard !*

— ... une danseuse, poursuit-il, et elle parle plusieurs langues. Plus d'une douzaine, je crois.

Je me retiens de rouler des yeux. Deux langues, à tout casser. Je parle anglais... mal.

— Son véritable don, cependant, est son immunité totale à la magie. Rien ne l'atteint. Imaginez ce qu'il est possible de faire avec un tel pouvoir... Elle traverse les barrières magiques, et les sortilèges glissent sur elle comme si la magie elle-même évitait son contact. Elle est extraordinaire. Unique.

Eleanor bouge légèrement à mes côtés, ce qui attire mon regard. Elle m'observe d'un air songeur. Je lève les yeux au ciel et rabats une mèche de cheveux derrière mon oreille.

— Je pourrais m'en servir comme bouclier magique ? demande l'elfe, ses yeux gris s'illuminant d'un vif intérêt.

— Bien sûr.

— Ces caractéristiques pourraient-elles se transmettre à sa descendance ? questionne le métamorphe.

Le démon hoche la tête.

— Peut-être.

— Puis-je lui infliger d'autres cicatrices ? gazouille le vampire d'un ton dérangeant.

Les autres l'ignorent.

— Voilà qui devient intéressant. J'aimerais la voir sans ses vêtements, déclare le métamorphe.

Eleanor se raidit immédiatement et s'interpose entre lui et moi.

— Enlève tes vêtements, jeune fille, aboie-t-il.

J'arque un sourcil. *Euh, non, sale pervers.* J'ignore sa requête.

Arlo penche la tête, un sourire en coin se dessine sur ses lèvres.

— Emma, déshabille-toi. Nous sommes tous curieux de voir l'étendue des dégâts causés par le chien de l'enfer.

Ses lèvres charnues se gonflent davantage tandis qu'une lueur de malice éclaire ses yeux.

J'en reste scotchée. *Pardon ?*

— J'aime les cicatrices, glousse d'une voix hystérique le vampire foldingue.

Je fixe Arlo, comme s'il avait perdu la tête.

— Maintenant, Emma.

Maintenant ? À cet instant, tout ce que je veux, c'est m'enfoncer dans le sol et disparaître. De fines perles de sueur se forment sur ma nuque et mes joues s'embrasent sous l'humiliation. Le démon me fixe avec son sourire malicieux.

Non, non, non, c'est un cauchemar. J'ai envie de pleurer, mais je mords violemment ma lèvre pour empêcher qu'elle ne tremble. Le goût métallique du sang envahit ma bouche. Mon regard vole désespérément vers Eleanor. Son visage est impassible, figé, et je sais d'instinct qu'elle ne peut rien faire pour m'aider. En l'état, il n'y a aucun danger pour mon corps. Je suppose que protéger mon esprit ne fait pas partie des clauses de son contrat de garde du corps.

J'aimerais que Riddick soit là.

Cette situation n'est pas normale. Le démon n'aurait jamais fait ça avant. Mais aujourd'hui, ses yeux brillent d'un plaisir cruel. C'est sa manière de me *punir*. Et il y arrive.

Je tremble comme une feuille. Je ne sais pas si j'en suis capable. Je ne veux pas que ces étrangers me voient... qu'ils voient Bert... C'est privé. Plus encore que ma peau ou mes os.

Je ferme brièvement les yeux. Je ne peux pas les laisser gagner. Non. Je ne leur ferai pas ce plaisir.

Je suis assez forte. Assez courageuse. Si j'ai survécu au chien de l'enfer, je peux affronter cette épreuve. Qu'ils regardent, qu'ils voient. Je me fiche de ce qu'ils pensent. Les gens ne vous blessent que si vous les laissez faire. Je vais supporter leur regard, leur mépris en gardant la tête haute.

J'ai cette force en moi.

Du bout des doigts, je commence à remonter mon pull...

La porte derrière moi s'ouvre brusquement. Sans même me retourner, je sens l'atmosphère de la pièce changer.

Je le *sens*, lui.

Des frissons parcourent ma colonne vertébrale, et mon corps se tend instinctivement. Une énergie furieuse déferle dans la pièce, une vague écrasante de puissance. Je jette un coup d'œil furtif par-dessus mon épaule.

— Pourquoi n'ai-je pas été invité à cette vente ? gronde John d'un ton menaçant.

Chapitre Douze

John entre dans la bibliothèque en fixant tous les hommes assis d'un air mauvais. Son treillis noir moulant et le soleil qui filtre par les fenêtres font ressortir ses larges épaules et son torse sculptural. Mon cœur s'emballe.

— Messieurs, la réunion est terminée, tonne-t-il.

Dieu merci.

Mes doigts moites lâchent mon pull, et un frisson de soulagement mêlé d'inquiétude parcourt mon échine.

Euh... soulagement ?

Je ne comprends pas pourquoi la présence du chien de l'enfer me procure du *soulagement*. Tous les yeux sont rivés sur lui. J'abandonne alors ma posture raide pour triturer mes cheveux, exaspérée.

John ne m'a pas blessée volontairement. Je me souviens de l'expression horrifiée dans son regard quand il a compris que je ne pouvais pas guérir... Dès lors, il a pris soin de moi. Mais oui, c'est ça...

Bon sang, mais quelle nunuche ! J'essaie sérieusement de me persuader qu'il arrive pile-poil à ma rescousse ? Qu'il est venu me protéger ? Me défendre ? Ben voyons.

J'arrête de tirer sur mes cheveux et secoue la tête. Je suis en train de craquer pour le chien de l'enfer ?

J'aimerais au moins croire que je ressens de l'inquiétude parce que *j'ai* la trouille... mais une partie de moi, complètement dérangée, réagit de façon indécente à sa voix de velours, si sensuelle.

Oh merde. Je relâche mon souffle. *Allez, Emma, tu deviens ridicule là.* Être attirée par des *bad boys* est une chose — un mal dont je ne souffre pas d'ordinaire —, mais être attirée par de sales types, c'en est une autre. Et John Hesketh rentre dans la deuxième catégorie haut la main.

Là, il faut que je sois honnête avec moi-même. Personne — je dis bien *personne* — ne m'a fait prendre conscience de ma personne autant que lui.

C'est comme si j'étais maudite.

Je déglutis en me frottant la poitrine. Qu'est-ce que ça fait de moi ? Oh mais, j'ai la réponse... Fais chier, merde. Je ne comprends pas ; ce n'est pas sain, c'est mal ! Mes pensées le concernant sont barrées, à tous les niveaux. Mais quelle cruche. Je suis écœurée de constater à quel point il est canon.

Je m'en remets au Ciel, attendant qu'on me donne la patience.

John foudroie le métamorphe du regard.

— Je suis trop vieux pour me faire sauter par un minou, balance-t-il en montrant la sortie. Dehors.

L'elfe et le métamorphe félin déguerpissent sans se faire prier.

Une indignation absolue déforme le visage du vampire, qui n'a pas quitté son siège.

— Pourquoi ? geint-il. Je veux jouer avec la petite. On ne va pas voir ses cicatrices...?

— Dehors !

Instinctivement, je me voûte et resserre les jambes nerveusement. J'ai envie d'aller au petit coin tout à coup.

Le vampire se lève en lâchant un rire amer.

— Tu me déçois, Arlo. Je m'attendais à m'amuser davantage en ta compagnie. Débarrasse-toi du chien de l'enfer rabat-joie et, la prochaine fois, c'est moi qui me charge de la petite fête.

Il se dirige vers la sortie d'un pas guilleret en ajustant ses manches en dentelle. Je tremble lorsqu'il me dépasse avec un sourire malsain.

— À bientôt, ma poupée brisée.

Puis on entend la porte se fermer.

Le silence est écrasant. Le démon et le chien de l'enfer se toisent.

— On va pas se raconter d'histoires, on n'en est plus là. Toi et moi sommes des graines de l'enfer.

John parle en se passant le pouce sur la lèvre. Trop sexy.

Arrête, Emma.

Détendu dans son fauteuil de monarque, Arlo relève le menton et se met à minauder.

— John, John, John... tu es venu sur mon territoire, dans ma demeure sans y avoir été convié, dit-il en se penchant. Et tu oses m'humilier devant mes invités ? Me menacer ? Moi ? Tu es allé trop loin, chien.

Entre deux respirations, le démon abandonne son masque de façade et ses yeux virent au noir.

Je me mets à trembler. Je déteste quand il fait ça. La noirceur s'écoule dans son regard jusqu'à le saturer d'une obscurité sans fond. Il laisse apparaître de grands crocs, et ses yeux deviennent luisants. La tête inclinée, il se renfonce dans son trône, puis applaudit avec une lenteur exagérée.

— Bravo pour ton impudence.

John se fend d'un sourire. Un sourire flippant et familier... Un sourire de prédateur.

— Tu as une dette envers moi, démon. Peut-être que tu es plus fort, ou peut-être pas..., répond-il avec une étincelle dans le regard.

Oh bordel, ça sent pas bon. Mon cœur bat à tout rompre. Et puisque personne ne me regarde, j'en profite pour esquisser un pas vers la sortie. Je crois que j'ai besoin d'un petit somme.

John ouvre la main, et une flamme bleue se matérialise. La flamme danse dans sa paume dans un mouvement hypnotique. Je penche la tête, hébétée. Oh, c'est donc ça la fameuse magie des chiens de l'enfer. Oula, je me demande si Riddick peut faire ça.

Mes yeux balaient du regard tous les bouquins inflammables autour de nous. Je me frotte la nuque. Il n'y a que John pour exécuter un tel tour de force dans la bibliothèque. Eh, range tes flammes !

À nouveau, je recule en espérant que tout ce drama me fasse passer inaperçue.

— Ta petite flamme n'a pas de prise sur moi, métamorphe, lance Arlo sur un ton railleur. Je suis un démon.

Nous sommes tous les deux nés dans les flammes, elles nous nourrissent... Mais je t'en prie, John, fais-toi plaisir.

Il ouvre les bras et recourbe les doigts en signe d'invitation. John hausse un sourcil.

— Voyons, mon garçon. On ne joue pas dans la même cour, reprend Arlo.

Absorbés par la flamme dansante, ni moi ni le démon ne remarquons le poignard dans l'autre main de John avant qu'il ne le lance avec une force prodigieuse. L'arme tournoie dans l'air avant de se planter violemment dans l'épaule d'Arlo. Je le regarde abasourdie, épinglé à la manière d'un papillon dans son fauteuil majestueux.

Il crie de surprise, et avant de retirer le poignard, un autre vient se loger dans l'épaule opposée. John se met à avancer tel un colosse. Je recule encore un peu, puis il pivote la tête.

— Reste ici, lâche-t-il d'une voix assassine.

Je m'immobilise aussitôt.

— Très bien, je... je vais rester là, balbutié-je en montrant mes pieds avant de lever un pouce en l'air.

J'entends le soupir exaspéré d'Eleanor à côté de moi. Sans faire attention à moi, il continue d'avancer tranquillement vers la proie clouée à son siège.

— Tu joues les guerriers depuis trop longtemps, mon garçon, commence Arlo d'un ton dédaigneux. Je suis plus ancien que le temps, plus encore que ce monde. On t'a mal informé. Les inscriptions sur ces poignards sont inutiles. Je continuerai de semer la destruction après que cette terre sera redevenue poussière. Tu n'es rien, un être pathétique. Tout ce temps passé à protéger ce monde, alors que tu n'as pas été capable de mettre à l'abri ta propre meute.

Arlo se met à ricaner.

— La facilité avec laquelle je leur ai mis la main dessus était déconcertante. Tu crois que ces joujoux peuvent me retenir ?

John envoie une autre lame dans le poignet gauche du démon, puis dans le droit et enfin, une autre lame vient se loger dans sa cuisse... jusqu'à ce que le démon ne bouge plus d'un iota. À chaque lancer, le démon part d'un rire gorgé d'une malveillance grandissante.

Je tremble de tout mon corps. Dans mon désarroi, je cherche du réconfort dans le regard d'Eleanor qui a levé le camp. Je la retrouve accroupie sur le grand tapis oriental au centre de la bibliothèque. Elle l'enroule vigoureusement jusqu'à dévoiler un cercle.

Un cercle bien familier...

Mes jambes faiblissent, et je m'écroule. Mon estomac se crispe douloureusement, je suis contrainte de fixer le cercle, épouvantée.

Oh mon Dieu.

Je cherche désespérément autre chose à regarder que cet horrible cercle. Je tourne la tête et le regrette aussitôt. Dans un mélange de choc et d'effroi, j'observe John attraper l'arrière du fauteuil d'Arlo et le traîner à travers la pièce. Le parquet impeccable est désormais défiguré par le raclement lourd des pieds du fauteuil. Des gouttes de sang verdâtre appartenant au démon souillent le sol.

L'euphorie d'Arlo s'éteint quand il arrive à destination.

Au cercle.

Il commence alors à se débattre avec hargne. Il semble hors de lui, étranglé par la vengeance, mais au-delà de ces émotions, je distingue la panique, l'angoisse. Je ramène mes genoux contre moi. Tandis qu'il se démène, des mèches de cheveux défient sa coiffure gominée et lui tombent dans les yeux. La vue bloquée par les cheveux et les ténèbres, Arlo n'a jamais eu l'air aussi humain. Un petit cri m'échappe, je plaque ma main contre ma bouche.

Je laisse libre cours à mes larmes.

Il est tout ce que je connais depuis mes cinq ans. Ce démon a régi ma vie, mais il ne m'a jamais vraiment blessée. Son traitement à mon égard a toujours été juste, étrangement. Tout ce que j'avais à faire, c'était de m'en tenir aux règles. Des règles que j'ai enfreintes... Suis-je à l'origine de ce drame ?

Arlo ne m'a témoigné aucun amour, mais... dois-je rester sans rien faire pendant que le chien de l'enfer le met en charpie ? Bon sang, je ne sais pas si j'en suis capable.

John soulève le fauteuil avec Arlo au-dessus des lignes du cercle, pour éviter de les effacer. Le fauteuil retombe dans un bruit sourd, et aussitôt, le cercle s'illumine d'une lumière aveuglante qui m'oblige à fermer les yeux. La lumière blanche traverse mes paupières, et je cligne des yeux pour retrouver la vue. Les symboles sur le sol brillent et vibrent.

D'où je me tiens, j'arrive à sentir le pouvoir émanant du cercle. J'en ai la chair de poule. Ma langue passe sur mes dents qui deviennent douloureuses.

Mes yeux dérivent vers Arlo. Médusée, je vois son visage changer... entrer en *ébullition*. Ses os se déplacent pendant que son visage prend des traits cauchemardesques. Il n'a plus rien du démon m'as-tu-vu. Il ressemble plutôt aux vieilles illustrations dépeignant les démons. Le beau visage que je connais depuis dix-sept ans s'est envolé, remplacé par *autre chose*.

— Je vais te dédommager ! Je te la donne, crie-t-il alors que davantage de sang éclabousse le parquet.

Moi ? C'est moi qu'il veut donner ?

— Elle ne vaut rien. Tu étais prêt à la vendre. Qu'est-ce que je vais faire d'elle ?

— On s'amusait juste un peu. J'ai vu ta culpabilité... tu la veux pour toi tout seul.

Le visage métamorphosé, la voix d'Arlo n'est plus qu'un son guttural.

C'est de moi qu'ils parlent ?!

— De la culpabilité ? Tu as vu ce que j'avais envie de te montrer. Je ne ressens aucune culpabilité, démon. Juste ça, dit-il en secouant la tête avec un sourire impitoyable.

Je me frotte la poitrine. Je suis vraiment conne.

— Tu n'as toujours pas compris ce qu'elle est ? réplique Arlo. Oh mais si... tu l'as su tout de suite, pas vrai ? Allez, John... L'histoire avec ta meute n'avait rien de personnel ; c'était du pur business. Je n'avais pas l'intention de leur faire du mal. Les choses dérapent parfois.

Un autre poignard se plante dans la poitrine du démon. Je me replie davantage sur moi-même.

Putain, mais d'où il les sort ?!

Après avoir trouvé la petite louve dans cette pièce... j'ignore ce qui est véritablement arrivé à la mère de John et à ses sœurs, et je ne veux pas le savoir. Je fais assez de cauchemars comme ça. Mais à l'hôpital, quand Arlo s'est vanté de leurs morts à voix basse, j'ai su sans l'ombre d'un doute qu'il était coupable.

Et pourtant, je ne supporte pas de voir une autre créature souffrir.

C'est au-dessus de mes forces. Rester bras croisés pendant que quelqu'un se fait brutaliser, ce n'est pas moi. Pas après avoir subi le même traitement que John m'a infligé.

Je m'apprête à me relever, décidée, mais une main ferme me retient.

— Non, Emma. Cela fait longtemps que cela devait arriver.

Je tressaille en entendant le hurlement du démon.

— Tu n'as pas intérêt à intervenir, continue Eleanor.

— Vous vous êtes servis de moi…, soufflé-je au bord des larmes. Tu as fait semblant de me protéger pendant que tu étais en train de préparer un cercle pour lui, sous son toit… c'est ça ?

Je secoue la tête, incrédule, et lève les bras au comble de la frustration.

— J'ignore comment Arlo a pu passer à côté. Il n'a jamais été question d'une garde rapprochée, mais de trouver une brèche. Pourquoi ? Comment tu as pu faire ça ? Je ne peux pas rester là à regarder, je dois l'aider !

À nouveau, j'essaie de me relever mais elle m'oblige à rester assise.

— Tu ne vas rien faire. Il avait l'intention de te vendre. Si on n'était pas intervenus, l'un d'eux t'aurait achetée.

— C'est faux…

— Ne sois pas stupide. C'est comme ça que tourne le monde, Emma.

Ses mains se fixent sur mes épaules pour m'avertir, et ses doigts m'empoignent davantage.

— Que crois-tu faire contre John ? lance-t-elle en me secouant.

— Je pourrais aller chercher...

— Qui ? Tout le domaine grouille de chiens de l'enfer. Réveille-toi, Emma. C'est la fin du règne de ce démon. Choisis ton camp. Il t'aurait laissée crever. John, lui, t'a sauvée.

Je repousse furieusement sa main.

— John m'a fait du mal, hurlé-je.

Eleanor secoue la tête d'un air dépité, elle détourne le regard en se contentant de m'ignorer.

— Je t'en prie, Eleanor, ne le laisse pas faire ça, l'imploré-je. Arrête-le par pitié... Je ne veux pas regarder ça...

Un hurlement déchire la pièce et mes yeux se braquent sur Arlo sans prévenir. Et je regarde...

Le cercle baigne à présent dans le sang. Non, non... J'étouffe mon cri avec le revers de ma main en secouant la tête comme prise de délire.

Chaque fois que John utilise ses lames, ma peau me brûle.

Putain, j'ai pas envie d'être témoin de ce massacre.

Des éclairs de mon traumatisme au sous-sol se superposent à la torture que subit Arlo. Je me balance d'avant en arrière, les genoux coincés entre mes coudes. Je pourrais continuer de faire comme si ce que John m'avait fait n'était pas aussi grave que dans mes souvenirs, comme si cela avait été exacerbé par la souffrance et le traumatisme... Mais assister à cette boucherie de mes yeux nus, sans la protection du choc ou de la douleur, m'empêche d'ensevelir la réalité. *John est un monstre sanguinaire.*

À la vue de tout ce sang, l'innocence en moi qui s'efforçait de croire que... Bbref, elle s'est désintégrée.

Après tout ce que j'ai traversé, j'en arrive à un constat simple : le démon m'a protégée. J'ai entendu des histoires sur les choses horribles qu'il a faites... Mais avant de monter Pudding ce matin-là, j'ai toujours cru en la justice de ce monde.

Je refusais de voir le mal en face. J'avais besoin de voir la lumière.

La beauté.

Je voulais que le mauvais me survole, qu'il me passe au-dessus, tandis que je restais ignorée de tous dans ma petite bulle. Je voulais rester indemne, être épargnée.

J'ai délibérément mésinterprété la volonté des autres, les situations... Je n'avais pas envie de les voir, ni l'horreur de ce dont les gens sont capables, surtout quand je ne peux rien y faire parce que je suis impuissante.

J'ai bêtement conservé une vision en noir et blanc en m'entraînant à ne voir que le bon côté. Voir le mal, autour de moi... Non. Je croyais que cela allait me briser.

Et puis je suis tombée sur cette petite métamorphe sans défense.

Quand j'ai plongé dans son regard émeraude... Ignorer les atrocités et s'obstiner à ne pas les reconnaître a fait de moi une coupable. J'étais fautive.

Je me félicite intérieurement, car j'ai fait ce qu'il fallait en lui venant en aide, pour compenser toutes les fois où je n'ai rien fait.

J'ai honte de ne pas avoir agi plus tôt.

L'horreur ne cesse pas juste parce qu'on ne la voit pas, ou qu'on refuse de la voir, ou qu'on arrête d'écouter la petite voix en nous. On a beau nier son existence, elle persiste, même en se bouchant les oreilles de toutes ses forces.

Je suis une hypocrite.

Il n'y a pas besoin d'être doté de pouvoir pour faire ce qui est juste. Au contraire, c'est faire ce qui est juste qui *donne* du pouvoir.

Je peine à me lever, Eleanor me cloue sur place.

J'observe le démon se faire dépecer et dépouiller de sa fierté. Je l'observe en me rappelant la douleur et la frayeur aux mains de ce tortionnaire.

Je fonds en larmes.

Je pleure le démon qui m'a protégée à sa manière perverse.

Je pleure mon impuissance, mon inutilité.

Et je pleure, car je sais au fond que... John est quelqu'un de *bien*, et ça me rend malade.

Il faut un monstre pour en détruire un autre.

Quand le carnage prend fin, je n'entends plus que le sang qui s'égoutte. La respiration du chien de l'enfer est lourde, la mienne irrégulière. La fille que j'étais est morte. Mais cette fille se raccrochait à un fol espoir.

Et dans un monde peuplé de monstres, il n'y a aucun espoir.

Chapitre Treize

LES GOUTTES de pluie scintillantes s'écrasent contre la fenêtre, brouillant la vue. Je les suis du bout des doigts.

— Tu vas où ?

Je lève la tête et fixe Sam, perdue. Elle fronce les sourcils, puis me balance son coude dans les côtes.

— Tu vas où ? Parce que t'es pas revenue, pas vraiment. J'ai besoin que tu reviennes. *Bob* aussi.

Ah. Si mon cheval en personne me réclame...

— Et au fait, Emma, tu veux bien arrêter de caresser ce chien de l'enfer ? C'est chelou. T'as conscience qu'il y a un mec grand, beau et musclé sous cette fourrure, hein ?

Elle remue les sourcils, avant de lancer une œillade salace à Riddick et moi.

— En fait, laisse tomber. Caresse-le, ma grande. Fais-toi plaisir.

Elle repart en sautillant, semant derrière elle des copeaux blancs comme des flocons de bois tombés de ses bottes. Ils ont dû se coller à ses grosses chaussettes pendant qu'elle curait les boxes.

Je retire ma main, presque brusquement, et regarde l'énorme chien de l'enfer qui s'appuie contre ma jambe.

— Excuse-moi, Riddick. Je ne voulais pas te manquer de respect.

Ma voix est rauque, rouillée par le silence. Je tords mes mains nerveusement et lui lance un regard que j'espère sincèrement contrit. Il cligne des yeux. Puis sa grosse tête heurte doucement mon coude, et quand mon bras retombe mollement, sa truffe fraîche s'immisce sous ma main.

Bon, d'accord. Je repose ma paume sur la tête de Riddick et me remets à caresser son épaisse fourrure.

Depuis qu'on a emménagé dans la nouvelle maison, je suis enfermée dans ma tête. John a embauché Sam, ma pote vampire, pour m'aider avec les chevaux. Une employée à plein temps doit coûter une fortune, surtout qu'on n'a que Bob et Munchkin, le poney. Sam est habituée à gérer une écurie entière, avec une quarantaine de chevaux et une armée de palefreniers. Elle doit s'ennuyer à mourir ici... Mais je ne le sais pas vraiment, parce que je ne lui ai même pas demandé. Je soupire et me frotte le visage. Je suis une amie lamentable. Il faut que je parvienne à m'extirper de ce nuage noir qui me ronge le cerveau.

Je suis reconnaissante à Sam pour son aide. Je ne peux pas faire grand-chose avec Bert, et la fatigue me tombe dessus à des moments improbables, comme un coup de massue. Une minute, je me sens prête à conquérir le monde, et l'instant d'après, vlan, c'est comme si un mur invisible surgissait, me brisant net dans mon élan. Vidée de mon énergie, je reste là, incapable d'avancer. Le comble de la frustration.

Heureusement, l'opération d'inversion avec le docteur Hanlon approche. Une fois que tout sera remis en place, cette fatigue dévorante disparaîtra peut-être.

Je secoue la tête. Quelle créature pathétique je suis devenue. Chaque fois que mon esprit s'égare, je me retrouve dans la bibliothèque, incapable de bouger, pendant que le chien de l'enfer déchiquète Arlo. La honte me consume.

J'aurais pu me battre, essayer au moins, réagir. Je me déteste d'être restée passive, et je me déteste encore plus de penser que le monde est un endroit meilleur, plus sûr, sans Arlo. C'est peut-être vrai, mais qui suis-je pour en juger ?

Dans mes cauchemars, le démon m'observe pendant que je revis chaque moment passé avec John dans ce sous-sol. Ses yeux noirs, démoniaques, brillent de mépris tandis qu'il me lance : *Tu ne m'as pas aidé. Pourquoi je t'aiderais ?*

— Sam a raison. Il faut que je passe un peu de temps avec Bob.

Je gratte derrière l'oreille de Riddick et, comme un gros chien, il se met à battre frénétiquement de la patte arrière. Un petit rire m'échappe. Je sais qu'il le fait exprès pour me faire sourire.

— T'es vraiment un drôle de métamorphe, toi.

Je me lève à contrecœur en grimaçant. J'attends quelques secondes que mon équilibre revienne, puis je quitte la pièce, Riddick sur les talons. Il attend patiemment que j'enfile mes bottes.

Nous sortons. Il reste collé à moi, mon ombre fidèle. J'ignore quand il dort. Il semble toujours éveillé, toujours à un pas derrière moi, ses yeux verts à l'affût du moindre danger. Curieusement, au lieu de m'effrayer, ça me rassure.

Mon ombre me protège.

La maison. Bien sûr, ce cher John est venu à la rescousse. Mes gardes nous ont fait déménager, Bob et moi, dans une jolie maison de cinq pièces dotée de structures équestres impeccables. Une villa moderne, tout en longueur, nichée au fond d'une impasse tranquille. De face, elle ressemble à une maison de poupée avec son crépi blanc et sa porte rouge vif pile au centre, encadrée par des fenêtres parfaitement symétriques. C'est joli. D'après les potins relayés par Sam, la maison aurait appartenu à un footballeur professionnel.

L'aide continuelle de John me dépasse. Pourquoi suis-je ici ? Tout cela me met mal à l'aise : dormir sous son toit, manger à sa table. Une fois encore, je dois laisser mon ennemi prendre soin de moi. C'est bizarre. Le dernier truc que je veux, c'est qu'il s'occupe de moi. Je n'arrive pas à comprendre ce qui le pousse à m'aider. Il a eu ce qu'il voulait, non ? Il s'est vengé en tuant Arlo. Je ne lui suis plus d'aucune utilité. Et pourtant, je suis là. Je commence à croire que les gardes ne sont pas là pour me protéger. Non, ils sont là pour m'empêcher de partir. Ma sécurité ? Tu parles !

Je secoue la tête. Quelle naïveté. Ces gardes ont toujours été là pour me contrôler... mais je ne l'ai compris que trop tard. Arlo non plus n'avait rien vu venir. Cette pensée me fait traîner les pieds.

Quant à Eleanor, je ne peux même pas la regarder. Elle m'écœure. Elle n'a rien à voir avec ces elfes guerriers dans les légendes, ceux qui protègent les innocents et combattent pour la justice. Non, c'est une mercenaire, une brute à la solde de John. Un claquement de doigts du molosse et elle me tuerait sans hésiter. À ses yeux, je suis une ordure. Une immonde adoratrice de démons.

Écoutez-moi. Je m'exaspère moi-même avec mes contradictions. Je déteste volontiers Eleanor, mais je *caresse* Riddick. Peut-être parce qu'il n'était pas là quand les ennuis ont commencé au domaine ? J'ai remarqué qu'il n'est jamais dans les parages quand John est là. Je ne les ai jamais vus ensemble dans la même pièce. John doit avoir quelque chose contre lui. C'est sans doute pour ça qu'il est forcé de rester sous sa forme de loup. Je le regarde d'un air soucieux. Ça ne doit pas être confortable de rester aussi longtemps dans un corps animal. Je serre les dents. Je ne serais pas étonnée que John lui ait imposé un châtiment aussi barbare.

Je déambule dans la petite cour en L, pavée de briques. Elle abrite quatre grands boxes et une pièce pour les selles et les rations. Du bout des doigts, j'effleure les portes en bois. L'écurie est nickel — Sam a déjà tout nettoyé.

Une goutte de pluie s'écrase sur ma joue. Je n'ai pas pensé à prendre de veste, mais je m'en fiche. La pluie, le vent froid qui mord ma peau... ça me rappelle que je suis là, que je suis encore vivante.

Dans le champ, Bob et Munchkin broutent tranquillement. Quand je m'approche de la clôture, Bob lève la tête et vient vers moi, nonchalant. Il regarde si j'ai une friandise pour lui. Mais mes mains et mes poches sont vides, et après avoir bien reniflé, il finit par se détourner avec un air méprisant et s'éloigne comme si je l'avais trahi.

Tandis qu'il arrache des touffes d'herbe, Bob me lance un regard en biais. « Eh l'humaine, viens seulement si tu apportes un encas. », semblent dire ses mâchoires qui claquent sur chaque brin d'herbe.

Munchkin, le Shetland noir à l'esprit de frondeur, enfonce sa petite tête à travers la clôture pour tenter de me mordre. Je recule juste à temps pour échapper à ses dents. Riddick, d'un grognement grave, le fait reculer. Blessé dans son orgueil, Munchkin libère sa tête, se cabre, agite ses petits sabots, puis pousse un cri aigu et s'éclipse sur une ruade.

— Sale garnement, je marmonne en riant malgré moi.

Il a ce don de me faire sourire. Avec la petite couverture légère que Sam lui a mise, il ressemble à une adorable peluche.

— Alors, t'as fini de broyer du noir à cause de ce démon ? lance Sam, qui s'approche de nous en s'essuyant les mains sur son pantalon.

Riddick, discret comme toujours, s'éloigne de quelques pas. Il va s'installer sous l'auvent des écuries, à l'abri de la pluie fine qui continue de tomber. Là, il s'allonge, posant sa grosse tête sur ses pattes gigantesques. J'aperçois un éclat de langue et ses dents blanches dans un bâillement paresseux, avant qu'il ne ferme les yeux.

De minuscules gouttes de pluie se déposent sur ma peau, et une mèche humide colle à ma joue. Je gratte le bois de la clôture avec un ongle.

— Je ne broyais pas du noir, Sam, grommelé-je. Le chien de l'enfer a arraché la tête d'Arlo sous mes yeux. C'était... c'était vraiment macabre.

Je déglutis et frotte ma poitrine du poing.

— Je n'arrive plus à dormir sans revoir la scène en boucle. Tout ce sang...

Je frissonne.

— Ouais, je comprends. Cette merde verte s'infiltre partout, répond Sam avec une grimace de dégoût. On peut même pas appeler ça du *sang*. Ça a un aspect et une odeur répugnants.

Je lève les yeux au ciel. Pas vraiment le point que j'essayais de souligner. Les vampires, franchement.

— T'es quand même mieux sans lui, tu le sais, hein ? ajoute-t-elle en me donnant un petit coup de coude dans les côtes. Ce type était le diable en personne.

Je la fixe, incrédule.

— Oui, je sais qu'il était méchant, Sam. Mais je suis pas habituée à ce genre de violence. Je sais pas ce qui va se passer, murmurai-je dans un souffle. Sam, j'ai tellement peur.

— Eh, on vit dans une maison sympa et t'as Bob. Carpe diem, Em. Y a pas d'autre solution, dit-elle en haussant les épaules. Si le chien de l'enfer te vire, j'ai une place pour toi. Alors, garde la tête haute, gamine. Ça pourrait être pire.

Je m'appuie contre la barrière, posant mon menton sur mes bras croisés.

— Oui, ça pourrait être pire, répété-je d'une voix faible.

Chapitre Quatorze

Je traîne dans la cour des écuries en quête d'une occupation et décide de m'atteler au nettoyage des abreuvoirs automatiques. Ce sont des cuvettes fixées dans le coin des boxes, qui se remplissent d'eau automatiquement. Je puise l'eau à la main, la laisse couler dans une brouette que j'ai placée en dessous pour éviter qu'elle se répande partout. Ensuite, je frotte les cuvettes qui étaient, à vrai dire, propres. Il y a bien des bouchons en caoutchouc au fond, mais ils sont si hermétiquement scellés que je crains de ne pas pouvoir les remettre en place si je réussis à les enlever. Alors, j'écope à la main.

Mes doigts rouges, presque violets, protestent sous l'eau glacée, mais je suis déterminée à m'occuper. J'essaie de rester en mouvement sans soulever de charges lourdes ni trop forcer. Je pousse un soupir. Pour être honnête, je gêne plus Sam qu'autre chose.

Ensuite, je préparerai les rations des chevaux.

Un bruit étrange attire mon attention et les poils de ma nuque se hérissent. J'essuie mes mains engourdies sur mon pull avant de passer la tête hors du box vide.

À la lisière de la propriété, je compte une douzaine de vampires, au moins, qui avancent vers nous.

— Oh merde, Sam. C'est des potes à toi ? crié-je.

Sam sort du box de Munchkin, une étrille à la main. Elle évalue rapidement la situation, puis secoue la tête.

— Nan. J'ai pas d'amis, à part toi. T'es la seule qui m'aime bien.

Eleanor surgit au coin du bâtiment. Avec une détermination glaciale, elle attrape mon bras et nous pousse, Sam et moi, dans la réserve où sont stockées les rations.

— Emma, ne bouge pas d'ici.

Sa marque de guerrière s'illumine faiblement, et d'un geste rapide au-dessus de l'entrée, elle trace une barrière de protection autour de la pièce.

Waouh. Deux épées courtes apparaissent dans ses mains comme par magie. Je regarde, avec appréhension et admiration, Eleanor passer en mode guerrière.

— Vampires, vous êtes sur une propriété privée. Je vous conseille de partir immédiatement, ou de vous préparer à mourir, tempête-t-elle en marchant droit sur eux.

— Je me demande dans quel film elle a piqué cette réplique, murmure Sam en tapotant la barrière translucide du sortilège faë.

La protection semble différente de celles des sorcières auxquelles je suis habituée. Je hausse les épaules. Eleanor est tellement fortiche qu'elle a le droit de sortir des répliques ringardes.

— Nous n'avons aucun différend avec toi, elfe, rétorque l'un des vampires. Nous voulons seulement la fille.

— La fille est sous ma protection. Si vous la voulez, il faudra me passer sur le corps.

— Là, c'est vraiment un dialogue de navet. Oh, j'ai hâte de voir les têtes voler. J'adore assister à une bonne baston, se réjouit Sam en frappant dans ses mains avant de coller son nez contre la barrière magique translucide. Je parie qu'elle en dégomme au moins sept avant que les autres se carapatent. Dommage qu'on n'ait pas de popcorn.

— Tu ne manges pas de popcorn, dis-je distraitement, les yeux rivés sur les vampires qui envahissent le champ derrière la maison.

Je me demande bien *pourquoi* la maison et la cour des écuries n'ont pas de barrière. Avec une protection magique en place, les vampires n'auraient jamais pu s'approcher. Ça n'a aucun sens.

Eleanor fait tournoyer ses deux épées, peut-être pour échauffer ses poignets ou pour intimider ses adversaires. Peu importe la raison, l'effet est spectaculaire.

Alors que les vampires envahissent le champ, j'observe Eleanor entrer en action. Soudain, elle se met à danser avec ses lames. C'est la seule façon de décrire sa gestuelle et son habileté au combat : une danse. Je suis émerveillée par son talent. Ses épées, indépendantes mais coordonnées, virevoltent autour d'elle. Les vampires n'ont aucune chance. Leurs corps autrefois humains, bien que plus forts, ne sont pas à la hauteur de l'elfe guerrière qui les fauche un par un, sans faillir. Ils s'effondrent à ses pieds. Je grimace tellement la scène est brutale. À un moment, Eleanor affronte cinq vampires à la fois. Au lieu d'être un avantage, leur nombre les handicape, car ils se gênent mutuellement. Cela rend la danse d'Eleanor encore plus impressionnante et sa tâche encore plus facile. Trancher, poignarder, étriper. Elle bondit, et pendant un instant suspendu, elle effectue même une roulade, esquivant l'attaque mortelle par-derrière d'un vampire qui tentait de la surprendre.

— Waouh ! Une vraie ninja, s'extasie Sam.

Perso, j'ai envie de gerber. Les poils de mes bras sont au garde-à-vous. C'est comme regarder une œuvre d'art. Une œuvre d'art macabre, horrible. Pourtant, malgré la barbarie, je m'inquiète pour Eleanor. Elle affronte des adversaires bien trop nombreux.

Même si son incroyable démonstration de force me retourne l'estomac, je ne peux ignorer qu'elle risque sa vie pour *me* protéger. Les petits griefs que j'avais contre elle disparaissent d'un coup, réduits à néant par la réalité. J'ai un respect fou pour cette elfe.

Mais mon fichu sens de l'empathie me rend simultanément triste pour les vampires. Quelqu'un les a envoyés ici sans préparation, et le massacre qui a lieu sous nos yeux est une tragédie.

— Ooh ! commente Sam, collée contre la barrière, les mains jointes autour de son nez.

Je grimace quand Eleanor empale d'un geste brutal le torse d'un grand vampire.

— Ils vont s'en remettre, tu crois ? je demande en tortillant nerveusement mes mains.

— Ouais, s'ils trouvent du sang à temps. Tant qu'ils

gardent leur tête sur les épaules et que leur cœur n'est pas touché, ça passe, explique Sam, captivée par le carnage.

Un grondement et un éclair de fourrure rousse. Riddick entre dans la mêlée.

À son apparition, les vampires se dispersent, mais l'effet est de courte durée. La fourrure de Riddick s'embrase, une lumière bleue surnaturelle jaillit comme s'il avait craqué une allumette.

Oh mon Dieu... Sa fourrure en flammes...

Sam laisse échapper un ooooh d'admiration. Je reste bouche bée. Impossible de le regarder comme avant après ça. J'imaginais à peine qu'il pouvait créer une petite flamme sur sa main, comme John. Mais là ? Il possède assez de magie pour enflammer sa fourrure. Dément.

La magie du feu illumine tout le jardin d'une lueur bleutée. Riddick est comme un mini-soleil bleu, une boule incandescente qui crame et déchiquète les vampires autour de lui.

Mais ces derniers continuent d'affluer.

C'est alors qu'une voix s'élève.

— Pendant qu'ils sont occupés, pourquoi on ne tuerait pas les chevaux ?

Mes yeux s'écarquillent d'horreur.

— Si vous touchez un seul crin de ces poneys, je vous arrache la gueule, hurle Sam, frappant inutilement la barrière avec sa paume.

Un visage apparaît derrière la barrière et la dévisage de haut en bas.

— Et tu vas faire quoi, coincée derrière ta barrière ? Rien du tout. Charles, occupe-toi du petit, moi je prends le grand. Le sang de cheval, c'est un vrai délice.

Il se lèche les babines.

— Espèces d'enflures ! rugit Sam. Laissez ces chevaux tranquilles. Je vous retrouverai, je le jure. Je vais vous traquer jusqu'au bout du monde. Ces chevaux ne sont pas de la bouffe.

Elle frappe de nouveau la barrière en grognant.

Mais les deux vampires s'éloignent en ricanant. L'un se glisse dans l'écurie de Munchkin, l'autre pose une main sur la porte du box de Bob.

Sans réfléchir, ma main se referme sur le couteau aiguisé que nous utilisons pour ouvrir les bottes de foin et les sacs de granulés. Je serre le manche noir dans mon poing.

Ma vision devient floue, presque noire, obscurcie par la rage. Un grognement inhumain monte dans ma poitrine, s'échappant de ma gorge comme un rugissement.

Sam me crie quelque chose, mais ses mots ne transpercent pas ma bulle de fureur. Mon esprit est entièrement focalisé sur *Bob*. Mon attention se cristallise, et je ne vois plus qu'une chose : ce vampire.

Je grogne de nouveau, bousculant Sam sans ménagement.

Et je traverse la barrière.

Chapitre Quinze

Le vampire pénètre dans le box. Bob, effrayé par l'arrivée brutale de l'intrus, recule jusqu'au mur du fond. Ses oreilles sont plaquées en arrière, ses yeux révulsés laissent voir le blanc. Il renâcle, secoue la tête et gratte le sol de ses sabots. Mon Bob sait d'instinct que ce vampire lui veut du mal.

— Sois gentil. Voyons un peu quel goût tu as, s'esclaffe le vampire en claquant les lèvres.

Il avance vers mon cheval.

À pas de loup, je me glisse dans le box derrière lui. Personne ne menace mon cheval. Je réprime le grondement de rage qui me brûle la poitrine. Sans réfléchir, je me hisse sur la pointe des pieds. D'un mouvement leste, j'empoigne le vampire par les cheveux, serre les dents, le tire violemment en arrière et, d'un geste fluide du poignet, je pose la lame sur son cou.

Puis je lui tranche la gorge.

Le coup est net. Il sectionne la carotide et la trachée d'un seul mouvement. Le vampire halète brièvement avant d'émettre un gargouillis sinistre.

Il porte les mains à son cou, cherchant désespérément à contenir le sang qui jaillit. Je lâche ses cheveux, et il se retourne. Ses yeux paniqués cherchent la menace et se posent sur moi. Lorsqu'il voit mon expression, ses prunelles noisette s'écarquillent de peur.

Je le contourne en grognant, m'interposant d'un geste protecteur entre Bob et lui. Mes lèvres se retroussent, laissant passer un grondement terrifiant.

Je. Suis. Enragée.

La gentille Emma n'est pas disponible pour le moment.

Je m'avance courageusement et le pousse. Il chancelle, titube, mais pas assez vite à mon goût. Je le pousse à nouveau, *fort*, pour l'obliger à sortir du box, loin de mon cheval. Il trébuche dans l'encadrement de la porte, vacille un instant, puis s'effondre à genoux. Je le regarde sans émotion, alors qu'il lutte pour respirer. Sa respiration est sifflante, il s'étouffe et des bulles de sang s'échappent de ses lèvres.

Un autre grondement s'échappe de ma gorge. J'écarte ses jambes d'un coup de pied pour fermer la porte du box, puis enjambe le vampire allongé sur le sol, peinant à respirer.

Munchkin.

Mes lèvres se retroussent et je montre les dents.

Le deuxième vampire n'a pas beaucoup plus de chance avec le fougueux poney Shetland. J'incline la tête en observant la scène. Il court après le poney autour du box...

jusqu'au moment où les rôles s'inversent et que Munchkin se met à le poursuivre. Le vampire pousse un cri aigu.

— Cette bestiole est cinglée. Patrick, je fais quoi ? Il essaie de me mordre ! hurle-t-il.

Il ignore que son acolyte *Patrick* a des problèmes bien plus sérieux. Munchkin le charge droit vers moi, et le vampire vient s'embrocher sur mon couteau.

Six fois au total.

— EMMA, ça va ?

Le soleil inonde l'entrée de l'écurie, projetant des rais dorés sur le sol. L'un d'eux caresse mon visage et mon bras. Je cligne des yeux. Sur ma peau, une couche collante et poisseuse : du sang de vampire pourpre. Mes doigts se crispent sur la poignée noire de la lame encore dégoulinante. Mon autre main s'élève lentement. Je la tends vers la lumière. Le sang brille et s'étire en filaments gluants quand j'ouvre et referme les doigts.

— Emma, tu vas bien ?

Je suis couverte de sang. Je halète, le souffle court.

Mes yeux glissent vers le sol, là où gît un corps. Munchkin donne un coup de sabot au vampire. Sa tête roule sur le côté. Je croise son regard vitreux, figé dans la mort.

— Ça va, la perforeuse ?

C'est encore Sam qui crie depuis la réserve. Les mots traversent enfin la brume de rage qui s'efface lentement. Mes yeux s'éclaircissent. J'acquiesce, sans vraiment le vouloir. Ma tête opine mécaniquement, comme une marionnette.

Mon Dieu, qu'est-ce que j'ai fait ?

Qu'est-ce que j'ai foutu ?

Mes mains tremblent de façon incontrôlable. J'ai dû lui poignarder le cœur. Je tiens le couteau à bout de bras, en faisant attention de ne pas me blesser. Mes genoux s'entre-choquent.

— Oh là là... gémis-je. Qu'est-ce que j'ai fait ?

Ignorant ma présence et le vampire qui gît au sol, Munchkin retourne mâchonner son tas de foin comme si de rien n'était.

— Mais qu'est-ce que j'ai fait ?

— Y en a d'autres ! hurle Sam.

Hébétée, je sors de l'écurie en titubant. Deux autres vampires surgissent devant moi. Mon corps vacille, et je resserre mes doigts tremblants autour du manche poisseux.

Merde, où est passée la rage, le voile noir qui m'aveuglait tout à l'heure ? J'ai besoin de cette force maintenant. Je vacille. Oh non, je ne peux pas. Pas à nouveau... Je ne peux pas *tuer* encore.

Riddick surgit de nulle part. Une masse imposante, des crocs éclatants et des griffes aussi tranchantes que des rasoirs. Il se jette sur les vampires, charcutant chair et os. Le sang gicle de partout. Les vampires n'ont pas le temps de réagir, encore moins de crier.

Je tremble comme une feuille, me balance d'avant en arrière, du talon à la pointe des pieds.

— Bien joué, Emma, hurle Sam.

Putain, je vais gerber.

Eleanor réapparaît soudain et colle son visage à quelques centimètres du mien.

— Mais qu'est-ce qui t'a pris de sortir de la réserve ? Tu étais censée rester à l'abri !

Je continue de me balancer.

Je n'ai pas réfléchi.

L'elfe agite la main et la barrière autour de la réserve tombe, libérant Sam.

— Oh merde, y a des morceaux de vampire partout, ronchonne-t-elle.

Son nez se plisse alors qu'elle jette un coup d'œil par-dessus la porte de l'écurie de Bob.

— Regarde-moi ces sols. Je vais devoir tout nettoyer au jet et désinfecter. Et le champ, tu l'as vu ? continue-t-elle, les mains sur les hanches. Un vrai carnage. J'espère qu'ils vont m'envoyer une équipe pour nettoyer toute cette matière visqueuse.

Les mots *morceaux de vampire* et *matière visqueuse* tournoient dans ma tête. Je me penche en avant et dégobille, évitant de peu les chaussures d'Eleanor.

Quand j'ai fini, je vais pour m'essuyer la bouche... mais je m'arrête net en voyant l'état de mes mains. Mes mains ensanglantées. Je ne peux pas m'essuyer la bouche. Je regarde avec désolation mes mains tremblantes, souillées et meurtrières.

— Je ferais mieux de me laver... marmonné-je.

— Ouais, la tueuse, va te récurer, raille Sam. Ces enfoirés voulaient s'en prendre aux poneys, explique-t-elle à Eleanor.

— Bob est un cheval, corrigé-je.

— Quelles enflures. Je m'en occupe, Em. T'as eu assez

d'adrénaline pour aujourd'hui. Je peux entendre ton cœur d'ici, il va exploser.

— Je suis furieuse contre toi. Te mettre en danger comme ça, c'est insensé, lâche Eleanor avec un claquement de langue, comme si je n'avais pas failli l'asperger de vomi.

— Désolée, je murmure. Je ne voulais pas te compliquer la tâche.

Je suis aussi désolée pour les horreurs que j'ai pensées sur toi. Mais ça, je me garde bien de le dire. Ça ne ferait qu'empirer les choses. J'ai été injuste. Méchante, même.

— Je comprends ton besoin de protéger tes chevaux, grommelle-t-elle.

À cet instant précis, le vampire à qui j'ai tranché la gorge émet un râle.

— Il va s'en sortir ? demandé-je.

En guise de réponse, une épée apparaît dans la main d'Eleanor. Agile comme un chat, elle pivote sur ses appuis. La lame fend l'air, haut et clair, avant de tracer une courbe parfaite. La pointe s'enfonce dans la gorge du vampire, juste au-dessus de ses mains agrippées à son cou. Une gerbe de sang éclabousse le mur de l'écurie, dessinant un éventail macabre. La tête roule au sol dans un bruit spongieux.

Je titube. Bon, euh... jJe suppose que ça répond à ma question. Je tousse pour me dégager la gorge. Quelques mèches échappées de ma queue de cheval dansent dans la brise légère. Je détourne les yeux du corps, je préfère fixer les gouttes de sang qui dégoulinent sur le mur.

Ma poitrine me fait mal. J'ai tué un homme aujourd'-hui. J'ai franchi une ligne. Je suis une meurtrière désormais.

Un bruit attire mon attention. Des pas, des griffes qui cliquettent sur le béton. Je lève les yeux. Riddick se dirige vers moi, animé d'un bouillonnement de rage. Ses oreilles sont plaquées contre son crâne et sa queue est repliée entre ses jambes.

Du sang macule sa fourrure. Ses narines frémissent en rencontrant les miennes. Il me renifle. Quand je tente de reculer, il grogne, exhalant une haleine putride. Par réflexe, je respire. Erreur. Une odeur de barbaque pourrie m'envahit les narines. J'ai un haut-le-cœur.

— Beurk ! Tu pues le cadavre de vampire.

Il grogne encore, dévoilant une rangée de crocs impressionnants. Je détourne la tête en grimaçant. Je crois avoir aperçu des morceaux de vampire coincés entre ses dents.

— Riddy, je vais encore dégueuler si tu me colles ton museau sous le nez.

Il expire une nouvelle bouffée nauséabonde en poursuivant son inspection olfactive.

— Arrête ! protesté-je en éloignant d'une tapette sa truffe de Bert. C'est bon, ils ne m'ont pas blessée. Cesse de me renifler. C'est dégueu.

— Putain, Emma... évite de gifler un *chien de l'enfer* en pleine gueule, glapit Sam en panique.

Je balaie son inquiétude d'un revers de la main.

— J'avais laissé Emma dans la réserve, derrière une barrière de protection faë, explique Eleanor. Et elle a décidé de son propre chef d'en sortir pour protéger ses chevaux.

Riddick grogne et montre les crocs. Mes mains gluantes saisissent son museau et le forcent à fermer la gueule. Je fixe ses yeux en colère.

— Je ne suis pas désolée. Je ne pouvais pas les laisser faire du mal à Bob et Munchkin. J'ai pris le couteau dans la réserve, et... ma voix se brise, des larmes brouillent ma vision. Et je les ai poignardés, pour les arrêter. Je ne... suis pas... désolée.

Je ravale un sanglot, mon corps oscille comme un métronome.

— Riddy, j'ai tué quelqu'un.

Les yeux verts de Riddick me fixent avec compassion. Il comprend.

Je lâche son museau, et il déplace sa masse colossale pour se blottir contre moi. Sa fourrure chaude et douce m'enveloppe comme une couverture. Je m'accroche à sa proximité, à son réconfort. Au bout de quelques minutes, je lui tapote doucement la tête.

— J'ai besoin d'une bonne douche.

Je m'éloigne en vacillant sur mes guiboles. Je claque des dents et tout mon corps me supplie de le laisser enfin se reposer. Personne ne m'arrête. J'imagine que cela signifie que tout danger est écarté. J'ai besoin de me décrasser.

La nouvelle créature *monstrueuse* que je suis devenue doit laver le sang sur ses mains.

Chapitre Seize

Je lis paisiblement sur le canapé en m'efforçant d'ignorer Riddick, qui cherche à attirer mon attention. Pas question, ce bouquin est vraiment génial. Mon plaid se déplace petit à petit par à-coups. Du coin de l'œil, je remarque qu'il le tient entre ses crocs. Un sourire menace d'étirer mes lèvres. Je lève les yeux en attrapant le plaid, parée à lutter.

J'ai zéro chance dans un bras de fer avec un chien de l'enfer. Riddick tire d'un coup, puis le plaid me file entre les doigts pour finir par terre. Ses pattes aussi grosses qu'une assiette le piétinent sans vergogne. J'étouffe un rire et me détourne complètement de lui.

Riddick vient se placer juste au-dessus de moi, à une distance qui me met tout sauf à l'aise. Le visage tourné vers le plafond, je continue de l'ignorer en feignant de lire. Mes yeux dévient des pages et je distingue l'étincelle dans ses iris et son sourire espiègle. Sous cet angle, son rictus paraît interminable.

Pour se venger de mon impassibilité, il se rapproche et me fait une énorme léchouille. Tout mon visage y passe en frôlant le coin de mes lèvres.

Je crachouille théâtralement et me frotte la bouche.

— Mais beurk ! T'as pas fait ça ?! couiné-je en frottant énergiquement mon visage baveux sur ma manche. Saleté ! C'était dégoûtant... tu es un métamorphe, pas un chien.

J'essaie de lui donner un coup de bouquin, manquant presque de tomber du canapé dans mon élan. Riddy esquive le coup en me narguant allègrement avec un sourire.

— Satané Riddick, bougonné-je en cachant piètrement mon amusement.

Chien de l'enfer ou pas, j'adore cette maudite créature.

— John t'a organisé une rencontre avec un ange, annonce Eleanor en entrant dans la pièce.

J'interromps ma bagarre avec Riddick et la fixe en sourcillant. Cette fois, je descends du canapé. Je souffle pour dégager une mèche de ma queue de cheval maintenant plaquée contre mon œil droit. Je me redresse et tapote Bert pour m'excuser. Eleanor a désormais toute mon attention. Un ange ?

— Mais pourquoi je dois voir un ange ?

— Pour te guérir, quelle question, répond-elle.

Me guérir ? Un ange peut me guérir ? Intéressant.

Je laisse tomber mon livre. Je suis soulevée par l'excitation et l'émerveillement. Je n'ai jamais vu d'ange. Tout comme les démons, ils doivent être dotés d'un grand pouvoir pour être sur Terre. Ces créatures n'appartiennent pas à ce monde.

Les lignes telluriques qui forgent les passages des sorcières constituent également des portails vers d'autres mondes. Enfin, c'est un peu top secret. Je suis au courant, car j'ai entendu des bruits de couloir au domaine, et que j'ai passé beaucoup de temps avec un démon. Les plus puissants viennent sur Terre, car ils possèdent un certain poids politique dans leur dimension.

Les anges n'ont rien de commun avec l'image qu'en font les récits religieux. Certains croient toutefois que les deux espèces, anges et démons, ont quelque chose à voir avec les premiers hommes et l'histoire des créatures surnaturelles... Ils auraient mis leur grain de sel dans l'évolution en nous aiguillant selon leur bon vouloir. Les anges sont aussi flippants que les démons. S'il y a bien une créature capable de me guérir, ce serait potentiellement un ange.

Je me gratte la tête. Ma coiffure ne ressemble plus à rien, je suis échevelée à ce stade. Obtenir une audience avec un ange relève de l'exploit. Je tire mon élastique pour refaire ma couette. Pourquoi John gâche-t-il une telle opportunité pour moi ? Sans compter qu'il y a un grand risque pour que la magie n'opère pas sur moi. Après tout, c'est un chien de l'enfer, me dis-je en resserrant ma queue de cheval, il doit connaître tout le monde. J'en fais tout un plat pour rien. Je vais peut-être enfin savoir quel genre de créature je suis.

— Je vais me changer, lancé-je gaiement.

Savoir que je vais pouvoir aller aux toilettes normalement est une grande source de motivation. Je trébuche sur le plaid et me rattrape à la tête de Riddick.

— Merci, grosse tête, lui dis-je avec un sourire complice.

Enjoué, il me mordille le derrière quand je le dépasse.

— Dix minutes, me crie Eleanor pendant que je m'éclipse.

La maison n'a pas de portail, on va devoir conduire pour arriver au rendez-vous. Je veille à prendre une bouteille d'eau chaude avec moi ; ça m'aidera pour les crampes d'estomac sur le trajet.

Vingt minutes plus tard — puisque je suis allée faire un coucou à Sam et à mes canassons — on monte en voiture, prêts pour une nouvelle aventure.

Cela fait une demi-heure que nous sommes sur la route. Le nez dans le téléphone, je ne vois pas arriver le véhicule qui nous percute de plein fouet.

Dans l'impact, le temps ralentit. Mon corps est cisaillé par la ceinture, le téléphone vole de mes mains. Je suis tiraillée entre protéger Bert ou mon visage. Mon estomac l'emporte, j'encercle mon ventre de mes bras. Un autre choc. Ma tête valdingue sur le côté, je me retrouve crucifiée par la douleur dans mes entrailles. Des salves de chauds-froids m'assaillent. Ma ceinture me tient douloureusement en place, tandis que mon épaule et ma poitrine irradient atrocement au point de gémir.

J'entre en apesanteur. J'ai l'impression d'être dans le tambour d'une machine à laver alors que la voiture effectue des tonneaux sans s'arrêter. Je ferme violemment les yeux quand la vitre m'explose en pleine figure et que les éclats de verre m'éraflent la peau.

Quand la voiture se couche sur le côté, ma vue et mon ouïe se réverbèrent, comme si j'étais sous l'eau. Je cligne des yeux en grognant. Le son me parvient comme distordu. Ma tête m'élance. Je porte une main tremblante à ma tempe douloureuse pour constater une tache rouge sur mes doigts. Suspendue, j'essaie d'ouvrir les yeux et de focaliser ma vue brouillée sur les autres passagers. Mais Eleanor et Riddick ont disparu.

Mais... où sont-ils passés ?

D'un coup, mon ouïe se remet à fonctionner. À l'extérieur de l'habitacle, j'entends le fracas d'un combat, le sifflement des épées d'Eleanor et le grondement de Riddick. Puis le tic-tac du moteur, le grincement du métal, le craquement du verre et du plastique pendant que la voiture se stabilise.

J'inspire un grand coup pour retrouver un souffle normal. J'ai un doute sur le combo bagnoles modernes et feu. Et si mon imagination ne me joue pas de tours, il y a une odeur de fumée...

Merde. Il faut décamper. Je détache ma ceinture de sécurité, m'y agrippe et glisse habilement sur les sièges pour arriver à la portière défoncée. Le plastique et le verre craquellent sous mes pieds, j'utilise l'appui-tête pour garder l'équilibre. J'enlève ma botte et saute à cloche-pied pour dégager le reste de la vitre au-dessus de moi. Après ça, je n'ai pas de plan. Quelle gourde.

Je vais devoir jeter un œil à la bataille.

Mais cela revient à sortir la tête du terrier. Il faut prier pour qu'aucun prédateur ne m'arrache la tête.

Je remets ma botte et fourre mes mains dans mon pull. Les doigts légers sur le rebord de la fenêtre, j'inspire profondément. Je me donne du courage et ose un regard à la ronde.

Merde, les vampires sont revenus.

On dirait qu'Eleanor et Riddick les ont attirés loin de la voiture, et de moi. Je retourne à l'intérieur, respirant avec difficulté. J'ai le cœur à mille à l'heure. Oh oh. Je vais tourner de l'œil. *Allez, Emma.* Intérieurement je compte jusqu'à trois. À *un*, je me fais violence pour sortir du véhicule.

J'ignore comment, mais j'arrive à me faufiler, ni vue ni connue. La toiture grince quand je glisse dessus, et j'atterris lourdement sur la route en me cognant les fesses contre la carrosserie. Un petit cri m'échappe quand la voiture tangue sous l'impact de mon corps.

Oh non.

Mon rythme cardiaque redouble. Essoufflée, mes bras flageolent à cause de l'effort. J'ai mal à la tête et mon cœur affolé me donne le tournis. La douleur causée par l'accident additionnée à la montée de panique m'empêchent d'y voir clair.

— Ça va, t'as rien, Emma, m'encouragé-je.

Je cloisonne la douleur et la repousse dans un coin de ma tête ; je sais ce que c'est, je peux l'encaisser. Et puis, je n'ai pas le choix. Je prends une grande inspiration, m'obligeant au calme. Je soulève mon pull pour examiner Bert. Heureusement, il n'y a pas de dégâts pour le moment. J'ai une sacrée veine d'être encore en vie.

Je me mets à progresser à quatre pattes.

La voiture qui nous a percutés est en feu. Une fumée noire et âcre s'élève autour de moi. Des bouts de verre scintillent sur le bitume, tels des diamants. Ils viennent inévitablement griffer ma peau. Je me dépêche de ramper loin du combat et de la voiture, cherchant vaillamment un abri.

J'aperçois du coin de l'œil une gouttelette rouge.

Putain, je saigne. Mortifiée, je constate avoir semé depuis la voiture un chemin de rubis semblable au Petit

Poucet. Je ravale un sanglot. Une erreur fatale dans un champ de vampires. À l'aide de mon pull, j'essuie le maximum de sang sur mon visage et continue d'avancer. C'est la seule stratégie possible.

Seigneur, faites que les vampires ne me flairent pas.

J'atterris dans les jambes de quelqu'un. Je me roule en boule en fermant les yeux. J'aurais dû rester dans la voiture...

— Te voilà, petite démone, se réjouit un vampire.

Mon cœur s'arrête. Encore cette histoire de démone !

Il me soulève de terre, et je n'ai aucune chance face à sa force. Je n'ai pas le temps de crier, il me plaque une main sur la bouche. Mes narines palpitent dans la panique, et j'essaie d'avaler le plus d'air possible.

Il me traîne jusqu'à une camionnette blanche garée sur le bas-côté et lèche le sang qui me dégouline de la tête. Dégueu. Il émet un ronronnement appréciateur en claquant des lèvres. À croire qu'il a dégusté un grand cru.

— Alors c'est ça, la saveur d'une démone... Pas aussi mauvais qu'on le dit. À tout à l'heure, ma jolie.

Avec un dernier coup de langue et un rire à vous glacer le sang, il me balance à l'arrière de la camionnette.

Je heurte le sol en métal avec un craquement. Aïe. Mes genoux ont joué les amortisseurs. La portière se referme brutalement. Des mains avides s'emparent de moi, puis on me met... un sac noir sur la tête.

Je n'y vois rien. La panique me fait haleter, chaque inspiration rapproche le tissu épais de mes lèvres. Je tremble de tout mon être quand on ligote férocement mes mains, le plastique mordant les cicatrices de mes poignets.

Le cliquetis de chaînes. Je frémis en sentant un terrible souvenir sur le point de m'ensevelir.

Le véhicule rugit, puis nous sommes partis. Je gémis en étant projetée contre le mur. Le choc amplifiant la douleur persistante dans ma tête. Je m'efforce de protéger Bert en me recroquevillant sur moi-même, mais je glisse et me cogne encore. Un sanglot de frustration m'échappe. Les ecchymoses vont se stratifier les unes sur les autres. Avant de glisser à nouveau, de grandes mains me saisissent fermement et me soulèvent pour m'asseoir sur des genoux étrangers. Une chaleur m'enveloppe. Je me retrouve sur mon ravisseur. Des cuisses solides me maintiennent contre un torse musclé. La crainte me secoue l'échine.

— Je n'allais pas te regarder te cogner à droite à gauche, ça faisait pitié. Calme-toi, petite, je vais pas te faire de mal. D'ailleurs, je ne laisserai personne t'approcher, détends-toi. Ce sera bientôt terminé.

— Où m'emmenez-vous ? demandé-je à voix basse.

Mais la voix veloutée ne me répond plus. L'inconnu se contente de tenir mon corps parcouru de frissons.

J'aurais aimé dire que, lorsque la portière s'est ouverte avec un grincement métallique, je me suis jetée dans la bataille comme une ninja qui maîtrise son karaté.

Mais non.

Si je n'avais pas déjà vécu le même genre de situation, je me serais sûrement défendue, j'aurais fait preuve de courage. Mais je ne me souviens que de la douleur. Et tous les jours, mon corps, affublé de Bert et zébré de cicatrices, me rappelle comment a tourné mon dernier enlèvement.

C'est trop tôt. C'est trop. Je ne le supporterai pas une seconde fois.

Tout s'éteint : pensées, inquiétude, émotions. Je me retranche dans un bunker psychique, un coin reculé de mon esprit que je découvre, et mes tremblements cessent. Le grand gaillard qui m'a tenue en place tout le trajet me guide avec précaution hors du fourgon. On m'aide à sortir du véhicule, mais je suis absente.

Je me suis planquée dans les tréfonds de mon esprit, comme une dégonflée.

On m'attrape par le coude, et je suis docilement le mouvement. Je ne bronche pas quand on m'assoit de force sur une chaise. Puis, on retire le sac de ma tête, et mes yeux réagissent spontanément à la lumière blanche au-dessus de moi en papillotant.

Je ne prête pas attention aux bruits ni aux mouvements autour ; je n'ai plus cette capacité-là. Des doigts claquent devant mon nez, mais je ne réagis pas. Je suis mentalement indisponible, recroquevillée en moi-même.

Le regard vitreux. Les palpitations de mon cœur, régulières. Mon corps patiente sur une chaise. Puis ma tête vole sous la force de la gifle qu'on m'assène.

Un bruit violent. Cri, choc, coup.

Puis plus rien.

Chapitre Dix-Sept

De la fourrure sous mes mains. C'est si douillet. Si *rassurant*. Mes doigts agissent de leur propre chef et glissent à travers la douceur familière. Ma tête tombe et le noir se dissipe.

Je cligne des yeux.

Mes sens se remettent en marche : la morsure glaciale de la chaise métallique sous ma peau, l'odeur de javel.

J'ai froid. J'ai faim. J'ai soif. J'ai mal partout. Depuis combien de temps suis-je assise ?

Mes yeux s'ouvrent. Une fourrure crème et roux s'ancre dans mon champ de vision. Riddick est assis en face de moi. Un effluve de sang émane de son museau, et des taches de sang séché s'accrochent à sa fourrure soyeuse. Non... Je sursaute en apercevant le collier d'argent autour de son cou.

Une onde de choc et de panique me submerge. La poussée d'adrénaline me rend une vision nette.

— Riddy…, soufflé-je d'une voix éraillée.

J'humidifie mes lèvres et gémis en essayant de lever les mains vers son collier. Mais le plastique irrite mes poignets. Je laisse tomber un regard apeuré sur mes mains. Je ne peux pas bouger d'un millimètre, les vampires ont veillé à les attacher à ma chaise. Je suis bloquée.

Je dois quitter cette chaise, merde ! Je me débats en vain jusqu'à ce que la douleur de mon agitation désespérée s'estompe, transcende la panique. Je me rends compte que tout mon corps est en proie à la douleur. Putain…

Je m'arrête, à bout de souffle. J'entends la rapidité de ma respiration et je réprime à peine le cri qui menace de percer ma poitrine. Je m'emploie à rester calme, je ferme les yeux et réapprends à respirer à travers l'hystérie.

Non, respire doucement. Ça va aller. Garde ton énergie. C'est quoi ce mantra pourri ? Mon énergie ? Mais quelle énergie ? Je dois juste respirer.

C'est la réalité. Il faut que je fasse avec et que je sois forte. Je dois réfléchir malgré le désespoir et la panique qui me vrille les tripes.

Sinon, je suis foutue.

Rien n'arrive par hasard, même les mauvaises choses. *Mais pourquoi moi ?* pleurniche une petite voix dans ma tête. Et pourquoi pas toi ? Tu aimerais que quelqu'un d'autre souffre à ta place ? Non. Riddick a besoin de toi, ma grande.

Qu'on me donne la force d'être courageuse, au moins pour lui.

Je compte lentement jusqu'à dix. À *un*, je prends une inspiration instable, puis j'ouvre les yeux.

Riddick s'éloigne de moi en boitant. Il ne m'est d'aucun réconfort ; il se roule en boule dans un coin de la pièce en couinant, et ne me regarde pas. Ma lèvre se met à trembler et mon cœur retombe dans ma poitrine. Voir mon vaillant camarade aussi abattu me glace d'effroi. Il incarne une détresse absolue. Soudain, j'ai honte de ma crise de panique. Lui souffre véritablement, tandis que moi, je ne suis qu'attachée à une chaise. *Tu fais pitié, Emma.*

Merde, mais que lui ont-ils fait ?

Je ne connais pas vraiment les effets de l'argent sur les métamorphes ; je sais que cela ralentit leur transformation. Je me souviens avoir vu les chiens de l'enfer blindés d'armes en argent, ce qui me trouble d'autant plus. Pourquoi porter de l'argent si cela les affaiblit ? J'ai mal à la tête... Quel effet lui fait ce collier en argent ? Cela peut-il le tuer ? À en juger par ses gémissements, il souffre en tout cas.

— Riddy, ça va ? Est-ce que... Eleanor va bien ?

Il émet une plainte à vous déchirer le cœur.

Oh mon Dieu.

Comme si son cri était un signal, j'entends le bruit d'une serrure métallique. La porte s'ouvre dans mon dos et des pas lourds annoncent l'entrée de deux hommes dans la cellule.

Riddick se met à grogner.

Mes yeux parcourent la cellule vide, à l'exception de ma chaise au centre. Malgré moi un frisson me secoue, puis je détourne le regard de la plaque d'égout sous mes pieds ; en frémissant, je m'interdis de songer aux raisons d'installer une plaque d'égout à cet endroit.

— T'es réveillée, mon chou ?

Un claquement de doigts devant mon visage.

— Je savais qu'un petit rappel du chien de l'enfer attirerait ton attention.

Le type qui parle d'une voix nasillarde n'est pas un vampire. Non... c'est un métamorphe. Les cheveux noirs et le visage émacié, il donne le sentiment de me considérer avec hauteur. Comme si je gâchais une journée qui s'annonçait bien.

Je demeure impassible en inspirant péniblement, puis je relève le menton. Je n'arrête pas de penser : *Mec, relâche-moi et je déguerpis. Navrée que mon enlèvement ait flingué ta journée.* Mais je garde sagement mon clapet fermé. Je suis déjà dans la merde jusqu'au cou.

— Tu vois dans quel état est ton métamorphe ? Si tu ne réponds pas aux questions...

Il m'offre un rictus, se penche avant de murmurer :

— ... je laisse ton imagination faire le reste.

Je tressaille quand ses doigts effleurent ma main gauche. Ses yeux s'illuminent et le son qu'il émet me montre qu'il apprécie d'être aussi près de mon visage.

C'est pas vrai... Je lui ai tapé dans l'œil. Je m'éloigne le plus possible.

— Respire, murmuré-je en fronçant le nez de dégoût.

Un éclair de colère traverse son regard, puis il lève la main comme pour me frapper. Un grondement presque inaudible monte. Je ferme les paupières, prête à recevoir le coup. Mais il n'arrive pas.

— Je voulais y aller mollo avec toi, te filer une pause, un peu d'eau. Mais on va faire ça plutôt...

Il recule et je hoquète en voyant le caddie rempli de trucs *pas cool*.

Une roue grince en roulant sur le sol inégal, et les objets s'entrechoquent. Ils scintillent sous la lumière brutale au-dessus de ma tête. J'essaie de m'éloigner, mais ma chaise en métal fixée au sol me tient fermement en place.

Je suis incapable de parler. J'arrive à peine à respirer, mon cerveau commence à s'éteindre. Le rush d'adrénaline et de peur m'obscurcit l'esprit, et j'entre en état de choc sans même m'en rendre compte.

Je sursaute quand il frappe dans ses mains.

— Eh, tu t'absentes encore et tu le reverras plus jamais. Alors reste concentrée, me prévient-il en indiquant Riddick.

Le regard brillant, il caresse les objets dans le caddie, comme s'ils étaient sacrés. Il les positionne de manière à ce que je les voie distinctement. J'écarquille les yeux, la gorge nouée.

Il a des mains fines pour un métamorphe. Des mains qui ne craignent assurément pas de se salir. Il sélectionne un poignard en argent et me l'agite sous le nez d'un air goguenard. Une lueur amusée illumine son regard, me faisant frémir. Ses mains retombent et il tape son couteau à la Rambo contre sa cuisse. Un imposant couteau bowie, dentelé, scindé d'un filet de sang.

Tap, tap.

J'opine en avalant ma salive, mon regard passe du couteau à lui. Je plonge dans ses yeux marron emplis de cruauté. Je comprends alors qu'il va blesser Riddick pour m'atteindre. Putain. Je tremble à en claquer des dents.

Désemparée, je détourne les yeux pour me concentrer sur l'autre type dans la pièce.

Est-il pire ?

Mes mains tressautent. Il est aussi beau que John, mais il ne me remue pas autant que lui. Ce que John me fait ressentir est presque terrifiant, magique — et je ne dis pas ça dans le bon sens du terme. La magie est une malédiction ; je me sens damnée en sa présence.

J'espère qu'il ne va pas être furax en découvrant la faiblesse de ma garde rapprochée. Je m'inquiète déjà pour eux... Enfin, si on se sort de cette merde noire. John, qui n'accepte pas l'échec, est un obstacle pour plus tard.

Je cesse de penser à lui et me reconcentre sur le canon devant moi. Brun, les yeux couleur miel qui me fixent intensément. Il m'analyse, bras croisés, nonchalamment adossé, un pied contre le mur. À mon tour, je le passe aux rayons X en inclinant la tête. Ce n'est pas un métamorphe, ou un vampire, ou un démon. Je n'en suis pas entièrement sûre, mais je doute que ce soit un faë. La puissance qui émane de lui m'est... familière. Bien que je n'aie pas vu son visage, je suis prête à parier qu'il s'agit du type dans le fourgon.

Un ange ? Mais qu'est-ce qu'il ficherait là...

Il s'écarte du mur et vient dans ma direction. Le métamorphe recule pour lui céder la place. Il s'accroupit devant ma chaise. En veillant à ne pas me toucher, il saisit les bras métalliques de ma chaise et se penche vers moi. Son regard doré sonde le mien en passant par mes joues, la tranche de mon visage, et vice-versa. Ses yeux s'arrêtent, comme s'il fournissait un effort surhumain pour regarder. J'ignore comment, mais je devine qu'il n'apprécie pas la trace de sang sur ma tête ni les bleus qui parsèment mon visage.

— Épargne le chien de l'enfer et dis-nous ce qu'on veut savoir, dit-il.

Dès que j'entends sa voix, je sais que c'est *lui*.

Je baisse les yeux et me mordille la lèvre. La décision est facile : je dois tout faire pour sauver Riddick. Je relève la tête.

— Vous avez promis de ne pas me faire de mal, murmuré-je. Vous avez menti.

À nouveau ses yeux se posent sur ma joue gonflée. Quelqu'un a dû me frapper. Le métamorphe, peut-être.

Je ravale ma crainte et rassemble le courage qui me reste.

— Je vais essayer de vous répondre... Mais j'ai moi aussi une question.

Les yeux ambrés rétrécissent en signe de déception. Comme si on avait supprimé la tendresse qu'il y avait en lui, remplacée par une méfiance qui me met sur mes gardes.

Quel que soit le lien qu'on avait, je l'ai fichu en l'air. Il est déçu. *Bravo, Emma.*

— Je t'écoute, dit-il du bout des lèvres.

Permission accordée, alors advienne que pourra. Mes lèvres tuméfiées se mettent à bouger :

— L'elfe guerrière qui était avec nous... comment va-t-elle ?

Il inspire brusquement. J'ignore pourquoi ma question le surprend ; Eleanor faisait partie de ma garde, elle me protégeait. J'ai besoin de savoir si elle va bien.

— La dernière fois que je l'ai vue, oui.

Je m'autorise à souffler de soulagement.

— D'accord... merci.

Il se redresse pour s'éloigner et fait un signe de menton au métamorphe.

C'est parti pour l'interrogatoire... Sans torture, j'espère.

Riddick se met à grogner et mes yeux glissent vers lui. Le métamorphe avec le poignard, chargé de me poser des questions, claque encore des doigts pour capter mon attention.

— Par ici, la démone.

Démone... J'expire de dépit, puis le fixe.

— Ne mens pas, car *lui* le saura..., fait-il en indiquant Regard d'Or. Et je suis extrêmement doué pour obtenir la vérité.

En souriant, il caresse la lame toute neuve d'un cutter.

— D'où tu viens ? Qui t'a engendrée ?

Bon, plutôt frontal.

— Je suis née à Preston, dans le Lancashire, il y a vingt-deux ans. J'ignore qui était mon père et de quelle espèce il était.

Je hausse les épaules et vais au-delà de la sécheresse de ma gorge pour continuer de répondre. Les questions sont simples. Je peux y arriver.

— Ma mère voulait être éternellement belle, alors elle m'a vendue à cinq ans pour grimper dans la file d'attente afin de devenir vampire. Un démon de premier niveau m'a achetée.

J'ai envie de me frotter les poignets qui me brûlent, mais c'est impossible. Je suis clouée à cette chaise. Je baisse la tête et observe la rougeur causée par mon agitation de tout à l'heure et par la pression des liens en plastique.

On claque à nouveau des doigts devant moi. Je relève la tête. Ce serait sympa s'il arrêtait de faire ça.

— Parle, aboie-t-il.

Comme je ne suis pas assez vive dans mes réponses, le

métamorphe pose une main sur mon genou. Je gémis en signe de protestation ; Riddick *et* Regard d'Or se mettent à grogner. Le métamorphe lance un regard à l'ange, puis sourit. Il doit craindre pour sa vie, car il retire aussitôt sa main et recule les bras en l'air. Un rire effrayant le parcourt. J'ai encore la chair de poule là où il m'a touchée. Il me fout les jetons… Il y a vraiment un truc tordu chez lui.

— Continue, répète-t-il.

J'humecte mes lèvres pour contrer la sensation sablonneuse dans ma bouche.

— J'ai vécu dans la demeure du démon jusqu'à la semaine dernière. Puis Arlo est mort.

— Mort ou assassiné ? intervient Regard d'Or.

Ma tête se tourne vers lui.

— Assassiné. Il était l'auteur du meurtre de la meute d'un chien de l'enfer. C'était une vengeance, je réponds avec un petit haussement maladroit.

— John Hesketh.

— C'est ça.

— Il t'a posé des questions sur la meute disparue ?

J'acquiesce, un peu incertaine. Il hausse un sourcil ; j'imagine qu'il veut des mots. Tout mon corps tremble, et la convulsion me lacère les poignets. Je ferme les yeux une seconde.

— Il m'a… t-torturée pour avoir des réponses, bégayé-je.

— Tu savais quelque chose à propos d'eux ?

Bon sang, ça me fait l'effet d'un déjà-vu ! J'ai déjà dit tout ça à John. Je ne comprends pas quels liens ils cherchent à faire, et pourquoi ils veulent se rencarder sur lui.

— Oui, murmuré-je.

— *Quoi* ? s'impatiente-t-il.

Seigneur, on dirait qu'il veut accaparer mon attention. Je retourne à lui et constate qu'il s'est rapproché. Le cutter, aussi.

Louchant presque sur la lame, mes paroles se bousculent dans ma bouche :

— J'ai trouvé une petite métamorphe sous forme de louve, enfermée dans une pièce. Je l'ai aidée à s'enfuir. Quand je l'ai remise à John, c'est là que je l'ai rencontré...

Les questions fusent, et j'y réponds. Riddick ne cesse de trépigner.

— Tu sais ce que t'es ?

— Moitié humaine.

Et ça continue, encore et encore... Comme un détecteur de mensonges suprême, l'ange m'arrête pour clarifier ou confirmer à l'autre que je dis bien la vérité.

Ma tête n'a pas cessé de tambouriner depuis l'accident de voiture. La lumière vive et l'odeur agressive de javel n'aident pas non plus. Mon estomac m'envoie de violentes décharges.

Mais je ne mens pas.

Après ce qui me semble des heures, l'ange me tend finalement un peu d'eau, puis les deux hommes partent. Dès que la porte se ferme, mon regard se braque sur Riddick, qui n'en mène pas large ; l'argent continue de le tourmenter. Il ne bouge plus, étendu dans un coin. Déprimé, il fixe le mur.

— Riddy..., tenté-je doucement.

Il faut que je le débarrasse de ce collier qui le tue à petit feu. Si je le libère, on peut peut-être s'enfuir. Je force sur les liens qui m'immobilisent à la chaise. Aïe.

J'ai entendu dire qu'en levant les mains au-dessus de sa

tête et en les abaissant d'un coup sec, on peut rompre des liens en plastique. Mais attaché à une chaise, c'est une autre paire de manches.

J'observe mon poignet droit et serre les dents. Ça va faire mal. J'enfile ma cape de courage et tire en faisant pivoter mon bras. Le plastique creuse ma peau, du sang coule, mon abdomen en miettes me supplie d'arrêter. Mais le désespoir occulte la douleur. Je continue. Le sang se met à perler sur mon poignet. *Allez, allez...*

— Bordel, tu vas céder oui ! grogné-je.

Le plastique obéit.

La vache, j'ai réussi !

Je me lève en titubant, le corps ankylosé et les articulations rouillées.

Je me déplace comme une mémé... Cela doit faire des heures que je suis sur cette chaise.

Je me mords la lèvre ; je dois être prudente. J'étire douloureusement la pointe de ma botte et atteins le... caddie de l'horreur. Mon œil gauche se plisse tandis que je ramène tout doucement l'attirail de torture vers moi. Je m'empare d'une pince à l'aspect repoussant sur laquelle je lorgne depuis des heures. En un coup, je libère mon poignet gauche. Enfin libre.

En frottant rapidement mon pantalon, j'essuie le sang qui coule de mon poignet. J'attrape d'une main incertaine la pince et je boitille à travers la cellule, décidée à couper ce maudit collier.

— Ça va aller, Riddy, je vais t'aider, dis-je faiblement.

Mes doigts écartent l'horrible collier de sa douce fourrure. Avant même que la pince ne se soit refermée, je remarque un système de fermeture, puis le collier s'ouvre.

Je le rattrape au vol, et dès que mes mains entrent en contact avec... Je mets du temps à comprendre que ce n'est pas du tout de l'argent.

C'est en plastique.

— Riddick...?

Mes mains tremblent et je chancelle en arrière, faible tout à coup. Je laisse tomber la pince.

— Je... je ne comprends pas.

Déboussolée, je fixe le collier en plastique dans ma main, puis Riddick. Des yeux verts affligés rencontrent mon regard désorienté.

Riddick se métamorphose.

Chapitre Dix-Huit

JE N'AI PAS le temps de dire *ouf* qu'il reprend forme humaine et apparaît sans vêtements, sous les traits de *John*. Je titube en arrière, prise de court. Il me rattrape avant que je tombe. Mon estomac se retourne et j'ai mal au cœur. Je ne me sens pas bien. Instinctivement, je me protège le visage, m'attendant à recevoir un coup, et je recule. C'est quoi ce bordel...?

Je regarde John de la tête aux pieds, atterrée. Il est tout nu.

Oh merde.

Je me frotte le visage, et ma peau se hérisse étrangement, tandis que j'admire le sublime chien de l'enfer en tenue d'Adam. Je referme la bouche, muette. Je ne fais pas confiance à ma bouche qui pourrait balancer n'importe quelle connerie me traversant l'esprit. Je suis sens dessus dessous. Maintenant, mes yeux bifurquent vers ses abdos. De toute évidence, Dieu a marqué sa préférence en le créant ; ce mec est parfait. Chaque muscle en dénivelé, chaque courbe ferme incarne la perfection.

Il est *parfait, parfait...*

Un adjectif qui se cogne contre les parois de mon cerveau. J'évite de penser à mes cicatrices et à Bert, car je suis tout sauf parfaite. Cela m'attriste un temps, puis je me souviens que ma beauté réside dans mes cicatrices, mes imperfections. Je suis belle parce que j'ai survécu.

John est sans doute parfait physiquement, mais il est pourri de l'intérieur.

Je coince mes mains dans mon dos, craignant une envie irrépressible de toucher son torse en relief. Qu'est-ce qui ne va pas chez moi ? Une jolie gueule et je craque pour... pour un monstre. Un homme qui m'a fait subir des atrocités et qui m'a brisée.

Je me hais. La manière dont tournent mes méninges n'est vraiment pas nette. Quelque chose déconne *en moi.*

Je me bats avec ma libido et remets de l'ordre dans le fatras de mes pensées. La question est : que fait-il ici ? Où est Riddick ? Qu'est-ce qui se passe, bordel ?

— Où est passé Riddick, questionné-je. Si tu lui as fait du mal...

John abaisse le regard, penaud, en se frottant la tempe.

Je comprends.

Boum. Le puzzle s'assemble.

La trahison aigüe et amère me perfore la poitrine.

J'ai l'impression qu'on m'a éviscérée. Riddick... *T'es qu'une idiote, Emma, Riddick n'existe pas.* Je ferme les yeux et me frotte la poitrine. Ça pique. Le coup est porté en plein cœur et me remonte dans la gorge.

J'ai refusé de regarder la réalité en face quand j'ai rencontré *Riddick* pour la première fois ; j'avais noté la ressemblance version géante avec ma petite louve.

Évidemment... c'est son frère. Naturellement, il n'a pas quitté sa forme lupine ; il n'a jamais été contraint de rester comme ça.

C'était une couverture pour me manipuler.

Je fléchis pendant un instant, humiliée par mon déni. Comment ai-je pu être si bête ? Un hoquet hystérique m'échappe.

Riddick *est* John.

Mon rire devient alors incontrôlable, il résonne dans la cellule. On croirait une maniaque, une détraquée. Mes mains tentent d'endiguer la folie qui jaillit de ma gorge. Je ne peux pas me faire confiance. J'ai survécu à ce type. Et me voilà... à nouveau punie. Je commence à triturer mes cheveux.

— Pourquoi ?

Oh mon dieu, l'équation « Riddick est John » prend tout son sens.

— Pourquoi ? répété-je avec plus d'insistance.

Il affiche une expression lugubre. Il avance et m'emprisonne par les épaules, pour m'empêcher de tirer sur mes cheveux, mais je le repousse.

— Pourquoi ? beuglé-je à plusieurs reprises en repoussant son corps ardent. Tu étais mon ami !

Et j'ouvre les vannes.

J'éprouve une telle colère, une telle tristesse. Je me sens

dépassée. Un rire amer perce à travers le flot de ma peine. Tout ceci n'était qu'un test ? Une vaste blague.

— Riddick était mon ami, lâché-je d'une voix éteinte à travers mes larmes.

John tente de me prendre dans ses bras. Je me débats encore, sans grand résultat. Son bras me menotte la taille, m'enchaînant à lui. Mon corps se relâche dans sa chaleur, et un sanglot m'échappe. Suis-je si dupe ? Filez-moi un métamorphe, même un chien de l'enfer, et je lui fais confiance dans la seconde. Pauvre tache.

— Pourquoi...

— Je devais être sûr..., explique-t-il d'un ton grave, à l'agonie.

— Mais de quoi ? Pourquoi t'as fait ça ? Lâche-moi maintenant.

Pourquoi est-ce que je laisse ce salaud me réconforter ? Ce *monstre*. Je finis par m'écarter violemment de lui. Ma respiration est irrégulière et une autre larme jaillit malgré moi le long de mon nez. Il faut que j'arrête de chouiner.

Mon ami n'existait pas... *Riddick* n'existait pas. Pendant tout ce temps, cela n'était qu'un jeu tordu ?

— Dis-moi, c'était qu'un jeu ? Une mauvaise blague ? continué-je, effondrée. J'ai réussi ton test pourri au moins ?

— Tu ne sais vraiment rien..., dit-il en déglutissant, le regard triste.

Comment ose-t-il se la jouer chien battu ?

— Je ne sais pas quoi ? gueulé-je. Je t'ai tout dit, merde ! J'ai aidé ta sœur, je n'ai rien à voir avec le reste ! Manquer de me tuer ne t'a pas suffi ?!

— Les démons mentent...

— JE NE SUIS PAS UN PUTAIN DE DÉMON ! m'époumoné-je.

Le silence s'encastre entre nous alors que nous nous regardons. Répugnée, je me détourne en secouant la tête, sinon je risque de le gifler. Que Dieu me pardonne, mais je rêve de lui faire du mal. Ce mec est un psychopathe.

Je pose une main sur le mur rugueux.

— Emma, réfléchis... ton père était un démon. Cela signifie que tu es à moitié démon.

— Non... c'est faux..., protesté-je en secouant la tête. Tu mens...

Il prend mon visage en coupe et cueille avec ses pouces les larmes sur mes joues.

— ... je ne te crois pas, achevé-je.

— Je t'en prie, ne pleure plus.

Il appuie son front contre le mien.

Je lis la sincérité dans son regard vert. Je suis une démone... Comment suis-je passée à côté ? Comme dirait Sherlock Holmes : « *Une fois que vous avez éliminé l'impossible, tout ce qui reste, aussi improbable soit-il, doit être la vérité.* » Quelle conne. Je reste cette gamine écervelée, même après tout ce qui s'est passé... je n'ai toujours pas retenu la leçon. Je n'ai pas changé.

— Je suis à moitié... démon ? Ça fait de moi une démone ? Je suis diabolique ? balbutié-je.

— Être démone ne fait pas de toi un être diabolique, Emma. Cela te rend puissante, et c'est le pouvoir qui corrompt. La race des démons n'est pas démoniaque, tout comme les anges ne sont pas nécessairement bons. Tu es quelqu'un d'adorable, quelqu'un de bien...

Son regard émeraude continue de me sonder avec intensité.

— ... trop bien.

— Tout ce temps... j'ai cru que tu avais tort, que tu avais commis une erreur en me capturant, réussis-je à dire avant que ma voix se brise. J'ai cru que tu étais bête, obstiné. Je ne comprenais pas pourquoi tu concluais que j'étais une *démone*. Mon Dieu... tu avais raison.

À nouveau, je m'éloigne de lui. Un rire dérisoire me saisit, je chancelle jusqu'au mur opposé et m'affaisse.

— J'ai le droit de parler de « Dieu » ? Ou je vais finir foudroyée ?

Mes yeux se lèvent vers le ciel. Plus rien n'a de sens désormais.

Je suis bousillée.

— Pourquoi t'acharnes-tu sur moi ? susurré-je. Qu'est-ce que je t'ai fait ?

— Je devais déterminer ton rôle dans le meurtre de ma meute. Je devais m'assurer que tu ignorais ce que tu étais, que tu avais dit la vérité sans détour.

Je secoue la tête avec un petit rire.

— Conclusion ?

— Je t'absous. Tu es innocente.

Oh merci, John ! Trop aimable à toi de *m'absoudre*.

— Tu ignorais tout. Emma, comment est-ce possible ? Sam m'a dit que tes yeux sont devenus noirs quand tu as arrêté les vampires dans l'écurie.

Sam a dit ça ? Une autre trahison à avaler. Elles s'enchaînent visiblement.

— Pourquoi Sam ne m'a rien dit ? Tout le monde est dans le coup ou quoi ?

Mais quelle idiote...

Mon crâne frotte contre le mur et mon cerveau peine à assembler les pièces. Je tapote ma lèvre.

— Alors... tu as voulu me piéger ? Faire sortir mon côté démon, pour te prouver que tu avais raison ? Tu pensais que je simulais...

Je tripote le joint du sac de Bert. C'était un coup monté ? Mes yeux s'ouvrent de stupeur, et je regarde dans le miroir.

— Tuer Arlo sous mes yeux... l'attaque de vampires à la maison... l'absence de barrière magique... l'accident de voiture... tout cet interrogatoire...

J'ouvre la bouche, éberluée.

— Tu as tué tous ces vampires pour... quoi ? Me tester ? Mais pourquoi...?

J'avale le nœud dans ma gorge, le cœur en vrac.

— J'ai tué ce vampire. Il s'appelait... Charles, soufflé-je.

La tourmente m'envahit et ma voix s'envole dans les aigus.

— Ces deux vampires... est-ce que tu as fait en sorte qu'ils s'en prennent à Bob et Munchkin pour me faire réagir ? l'interrogé-je en penchant la tête. Mais... tu as tout loupé quand je me suis lancée à leur poursuite. Sam dit que mes yeux sont devenus noirs, sauf que tu n'as rien vu, alors tu as monté ce canular... ce laboratoire de torture. Grâce à ton faux collier en argent, tu avais une place aux premières loges pour me voir virer démon, assister à ma chute, observer ma réaction... Tu t'attendais à un discours digne d'un méchant de James Bond ? Espèce de connard, t'es content d'avoir vu juste ?

Je tends les mains.

— Ne suis-je pas la démone la plus pathétique que tu connaisses ? ricané-je avec acidité. J'ai aidé ta sœur, et tu m'as brutalisée. Pas *une* fois, mais à maintes reprises. Riddick était mon ami, et tu t'en es servi contre moi. Tu as retourné mon amour contre moi, je l'aimais...

John cède face à ma voix brisée par le sanglot.

— Quelle imbécile... Tu t'es bien marré, rassure-moi ? J'ai enfin passé la série de tests ou il y en a d'autres ? Maintenant que t'as ta réponse, on peut me sacrifier ? Comme les vampires ? Tu vas m'éliminer comme eux ? Tu n'as pas pensé à poser la question à Arlo avant de lui arracher la tête ? Non... tu t'étais mis dans le crâne que j'étais le maître de la manipulation. Ha ! J'avais oublié que c'était toujours la blondasse le génie du mal.

— Je suis désolé...

— Désolé ? Non, non...

Je lève un sourcil et pointe un doigt accusateur dans sa direction en basculant sur la pointe des pieds.

— Je t'interdis de dire ça. Tu n'as pas le droit de t'excuser parce que tu t'es fait démasquer.

— Emma, quand j'étais avec toi en tant que Riddick, le temps ensemble était réel. Ce que je ressens pour toi, c'est réel.

Hein ? Son beau regard vert se fait suppliant.

Ce type est chtarbé.

J'essuie mes larmes avec mes mains sales.

— Réel ? Tu ne reconnaîtrais même pas la réalité si elle te tombait sur le coin de la figure. Tu es bidon. Tu n'as aucun sentiment pour moi, tout est calculé.

Je pivote ; le regarder est insupportable. Il est maléfique.

— Je veux que l'ange te guérisse.

Un souffle exaspéré m'échappe. Je ne vais pas tarder à dérailler.

— Oh comme c'est magnanime de ta part de permettre à l'ange de nettoyer ton bordel.

Je jette un œil à Regard d'Or niché près de la porte. Depuis combien de temps est-il là ?

— Vous allez me guérir ? Vous en êtes capable ?

L'ange ouvre de grands yeux. Ouais, ça fait des heures que j'ai fait mes petits calculs, beau gosse. Il confirme par un signe de tête.

— Merci, soupiré-je entre mes dents. Si votre magie pouvait tout remettre en place, j'apprécierais.

Désolée, Dr Hanlon, je sais que vous rêviez d'une intervention réversible...

— Juste les trucs démoniaques, pas les cicatrices, dis-je en fusillant John du regard. Si c'est possible, ne touchez pas aux cicatrices. Après tout, je les ai... méritées, ajouté-je acerbe.

— Je peux débloquer le reste de tes pouvoirs de démone...

— Mes pouvoirs ? J'ai des pouvoirs bloqués ? le coupé-je en le regardant avec incrédulité.

Oh, ce n'est donc pas fini ? Voyez-vous ça...

L'ange dont le regard rétrécit opine.

— On dirait qu'ils ont été scellés quand tu étais petite. Ce qui est normal, les enfants peuvent être compliqués. C'est un sceau fort mais simple.

— Vais-je blesser quelqu'un ?

— Cela m'étonnerait, répond-il gentiment.

J'ai du mal à me retenir de dire : « Qu'on lâche la garce. » J'ai envie de hurler ma rage au monde entier. J'ai les neurones en vrac, le cœur en miettes. Je fais face à cette pièce de théâtre de mauvais goût.

Démone...

Un mot qui résonne dans ma tête, m'envenime. Comment ai-je pu être aussi aveugle ? C'était sous mes yeux depuis longtemps. À présent, Regard d'Or va me guérir... Enfin, libérer mes pouvoirs démoniaques.

Ha, des pouvoirs démoniaques. Charmant.

Mes yeux vont-ils noircir comme Arlo ? Mes dents vont-elles faire flipper ? Des crocs acérés et pointus ? C'est un cauchemar.

Et je vais devoir m'en dépatouiller. C'est John qui l'a voulu, c'est lui qui a voulu voir le monstre.

Eh bien, qu'il admire son œuvre maintenant.

— Tu n'as pas peur que je me venge ? lui lancé-je.

— Non.

Il est si sûr de lui. Pourtant, il y a peu, il croyait encore que j'étais un être maléfique dissimulé sous un masque humain. Peut-être est-ce le cas ? Je n'en sais rien. Le monde marche sur la tête... Toute ma vie, toute mon identité ont été tronquées. Je ne suis plus cette humaine classe. Non, je suis à moitié démon.

— Tu as raison... Je ne cherche pas à me venger. Je n'ai jamais voulu qu'on me fasse du mal à vrai dire, murmuré-je.

Je fais un signe de tête poli à l'ange dont les mains s'illuminent d'un halo doré.

— Je suis prête.

Je refuse que John regarde, mais je n'ai pas la force de lui demander de partir.

— Il vaudrait mieux que tu t'assoies.

Nos regards convergent vers la chaise métallique. Me

voyant grimacer, il n'insiste pas. Ses mains baignées de lumière se rapprochent de moi, puis se posent délicatement sur mon visage. Ses grandes mains soutiennent l'arrière de ma tête pendant que ses pouces se posent sur mes pommettes. Je me perds dans ses yeux dorés. Nous ignorons tous les deux le grognement de John. Mes bras et ma nuque se hérissent, j'en frissonne. C'est ça la magie ? Est-ce censé procurer un essaim de fourmillements dans une vague de chaleur ? C'est agréable.

— Tellement de dégâts... tellement de souffrance..., murmure l'ange tandis que sa magie dorée s'immisce en moi pour rayonner. Le travail de guérison est énorme, je n'avais pas réalisé... Tu dois t'asseoir...

Ce sont les derniers mots que j'entends alors que je m'effondre dans des bras forts et réconfortants.

Puis c'est le trou noir.

Chapitre Dix-Neuf

Je me réveille. Les rayons du soleil traversent le store et c'est la douche froide. Je suis de retour dans ma chambre de fortune, chez John. Suis-je prisonnière ou invitée ? Et maintenant, il faut que je fasse amie-ami avec l'écorcheur ?

Je m'assois sans mal — un bon signe —, puis je m'extrais des couvertures. Je marche d'un pas indécis vers la salle de bains dans mes habits encore crasseux. Je m'accroche au lavabo et passe mon reflet en revue avec impatience. La différence est hallucinante. La fille pâlotte aux joues creuses et aux cernes mauves a disparu. Je tripote mon visage, étonnée. Je ne ressemble plus à la fille d'autrefois.

Il y a un éclat sombre et froid dans mon regard azur, une mélancolie qui n'était pas là avant. Je baisse les yeux sur le plan de travail, incapable de soutenir le regard de cette fille triste, et ma lèvre se met à trembler. C'était couru d'avance.

Quand on touche le fond, on ne peut que remonter, non ?

Mais oui, je vais m'en sortir ! J'examine mon ventre et expire, un peu inquiète. Je le tapote en comptant jusqu'à trois. D'une main mal assurée, j'attrape le bord de mon pull sale, puis le soulève. Je le passe par-dessus ma tête et le laisse tomber par terre sans cérémonie. La poche d'iléostomie est toujours collée sur mon ventre, mais Bert n'est plus là.

Waouh. Mes épaules se relâchent.

Je verrouille mes genoux alors que je suis parcourue de tremblements. Je me rattrape au plan de travail pour ne pas tomber, mes phalanges blanchissent.

La magie a marché...

L'extase que je ressens... D'une caresse de la main et d'un rayon de lumière magique, l'ange m'a guérie. C'est du délire. La magie et moi n'avons jamais été grandes copines. Il est déroutant de constater que le don de guérison d'un ange ait réglé ce problème.

Je vide le sac et saisis le spray qui dissout l'adhésif. Mes doigts se crispent en vaporisant le joint que je décolle soigneusement de ma peau. Je frémis en retirant la poche pour la dernière fois.

Un sanglot m'échappe. C'est fini. Pour de vrai.

Des larmes de joie ruissellent sur mon visage. L'intervention de Bert m'a sauvé la vie et j'éprouverai à jamais de la gratitude envers l'hôpital et le chirurgien Hanlon. Je ne regrette cependant pas d'avoir évité une nouvelle opération sur le billard grâce à la magie. Me voilà revenue à un stade que je peux qualifier de *normal* ; je peux enfin reprendre ma vie.

Je ne vais pas cesser de haïr ce monde, pensé-je en souriant à travers mes pleurs. Mais ce « normal » est tout ce que je peux avoir pour le moment, et je m'en réjouis. Un hoquet étire joyeusement mes lèvres.

— Fini de pleurer, je chuchote pour moi-même en suivant les cicatrices sur mon ventre.

Comme promis, celles-ci n'ont pas bougé, elles sont toujours aussi visibles. Je les inspecte en me demandant si ne pas les avoir effacées était une erreur ; j'aurais peut-être dû demander une guérison complète.

Ma bouche s'ourle de mélancolie. Je suis à un âge où je peux faire des erreurs et en tirer des leçons, découvrir qui je suis. Mais dans mon monde, je n'ai pas le droit à l'erreur. Faites confiance à la mauvaise personne, et c'est la mort assurée.

Je crois l'avoir appris à la dure plusieurs fois.

J'ai accordé ma confiance sans y prêter de valeur. Je ne peux plus me permettre une telle insouciance. Je dois être prudente, poser des questions, être plus fine et m'écouter.

Ces cicatrices feront office de rappel.

Quand ma mémoire s'estompera avec le temps — ce qui est inévitable —, les cicatrices, elles, resteront. Ainsi je n'oublierai rien, et je le vois comme une chance.

Mes cicatrices semblent avoir vécu ; elles ne ressemblent plus aux crevasses rouge criard qui tiraient sur ma peau. Des lignes argentées sillonnent désormais mon ventre. Mes marques de guerrière.

J'ai besoin d'une douche. Je retire le reste de mes fringues, et par habitude, je me déplace avec précaution. Je secoue la tête et me reprends en réalisant que je n'ai plus à me soucier de Bert.

Le plus frappant est l'absence de douleur ; c'est déstabilisant. Au cours des mois où je coexistais avec Bert, je pensais qu'elle s'était estompée, mais j'imagine que je m'y étais simplement habituée. Ça fait comme un vide dans lequel mon corps s'est fondu.

Je pousse un soupir. Intérieurement, on m'a guérie. Mais mentalement, physiquement... je ne serai plus jamais la même. Et ça implique quoi au juste ? Ce qui ne te tue pas te rend plus fort... J'ai toujours été convaincue que rien n'arrivait par hasard, même les mauvaises choses — *surtout* les mauvaises choses. C'est ce qui nous touche le plus, nous force à changer, à grandir ou à flancher. On sait ce qu'on vaut quand il nous arrive de vraies tuiles.

À mon avis, j'ai toujours eu deux options devant moi : me rouler par terre en chialant « Ô monde cruel, pourquoi moi ? » ou devenir une bête de femme.

Un long chemin m'attend, mais si j'y pense trop, il me paraît interminable. Première étape : trouver à Bob, Munchkin et moi un endroit où vivre. Mon indépendance commence maintenant.

Je ne veux pas dépendre de ce connard de John. J'ai de l'argent de côté, comme le démon me versait une bourse, que j'ai gérée avec parcimonie. Ce n'est pas le pactole, mais ça suffira pour payer Bob, Munchkin, des structures équestres ainsi qu'un logement.

Dès que je peux, je me taille d'ici.

Dans ce monde, le pouvoir, c'est la liberté. Et je suis une demi-démone toute fraîche et pimpante. Il faut que je découvre mes pouvoirs, et vite. Je dois apprendre à me protéger, me mettre en position de force de sorte que plus *jamais* personne ne puisse me contrôler.

Mon entrain retombe aussitôt. C'est sympa tout ça... dans ma tête. Je n'ai pas la moindre idée de comment m'y prendre pour gérer mes nouveaux pouvoirs de démone. Je me frotte les yeux et je sens la sensation granuleuse de mon visage sale. Je suis dégueu. Je ne peux pas me pointer devant quelqu'un et dire « Eh, tu veux bien m'entraîner à devenir une démone ? ». Ridicule.

Il me faut un manuel... ou bien... la bibliothèque.

Je souris. Comme c'est marrant... Il se trouve que je dispose d'une collection privée de bouquins sur les démons. Je suppose qu'une visite dans une bibliothèque en particulier s'impose...

Arlo possédait une vaste collection cachée. Mes ongles galopent sur le plan de travail. Apparemment, je suis bonne pour un tour sur le domaine de mon ancien maître.

Esquiver les chiens de l'enfer, les gardes... ça va être le pied !

Je prends une douche et me change, puis m'arrête sur le pas de la porte. Je devrais peut-être débuter par un petit changement... Mes yeux.

Je retourne dans la salle de bains et fixe mon reflet.

Je bats des paupières plusieurs fois.

Curieusement, je m'attends à ce qu'ils virent au noir d'un coup, un peu comme lorsqu'on éteint la lumière. Si je persiste, ils devraient s'assombrir, non ? Franchement, j'ai l'air d'une demeurée à battre des cils comme ça, comme si j'avais un truc coincé dans l'œil.

C'est peine perdue... Ce n'est pas comme ça qu'il faut s'y prendre. Je pianote sur le lavabo. Comment ai-je fait la dernière fois ? Oh, peut-être est-ce lié à mes émotions ? J'étais hors de moi quand ma couleur a changé. Bien sûr, suis-je bête ! La colère est la clé. Arlo n'a jamais eu les yeux noirs quand il était de bonne humeur.

Bon, mets-toi en colère, Emma... Je ferme les yeux et je me concentre sur l'instant où Sam a dit avoir vu mes yeux changer. La trahison me remet un coup, mais je refoule ça dans un coin de ma tête ; je m'en chargerai plus tard. Je me rappelle ce moment avec une parfaite lucidité. Ouais, j'étais en rogne...

... le vampire pose une main sur la porte du box de Bob.

Sans réfléchir, ma main se referme sur le couteau aiguisé que nous utilisons pour ouvrir les bottes de foin et les sacs de granulés. Je serre le manche noir dans mon poing.

Ma vision devient floue, presque noire, obscurcie par la rage. Un grognement inhumain monte dans ma poitrine, s'échappant de ma gorge comme un rugissement.

La rage que je ressens est insoutenable. Ce sale vampire... Un grognement monte en moi et mes yeux picotent avant de s'ouvrir brusquement. Je me découvre dans le miroir en clignant des yeux. Je vois trouble, puis hoquète de surprise.

Oh, ils sont noirs. Bingo !

J'ai beau avoir vu ce regard un nombre incalculable de fois chez Arlo, je suis stupéfaite de le constater sur mon visage. C'est certainement le truc le plus flippant que j'aie vu. J'ai une envie folle de me mettre le doigt dans l'œil, et je manque de me cogner la tête en me plaquant au miroir. Mes yeux ont l'air faux. Je laisse partir l'énergie assassine, puis le noir se retire petit à petit en s'amassant au fond de mes globes oculaires un instant infime, avant de disparaître totalement. Ça fout la trouille.

Mes grands iris multicolores sont de retour, et je reste abasourdie.

Il faut que je recommence ce truc.

Sam nettoie le filet de Bob dans la sellerie. Je reste à l'observer à la porte en rassemblant mon courage pour lui poser la question qui me brûle les lèvres. Je pourrais faire semblant de ne rien savoir, mais j'en ai marre de me mentir. Je me manifeste en toussant.

— Pourquoi tu ne m'as pas dit que mes yeux étaient devenus noirs ?

Elle pivote la tête et me fixe sans rien dire.

— Tu as l'air d'aller bien, même très bien. C'est fini le sac à caca ?

— Ouais. Après l'autre kidnapping de John où il a orchestré un accident de voiture. Sam, pourquoi tu n'as rien dit ? Tu l'as dit à John, mais tu ne t'es pas dit que ça valait la peine de... je sais pas, m'en parler ?

— Il a orchestré un kidnapping ? Mais pour qui a-t-il...

— Réponds, Sam, insisté-je.

Elle hausse les épaules et retourne à son filet en s'acharnant sur un point particulier avec l'éponge. J'attends. Mes yeux se plissent à mesure que les secondes s'effilent.

— John paie bien, finit-elle par répondre.

Je tressaille à ses mots. Alors c'est comme ça...

— Il paie bien...? Et tu n'as pas songé à me... briefer ? Je croyais qu'on était amies.

À nouveau, elle hausse les épaules. Visiblement, elle s'en contrefout royalement. L'irritation me fait grincer des dents.

— T'as entendu ce que j'ai dit ? John m'a tendu un piège. Il a simulé un véritable accident de voiture où j'ai fait des tonneaux. Riddick et Eleanor ont sauté de la voiture toute cabossée pour aller massacrer des vampires.

J'attends sa réaction.

— Tu t'en tapes...?

Sam continue d'astiquer le mors, et je m'agrippe à la porte en bois.

— On m'a balancée dans un fourgon pour m'emmener dans une espèce de cellule pour me cuisiner. *Encore*. Ils se sont servis de Riddick pour me faire parler... en menaçant de le mettre en pièces si je ne parlais pas. C'était *horrible*.

Je lâche la porte et me serre la poitrine. Je frictionne mes bras comme pour me protéger du froid.

— D'ailleurs, Riddick, c'est John sous forme animale. Tu le savais aussi ? Tout ce temps, je caressais mon bourreau, dis-je, en proie à un rire hystérique.

Puis je me mords la lèvre pour me taire. Je dois taire mes pensées tordues et me ressaisir. Mes bras retombent quand je me laisse aller contre la porte en fermant les yeux. Après avoir retrouvé un semblant de contrôle, je les rouvre.

— Tout ça était un complot pour se renseigner sur moi, continué-je. Depuis que je suis tombée de Pudding et que j'ai aidé cette petite métamorphe, le chien de l'enfer m'a manipulée pour faire sortir le démon enragé en moi. Et il savait pertinemment que j'en étais un, puisque *tu* le lui as dit. Ce n'est pas moi qui lui ai dit que mes yeux étaient devenus noirs en combattant les vampires, c'est toi.

Je marque une pause.

— Je ne dis pas que cela ne se serait jamais produit, je dis seulement que si tu m'en avais parlé... à moi..., dis-je en me frappant la poitrine, peut-être... peut-être que j'aurais pu me préparer.

Sam ne lâche pas le filet.

— Est-ce que tu as toujours su que j'étais un démon, Sam ? Tu savais que John avait tout manigancé ? Qu'il a tué tous ces vampires pour me forcer à me dévoiler...

Je secoue la tête en reniflant, le regard embrouillé. J'attends qu'elle me réponde, mais elle s'entête à éviter mon regard. Mon cœur se serre.

— ... rien ? Tu n'as rien à dire pour ta défense ?

Haussement d'épaules ; l'unique réponse que j'obtiens après avoir ouvert mon cœur.

Je tapote ma bouche, m'efforçant d'avaler la pilule.

— Tu peux remballer tes affaires et te casser, déclaré-je pour la faire réagir. Je ne te fais pas confiance quant à Bob et à notre prétendue amitié...

Ma voix se brise, et Sam jette l'éponge. Elle met le filet de côté.

— Écoute Emma... tu me dois du blé, celui que j'ai dépensé pour racheter Bob.

Je reste interdite. C'est tout ?

— Je t'ai fait un virement la semaine dernière, ça devrait être sur ton compte..., réponds-je presque aphone.

Ma gorge se restreint et une brûlure me broie la poitrine. Je vois clair dans cette démarche calculatrice : elle vient de me rappeler que je lui suis redevable pour avoir sauvé Bob. Suis-je trop sévère ? Ou mon amie a-t-elle toujours été aussi manipulatrice ?

— Je garde le Shetland, lâche-t-elle sur un ton narquois.

Elle me donne presque un coup d'épaule en me dépassant. Je réprime les mots haineux qui veulent fuser. J'ai causé assez de dégâts.

— Est-ce que t'étais mon amie ? lui demandé-je pendant qu'elle part.

Elle s'arrête en me tournant obstinément le dos.

— Em, tu es *la* meilleure amie que j'aie jamais eue, dit-elle doucement, mais on ne peut pas en dire autant de moi. J'ai rapporté tout ce que tu disais, tout ce que tu faisais au démon, puis au chien de l'enfer.

Elle carre les épaules, relève le menton, puis s'en va.

— Je suis prête à tout pour me couvrir, et les factures ne se paient pas toutes seules.

Ses dernières paroles se perdent dans le vent.

C'est officiel : mon instinct est naze. Une amitié de dix ans — ou du moins ce que je croyais l'être — envolée en une poignée de secondes.

Je souffre à en crever.

Pourquoi dois-je faire ressortir ce qu'il y a de pire chez les gens ? Moi qui croyais avoir touché le fond... je continue de sombrer.

CHAPITRE VINGT

LE TAXI me dépose entre le magasin où j'ai croisé John pour la première fois et le domaine. Tête baissée, je franchis la distance qui reste jusqu'à l'enceinte du domaine par où je compte me faufiler. Je rentre de plus en plus la tête dans les épaules. Le magasin, les chiens de l'enfer, ma rencontre avec John... Tous ces souvenirs resteront gravés dans mes cauchemars. Être à découvert me fait flancher.

Je m'arrête à l'enceinte, penche la tête pour analyser la nouvelle barrière magique. Après le petit tour de passe-passe angélique de la veille et le déblocage de mes pouvoirs démoniaques — si l'ange ne s'est pas planté —, j'ai peur de ce qui se passera en touchant la barrière.

Il a peut-être altéré ou bloqué les étranges pouvoirs que j'avais déjà. Je me gratte la tête ; on crève de chaud sous ce bonnet ! Mince, je fais quoi si mon immunité magique ne fonctionne plus ? Je me balance d'un pied sur l'autre. J'aurais dû y penser avant, bon sang.

J'expire lourdement, dépitée. Je frotte mes mains avant d'oser tendre un index en direction de la barrière.

Je ferme les yeux en grimaçant, prête à une mauvaise surprise. Quand rien ne se produit, j'ouvre un œil et constate que ma main a traversé la barrière. Quelle benête. Note pour moi-même : je n'ai aucune notion de profondeur les yeux fermés.

À nouveau sérieuse, j'inspecte les alentours. Je zone ici depuis trop longtemps. En vérifiant que la voie est libre, je m'élance vers l'enceinte et l'escalade gauchement. Vais-je devenir plus classe et agile une fois que je maîtriserai mes pouvoirs ? Je n'imagine pas Arlo grimper aux murs.

Je grogne en atterrissant sur un framboisier touffu chargé d'épines. Oh bon sang. Je lève les yeux et implore le Ciel. *Donnez-moi la force.* Le fourré m'érafle les jambes et les épines s'enfoncent dans mon legging en me lacérant l'épiderme.

Aïe, aïe, aïe...

Sans abîmer la plante, ou moi, je m'éloigne sur la pointe des pieds. Les égratignures sont superficielles. Je rouspète en me remémorant l'adage « regarde où tu mets les pieds ». Forcément, il fallait que je tombe sur le seul coin du mur planté d'un arbuste épineux.

Au moins je suis préparée et bien équipée, me félicité-je mentalement. Pour la mission du jour, j'ai opté pour un legging et un imper militaire vert foncé, avec un bonnet noir en tricot (qui gratte), le tout complété par une paire de rangers.

Des gardes grouillent sur tout le domaine. Il me faut un

temps infini pour progresser vers la résidence avec la plus grande précaution. Les rayons du soleil faiblissent, et par chance, la météo tourne au vinaigre ; des nuages s'amoncèlent avant de crever en une pluie torrentielle. Je ne vois alors plus rien dans le déluge.

Je m'abrite sous ma veste pour aller me planquer dans un buisson taillé, d'où je surveille les gardes qui patrouillent autour de la maison. Je les vois se démener contre la pluie battante et j'enregistre le parcours de leur ronde ; ça va être compliqué de se faufiler. Au moment de la relève, quelques-uns s'agglutinent pour se plaindre du temps, comme le veut la coutume française. Je souris et profite de ce temps mort.

Je longe la maison, et la buanderie, dont la serrure a toujours été un peu capricieuse. Je donne un coup de coude sec pour soulever un peu la porte, profitant des charnières lâches. Le bruit de la serrure qui se déverrouille est à peine audible. Je suis entrée. Je referme la porte derrière moi, m'y adosse et attends. La pièce est vide.

Mon cœur bat à tout rompre et mes sens d'humaine sont en ébullition. Je retiens mon souffle, à l'affût du moindre danger, et compte mentalement jusqu'à trente. Sentant que je peux y aller, je prends une inspiration et me lance.

Je rampe jusqu'aux machines à laver endormies, tire une serviette d'un tas de linge propre. Je m'accroupis, saisis la poignée et l'ouvre légèrement. RAS. Je jette un coup d'œil par la fente de la porte qui m'offre une vue partielle sur le couloir et la bibliothèque de l'autre côté.

Hélas, je ne bénéficie pas d'une vision infrarouge ni d'un odorat ou d'une ouïe surdéveloppés. Je vais devoir la faire à l'ancienne ; je m'assois par terre en attendant d'être sûre que la bibliothèque est vide. J'utilise la serviette pour m'éponger le visage, ma tenue et nettoyer mes rangers, en gardant les yeux rivés sur le couloir.

Je patiente dans le silence.

Enfin, à ce qui ressemble au silence. On n'entend que ma respiration dans la buanderie. L'adrénaline m'empêche de reprendre mon souffle ; j'ai la sensation d'avoir un troupeau d'étalons au triple galop dans la poitrine. Je m'efforce d'apaiser ma respiration, mais le manque d'oxygène me brûle le thorax. Quand j'essaie par le nez, ma respiration devient sifflante. Et puis merde. Je respire par la bouche.

Chaque fois que j'imagine ce qu'il m'arrivera si je me fais prendre, mon cœur s'emballe et je dois repousser cette idée. Je ne me serais pas lancée dans ce plan, s'il n'était pas impératif que je mette la main sur ces livres. J'ai le ventre en vrac.

Ma patience est récompensée quand, moins de trente minutes plus tard, la porte s'ouvre pour laisser sortir deux sorcières.

— Je croyais qu'il y aurait de meilleures éditions dans cette bibliothèque, râle l'une des deux dont la crinière ressemble à la fleur blanche du pissenlit.

— Ah ouais ? Je trouve les premières incroyables, Diana.

— Oui mais les références ? Pour un démon de premier niveau, j'en attendais plus…

Elles poursuivent leur conversation et disparaissent au bout du couloir. Pour m'arranger, elles ont laissé la porte ouverte ; la bibliothèque me semble vide.

Je décide d'entrer en action. Je balance la serviette dans une machine, me glisse hors de la buanderie et pique un sprint dans le couloir. Une fois dans la bibliothèque, je referme doucement la porte.

Instinctivement, j'inspire à pleins poumons pour découvrir qu'elle a conservé la même odeur. Je craignais que la mort d'Arlo n'ait imprégné la pièce et l'ait gâché de quelque façon. Mais rien n'a changé.

Je présume que les stigmates de ce jour vivent en moi.

Je m'oblige à ignorer l'endroit où il s'est fait trucider. Je ne veux pas voir s'ils ont retiré le cercle, si le sol a été remis en état... Pas même pour présenter mes hommages. Le cœur battant, je me dépêche d'atteindre les rayons qui ont accroché mon regard.

Au lieu de me diriger vers un angle sombre et poussiéreux — là où n'importe qui irait chercher un passage secret —, je fonce en plein milieu de l'étagère en vieux chêne, soit la partie la plus imposante de la bibliothèque. Qui serait assez fou pour poser là l'entrée d'une chambre secrète ? Un démon.

Je pose mes deux mains sur le carré en bois le plus visible, au-dessus d'*Alice au pays des merveilles* de Lewis Caroll, avant de pousser vers la gauche.

Rien ne se passe.

Je recule en grimaçant et réajuste mes mains. Je suis persuadée que la pause des deux sorcières est de courte durée. Tout dépend de la vitesse à laquelle elles vont avaler leur thé ; elles peuvent revenir d'une minute à l'autre. Oh, mon Dieu... Je sue de panique. Si je me fais pincer... J'oublie l'angoisse et déplace un peu ma main gauche, puis pousse.

Alléluia ! Le soulagement m'envahit quand le mécanisme s'enclenche et que les rayons s'avancent pour révéler un passage secret. J'ouvre la porte pour m'y engouffrer. Une terrible barrière magique apparaît aussitôt, vibrante ; elle a fait beaucoup de morts par le passé. Je l'ignore et remets doucement en place l'étagère avec un *clac*. Une fois la porte fermée, je tire sur la vieille cordelette de la lumière qui illumine la chambre secrète.

C'était vraiment flippant. J'inspire profondément, détends mes épaules, mes bras. Je retire ensuite ma veste trempée, mets mon bonnet dans ma poche et l'accroche à la porte. Mon legging est humide, mais cela ne devrait pas troubler l'environnement.

Cet endroit secret est... était la joie et la fierté d'Arlo. Des étagères à n'en plus finir courent le long des murs, aussi belles que la bibliothèque de l'autre côté. Elles regorgent de livres, de potions, d'armes magiques et de bijoux. Il remisait tout ce qui avait de la valeur ici, des choses qu'il voulait cacher au reste du monde.

Je contemple ces trésors d'un œil nostalgique. Les heures que j'ai passées dans cette pièce... Je secoue la tête. Comment choisir dans l'immensité ? Tout emporter serait impossible. Je soupire, découragée. Quel gâchis. Avoir un accès permanent à cette caverne d'Ali Baba assurerait mon avenir.

Je suis venue des centaines de fois, toujours en la présence du démon. C'est la première fois que je me retrouve seule dans ce qui était le terrain de jeu de mon enfance.

Je bifurque vers son bureau que je caresse du bout des

doigts. Mes yeux s'imprègnent de la beauté du bois et du fauteuil en cuir usé.

Le chagrin me perce le cœur quand je réalise qu'il ne s'assoira jamais plus ici.

Je sais que c'était un mauvais bougre, mais je culpabilise encore de ne pas l'avoir sauvé. Je le croyais immortel, indéracinable comme les montagnes et infini comme les océans... Mais non. J'imagine que personne n'est éternel. Quand on y pense, chacun ignore le temps qui lui est compté, même un *immortel*. Personne n'est éternel, et Arlo ne faisait pas exception.

Je ne sais pas pourquoi, mais cette pensée me procure une sorte de paix. Je suppose que je n'aimerais pas vivre éternellement.

Mieux vaut se remettre aux recherches. Je me penche et ouvre le premier tiroir. Je me fige en apercevant une lettre. Je tire une chaise vers moi et m'assois d'un coup, désarçonnée. Je prends la lettre qui m'est adressée et la dépose délicatement sur le bureau. Mes doigts suivent chaque mot.

Arlo, sale petit démon sournois.

Chère Emma,

Si tu lis cette lettre, cela signifie que tu es soit entrée sans ma permission, soit que je ne suis plus de ce monde. Dans le dernier cas, tu es en danger. Les requins vont commencer à te tourner autour. Je t'offre cette chambre secrète et ce qu'elle contient, puisqu'il s'agit d'une dimension miniature...

— Une quoi ?! m'exclamé-je.

Je bondis en arrière, renversant la chaise. *Oh mon Dieu...* Je bats l'air des mains. *Une dimension miniature.* La bouche béante, les yeux écarquillés, je tourne sur moi-même en regardant la salle d'un œil nouveau. Je me frotte le visage.

Je comprends mieux pourquoi elle est si grande et n'a aucun effet sur la surface de la résidence. Je savais que c'était de la magie, mais une dimension miniature ? Probablement le même genre de magie que les portails, assez puissant pour supporter la magie bizarre qui m'entoure et mes incursions depuis des années. C'est un mini univers. Une bulle à part dans l'espace-temps à laquelle on ne peut accéder que par un seul moyen. Je jette un œil à la porte qui mène à la bibliothèque. Waouh.

C'est pour ça qu'elle s'imbrique entre la bibliothèque et les autres pièces. Incroyable...

Et c'est à *moi* qu'Arlo l'a offerte. Je pivote et retourne à pas lents vers le bureau, déroutée. Je ramasse la chaise en tremblotant et reprends la lettre.

... afin que personne d'autre n'entre. Pour garantir ton accès de n'importe où, suis bien les consignes ci-dessous.

Le reste de la lettre contient des instructions et l'endroit où se trouve le livre en question.

Je ne m'attendais pas à ce que ses dernières paroles pour moi soient aussi spéciales ; en fait, je n'en attendais aucune. Pourtant, le voilà qui me balance une bombe signée de son nom. Aucun commentaire sur mon ADN démoniaque. Je ne me plains pas, mais je suis... choquée. Ce démon agit... agissait dans son unique intérêt. Manipulation, absolument ; bonté, jamais.

C'est pour ça que je dois trouver le livre ; je dois me faire ma propre idée au lieu de suivre aveuglément les derniers mots d'Arlo et de me risquer à lier par la magie mon âme à une dimension miniature. Je ne comprends pas *pourquoi* il m'a légué cette salle aux trésors, surtout après être tombée en disgrâce. À moins qu'il ne l'ait rédigée il y a longtemps sans avoir pu la modifier... qui sait ? Mais je lui suis vachement reconnaissante.

Je pars à la recherche du bouquin et saute de joie lorsque je le déniche. Mes joues me font mal à force de sourire quand je le vois coincé dans une série de manuels sur comment être un démon. Bon, ce n'est pas exactement ce qui est écrit, mais les étagères autour de l'ouvrage sur les dimensions miniatures débordent de livres démoniaques en tout genre. Jamais je n'aurai besoin de tout ça.

Sale petit démon sournois.

Comment peut-il être aussi prévenant même dans la mort ? C'est n'importe quoi. J'attrape le livre, et au lieu de retourner au bureau, je vais m'installer sur le canapé Chester dans un coin de la pièce pour entamer confortablement ma lecture.

Au bout de quelques heures, je sais tout ce qu'il y a à savoir sur le fonctionnement de cette salle. Il n'est pas expliqué comment créer une dimension miniature, c'est plutôt comme un manuel d'installation de télévision. Cependant, il est expliqué comment conserver la stabilité de la dimension, établir une connexion permanente entre une dimension miniature et un lieu, telle que la bibliothèque, ou une personne. Comme je ne dispose pas de passage secret et que je ne veux tuer personne en l'associant à une porte quelconque, le plus sûr est de lier la dimension à moi.

Les étapes pour effectuer le transfert correspondent aux indications dans la lettre d'Arlo.

Je roule des yeux. Des heures de lecture pour finir par lancer un sort qui lie mon âme à la dimension miniature.

Je lis les étapes encore quelques fois avant de me sentir prête à faire le grand saut. Je me lève, fais rouler mes épaules et me dirige vers une étagère remplie d'armes. Je prends une petite lame et un chiffon propre pour l'essuyer, puis je me pique le doigt. Je la repose sur l'étagère et retourne à la porte en prenant soin de ne pas faire tomber de sang.

Je barbouille l'embrasure du bout du doigt et prononce la formule :

— Par le temps et l'espace, je te lie à mon âme. Désormais tu m'obéis.

Je sens un petit picotement le long de mon bras et une sensation agréable dans la poitrine. En reculant, la barrière sur la porte s'illumine puis commence à noircir.

Oh, ça sent le roussi... Le noir c'est peut-être bon signe ? Je me sens comme si l'on me tiraillait la poitrine, comme un poids. Je frotte le point qui m'encombre. Ça peut paraître dingue, mais je *sens* que la porte est en moi.

Le livre était clair : maintenant que la dimension est ancrée en moi, je peux y entrer par n'importe quelle porte. Je dois avoir vu la salle de mes propres yeux, mais d'après ce que j'ai compris, je peux y entrer et en sortir de n'importe où. Comme un genre de... portail portable. Franchement, c'est pas stylé ? Si j'ai tout bien fait, que j'ouvre la porte en pensant à ma chambre chez John... je devrais arriver à destination. La puissance de cette magie me dépasse.

J'ignore complètement si ça va marcher. Quoi qu'il en soit, je ne veux pas ouvrir la porte et atterrir dans la bibliothèque. Pour être sûre, mieux vaut patienter, lire davantage, prendre des notes. Si je n'ai pas à me glisser hors du domaine, j'ai le temps.

Je m'éloigne de la barrière magique flippante. Il faut que je m'occupe de mon doigt ensanglanté... C'est dangereux au milieu de ces bouquins démoniaques. J'imagine à peine les ravages d'un rituel de sang par inadvertance. Y a-t-il une boîte à pharmacie dans le coin, avec des pansements ? Je regarde mon pauvre petit doigt... Hein... ? Je le pince, le dissèque du regard. Je presse mon pouce dessus... *Waouh.* La plaie... elle s'est refermée.

Chapitre Vingt-Et-Un

Je scrute mes mains, puis mes jambes, à la recherche de petites éraflures laissées par les buissons de framboisiers. Plus rien. Pas une trace. Mince alors, je suis guérie. J'ai guéri toute seule... ou bien est-ce que la dimension miniature a fait le boulot pour moi ? Je repense au moment où je me séchais avec cette serviette. Impossible de me souvenir si les égratignures étaient encore là. Non, elles avaient disparu. C'est bien moi qui me suis guérie.

Putain, c'est génial.

Cette révélation me retourne le cerveau. Est-ce que ça marche juste pour les petits bobos, ou est-ce que je peux me soigner comme un vrai démon ? Pas question de tester ma théorie pour l'instant. Le temps me le dira. Après tout, ce n'était qu'une égratignure au doigt et quelques griffures. Pas de quoi s'emballer, mais c'est déjà quelque chose.

Je décide d'aller dénicher sur les étagères des livres sur les démons. Il est temps de faire un peu de lecture. D'ailleurs, en parlant de temps, je sais au moins que celui-ci s'égrène exactement au même rythme ici qu'à l'extérieur. Imaginez entrer dans une dimension miniature pendant dix minutes et découvrir en ressortant que dix ans se sont écoulés ? J'en frissonne. La magie est une arme redoutable placée entre de mauvaises mains.

C'est pour ça que je dois être hyper prudente.

Je ne sais pas pourquoi, mais cette question que j'ai posée à John me revient soudain en tête : est-ce que le fait d'être à moitié démon fait de moi quelqu'un de mauvais ? Il avait répondu : *Être démone ne fait pas de toi un être diabolique, Emma. Cela te rend puissante, et c'est le pouvoir qui corrompt.*

Il faut que je sois moralement inattaquable, que je me forge un code de conduite rigoureux, des règles inviolables. Ça mérite réflexion, mais pas maintenant.

Je passe plusieurs heures à lire. Quand la faim commence à me tirailler, je sais qu'il est temps de partir. Il faudra que je pense à ramener des provisions si je veux passer du temps ici.

J'abandonne les livres que je lisais sur le bureau. Je ne veux rien emporter, car je ne peux pas les protéger à l'extérieur de cette pièce.

Je jette un dernier coup d'œil au bureau d'Arlo. Avec ses murs vert sombre et son plafond bas, l'endroit est froid et austère. Les seuls éléments vraiment beaux ici, ce sont les objets eux-mêmes et les étagères qui les abritent. Pourquoi l'avoir conçu ainsi ? On dirait un sous-sol, ou le bureau d'un détective de film noir, exilé au fond du commissariat après être tombé en disgrâce. Je fronce le nez. Si je devais créer une dimension miniature, elle serait chaleureuse et lumineuse. Je l'imagine un instant, puis je soupire en secouant la tête. Ça n'arrivera jamais. Je ne sais même pas qui fabrique ces dimensions. Alors, en avoir une jolie pour moi... autant rêver de décorer une boîte à chaussures. Ce qui pourrait bien finir par arriver si je ne me bouge pas pour trouver un endroit où vivre.

Arrivée à la porte, je mets mon bonnet et ma veste. Je souffle un grand coup pour calmer mes nerfs. Je dois être prête à fuir si ça tourne mal. Je ferme les yeux et me concentre sur la porte de la salle de bains attenante à ma chambre temporaire, chez John. Avec cette image bien ancrée dans mon esprit, je prends une grande inspiration, j'ouvre la porte et je passe.

Je pousse un cri en arrivant dans la chambre. Mais rapidement, je plaque mes mains sur la bouche. Oups. Je tends l'oreille, guettant le moindre mouvement. Ni John ni Eleanor n'accourent voir ce qui se trame, je relâche un soupir de soulagement.

Note pour moi-même : éviter de crier en territoire ennemi. À la place, je souris, je me trémousse et effectue une petite danse de la joie en silence. Boum, je suis une pro. Et là, immédiatement, c'est la panique. Oh putain, et si je ne pouvais plus retourner là-bas ? Mes mains s'agitent. Je n'ai même pas ramené un seul livre... mais quelle abrutie ! Non, non, non. Je me fais des films ? J'espère. Avec ma poisse, c'est exactement le genre de trucs qui pourrait m'arriver.

Il faut que je fasse un test.

Je pivote vers la porte de la salle de bains, ferme les yeux et murmure :

— Salle secrète, j'ai besoin de toi.

Je pouffe, tellement ça me semble ridicule. Je me concentre à nouveau. Peu importe si les mots marchent ou pas, tout ce qui m'aide à canaliser mes pensées est bon à prendre, non ? Ce n'est pas une question de mots, mais d'intention, et ça devrait m'aider à surmonter la panique et les battements affolés de mon cœur. Je franchis la porte. La fumée noire du sceau magique s'accroche à ma peau, presque avec tendresse. Tiens, c'est nouveau. Mais je suis de retour dans la salle secrète. Boum, je brandis le poing en signe de victoire. Je gère grave.

Je réalise que j'ai laissé les lumières allumées. Comment ça fonctionne, d'ailleurs ? Je ne veux même pas y réfléchir. L'électricité, les interrupteurs... c'est le genre de truc qui pourrait me faire imploser le cerveau. Je hausse les épaules. C'est de la magie, point barre. Je les éteins.

Si tout se barre en sucette, au moins j'ai un endroit où vivre. À nouveau, je me concentre et je retourne dans la chambre.

Au milieu de la pièce, je m'arrête, penche la tête et tapote mes lèvres du bout des doigts en contemplant le lit. Euh. *Si tout se barre en sucette, au moins j'ai un endroit où vivre...* Mmm. Je me demande si John le remarquerait si je lui carottais son lit.

Je souris bêtement. Je m'imagine déjà traînant le lit à travers la porte pour l'installer dans ma nouvelle *maison*. Non. Le mot clé ici, c'est *voler*. Or j'ai les moyens de m'acheter un lit, et le canapé dans le débarras est confortable, après tout.

Mon sourire s'agrandit encore. Peu importe, je vais déménager. La salle secrète n'est pas le lieu de vie idéal, mais c'est incroyablement pratique. Et surtout, incroyablement *sûr*. Ma nouvelle maison, parfait.

Mes bagages sont déjà prêts. Je n'ai jamais voulu m'installer ici pour de bon, et je n'ai même pas défait mes affaires après être sortie de l'hôpital. Alors, en quelques minutes, mes maigres possessions sont réunies.

Oh, oui. Un sourire satisfait s'étale sur mon visage quand je me rappelle que j'ai une pièce pleine d'affaires. Des affaires importantes. Je peux acheter de nouveaux vêtements. Sacs en main, je répète le même rituel, pensant à la dimension miniature. Quand je traverse la porte, je trébuche.

La pièce a changé.

Je lâche mes affaires dans la porte, choquée, et plaque mes mains sur ma bouche. Qu'est-ce qui se passe ? Mes yeux s'écarquillent presque au point de sortir de leur orbite.

Honnêtement, si je n'y connaissais rien en magie, je penserais m'être trompée d'endroit. Ce n'est pas du tout la même pièce... mais tout est là. Je n'ai pas franchi une porte au hasard. Les étagères infinies sont toujours là, la fumée noire aussi, ravie de me revoir. Mais elles ont été déplacées comme par magie, pour laisser la place à... une *maison*.

L'incrédulité m'envahit totalement tandis que je contemple la pièce. Je me pince.

Saperlipopette.

Tous mes objets préférés, auparavant disséminés sur les étagères, sont maintenant regroupés, exposés. Fini le bureau sombre et lugubre d'Arlo. À la place, l'espace est chaleureux, accueillant. Les murs sont d'un gris perle, la lumière y est plus vive. Je lève la tête : le plafond paraît plus haut.

Le bureau d'Arlo a été relégué dans un coin. Le canapé

en cuir est entouré d'étagères du sol au plafond, avec une lampe de lecture. On dirait un coin lecture tout droit sorti de mes rêves. Une mini-bibliothèque, belle et cosy. Un coup d'œil rapide me confirme que mes livres préférés et les ouvrages sur les démons dont j'ai besoin se trouvent à portée de main.

Je me dirige vers un grand cabinet en bois avec le mot POTIONS élégamment écrit au pochoir sur la porte. Du bout du doigt, je trace les lettres peintes avant d'entrouvrir le meuble. Il est plein à craquer de potions dans des flacons joliment ouvragés.

Même si je suis incapable d'utiliser ces potions, le contenu de ce placard vaut une petite fortune.

Comment puis-je être immunisée contre les potions, mais traverser des barrières magiques, utiliser des portails et ma dimension miniature sans perturber leur magie ? Aucune idée. Ça relève là aussi de la magie. Je souris en direction de mon coin lecture, là où s'alignent tous les livres sur les démons. J'ai l'intention de creuser cette question. Peut-être qu'avec davantage de maîtrise, je finirai par pouvoir utiliser des potions ? Avec douceur, je referme les portes du cabinet avant de continuer mon exploration.

Il y a une zone dédiée aux armes, une cuisine. Une cuisine gris anthracite au design impeccable, avec un plan de travail tout blanc et un évier Belfast en céramique. Elle contient tous les électroménagers dont je pourrais avoir besoin.

Et ce n'est pas tout. Deux nouvelles portes sont apparues. Je jette un œil à l'intérieur de chacune. Dans la première pièce, une salle de bains moderne avec tout le nécessaire : baignoire, douche, lavabo, toilettes et bidet, le tout dans un design contemporain. Dans la seconde pièce, une chambre luxueuse. Je caresse le couvre-lit, heureuse de constater que les draps sont incroyablement doux.

De retour dans la pièce principale, je tourne sur moi-même, bouche bée. Mon regard balaie l'espace, prenant la pleine mesure de ce qui est devenu mon nouveau foyer magique.

C'est quel genre de magie ça ? C'est tout ce que j'aurais pu imaginer vouloir pour mon propre espace. Une vraie maison, un endroit que personne ne pourra jamais m'enlever. Le fait de lier cette dimension miniature à moi a dû déclencher cette métamorphose. Waouh.

Je pivote sur mes talons. Je dois trouver ce livre. Mes yeux parcourent la pièce jusqu'à ce qu'ils se posent sur le bureau d'Arlo. Non, non, *mon* bureau. Il y avait un passage dans ce livre… Je me précipite vers le bureau et, après une recherche rapide, je mets la main sur l'ouvrage et tourne délicatement les pages. J'avais lu un drôle de commentaire, presque désinvolte. *Si une dimension miniature est liée à un magicien puissant, la dimension peut, avec le temps, s'adapter à l'intérieur de ses limites originales pour répondre aux besoins de son utilisateur.* Euh. Je cligne des yeux et observe à nouveau la pièce.

Voilà qui est intéressant.

Chapitre Vingt-Deux

Je suis presque en transe quand je déballe mes affaires. Ça fait beaucoup à digérer. Quand tout est rangé, je décide d'aller voir Bob. Lui trouver un foyer est une priorité. Si seulement je pouvais imaginer une structure équestre... Le livre dit que les transformations doivent s'adapter à l'intérieur de ses limites initiales. Mais si je parvenais à visualiser quelques hectares pour Bob et un compagnon, je ne quitterais probablement plus la dimension miniature. Ce qui serait un peu toxique à mon goût.

J'enfile ma tenue de cavalière et file à l'écurie, tout sourire. Pas très malin comme initiative, mais il n'y a pas un chat. Bob redresse la tête quand il me voit. Il traverse le champ en trottinant et hennissant. Je suis soulagée de voir Munchkin avec lui. Je saisis leurs licols et les guide dans leurs boxes pour les panser et les laisser manger leurs bottes de foin.

Je profite des derniers rayons du jour pour me coucher devant le box de Bob. Je pianote sur mon téléphone, qui a été épargné dans l'accident de voiture et sagement déposé sur ma table de chevet, puis je cherche une pension collective au pré. Bon sang, il faut que je décroche un travail ; mon compte bancaire n'est pas inépuisable. Mettre un cheval en pension, même au pré, coûte la peau des fesses. Et l'oisiveté mène dans de sales draps. Si je veux rester sur la bonne voie, je dois me trouver un boulot.

Bob passe sa tête par la porte, curieux, et fait pleuvoir des flocons de foin sur mes cheveux.

— Bob, arrête ça.

Il bat en retraite pour se remplir de nouveau la bouche.

Je secoue la tête en passant mes doigts dans mes cheveux. Les brins coincés dans ma tignasse me rappellent Sam et moi... Mon cœur se serre.

Je me sens perdue sans mon amie espiègle et, malgré moi, je m'inquiète pour elle. J'ai peut-être réagi trop vite. Ai-je été trop dure ? Cruelle ? Je n'ai pas vraiment cherché à voir les choses de son point de vue. À quel degré d'égoïsme cela me place-t-il ? Aucun retour en arrière possible, je dois aller de l'avant. *Si jamais* elle a besoin de moi, je m'efforcerai d'être là pour elle... Dans notre amitié, il n'a jamais été question de ce qu'elle pouvait faire pour moi ; je me sentais bien en étant son amie. Ça va me manquer.

J'autorise une autre pensée à s'introduire. Riddick aussi me manque... Pathétique, hein ? Je ferme les yeux en inspirant violemment, frappée par une douleur aigüe. Ses yeux verts, qui veillaient sur moi et me protégeaient, me manquent.

Toutes ses pitreries... Mon sourire s'évanouit. Je n'arrive pas à accepter que ce soit John. Qui aurait dit qu'il était aussi drôle, aussi gentil...? Il faut sûrement séparer le loup de l'homme. Un concept peu convaincant. Pourtant, la différence entre les deux est stratosphérique, déroutante. Il faudrait lui poser la question pour en avoir le cœur net.

Mais je ne le ferai jamais.

Ça fait beaucoup de changements. Ma vie s'est métamorphosée en si peu de temps. Je gigote pour faire circuler le sang dans mon popotin engourdi. Je vais devoir me faire à ma nouvelle vie, qui n'inclut malheureusement pas mes anciens amis. Je perçois un bruit de sabots, une bouche qui mâchonne et s'ébroue au-dessus de moi. Je renverse la tête et ferme les yeux en recevant une nouvelle pluie de foin. Bon, il me reste bien un copain. Je caresse le museau lisse de Bob.

— Toi, t'es là, Bob-cob.

Je trouve quelques prés disponibles, principalement au nord de l'Angleterre. Rien ne m'oblige à rester dans la région où j'ai grandi, mais je pense qu'il vaut mieux garder mes repères.

Une écurie se démarque nettement des autres, mais coûte une blinde. Elle est très chic et les structures sont du même acabit que celles du domaine. Écurie de top qualité, facture salée, conclus-je en transpirant. Les évaluations sont excellentes et le niveau de sécurité incroyable.

On ne perd pas de temps. J'appelle et fixe un rendez-vous avec le gérant pour demain matin.

— Emma, je ne savais pas que tu étais rentrée, déclare Eleanor en apparaissant au coin de l'écurie. Où étais-tu passée ? Tu t'es sauvée comme une voleuse sans dire où tu allais. Tu dois nous laisser faire notre boulot. On ne savait même pas si ta guérison avait marché, me réprimande-t-elle, les mains plantées sur sa taille de guêpe.

J'esquive son regard ; son rôle dans la mascarade du kidnapping me reste en travers. Retour à la case départ, où elle ne m'inspirait aucune sympathie. Sauf que cette fois, je ne permettrai pas à ma stupide empathie de flancher. Je ne veux cependant pas mentir sur mon infiltration au domaine du démon. Si je la regarde en face, je suis persuadée que mes petites cachoteries seront inscrites sur mon visage. Je choisis plutôt de prendre exemple sur elle et et d'éviter sa question.

— La guérison a marché, merci. Contente de voir que tu vas bien, je réponds en déviant habilement la conversation. Je sors demain pour un rendez-vous.

Elle souffle en secouant exagérément la tête pour manifester son dépit.

— Demande à John. Il n'est pas content que tu aies disparu ce matin. Comment peut-on te protéger si tu ne daignes pas nous dire où tu vas ?

Un rire mauvais m'échappe. Elle est sérieuse, là ?

Je lève un sourcil en la fixant d'un air exaspéré. Elle a conscience du niveau d'hypocrisie ? Elle ne m'a pourtant pas protégée quand les vampires nous ont fait sortir de la route. Cette stupide combine aurait pu nous tuer.

— Excuse-moi, dis-je en me levant d'un bond en direction de la maison. Je vais lui demander la *permission* de sortir.

Voilà qui promet d'être intéressant.

Je le trouve au milieu des fourneaux. Mon estomac gargouille en sentant le parfum qui flotte dans la cuisine, me rappelant que je n'ai rien avalé de la journée. Ce n'est pas raisonnable ; je dois prendre soin de moi.

Ne le regarde pas dans les yeux, Emma.

Je regarderai tout sauf lui ; je ne me fais pas confiance. Dès que je pose les yeux sur lui, mes neurones se court-circuitent et mes hormones se mettent à faire le rodéo.

Tout. Le. Temps.

Et je me déteste un peu plus chaque fois que cela se produit. Alors on va éviter de le regarder. Si je ne plonge pas dans ses pupilles mélancoliques, je peux diriger toute ma haine contre lui afin qu'elle repose sur ses épaules bien bâties, plutôt que les miennes.

En parlant de ses épaules... ce mec possède un corps d'un autre temps. Ses muscles enveloppent parfaitement sa silhouette dans une ondulation sauvage et magnétique. Je ne l'avais jamais vu évoluer dans un environnement normal, j'avais oublié à quel point il en imposait ; la cuisine semble minuscule. Il est impossible d'ignorer la puissance physique qui émane de lui, m'égaré-je avec un frisson.

Il se tourne et les yeux que j'étais supposée éviter s'illu-minent en me voyant. Il tient une tasse décorée d'une adorable licorne rose.

Il est en train de préparer le dîner... Plutôt normal. Au fond, je m'attendais à ce qu'il soit dans la forêt, sous forme animale, pour traquer son dîner à base de viande fraîche. Mais le voilà, charmant et serein, cuisinant des petits plats en sirotant son café... dans une tasse de licorne rose.

— Tu as faim ? Il y en a pour toi.

Bizarrement, la version de John qui se tient à carreau est encore plus flippante.

Mission annulée, mission annulée, me crie mon instinct.

John me lance un sourire.

Ça y est, on m'a perdue.

Un mec n'a pas le droit d'être aussi sexy malgré lui. J'ai toute son attention, et ça ne me déstabilise pas. Au contraire, vu la façon dont mon corps réagit, je me sens flattée, émoustillée même. J'aime qu'il me fixe avec cette intensité virile.

En fait, je suis une idiote. Le dernier tête-à-tête avec lui n'a pas bien fini pour moi.

Je ris sous cape, me moquant de moi-même. Ouais, c'est vachement équilibré tout ça. Je baisse les yeux et me concentre sur son torse. Il va adorer que je me la joue soumise, tiens.

Espèce de glandu.

— Comment tu te sens ?

Je hausse les épaules d'un air désinvolte. En quoi ça le regarde ? Je me rends compte que je me gratte le poignet droit ; mon corps me rappelle de ne pas faire confiance à ce beau connard. Je sens son regard sur mes cicatrices et épingle mes mains dans le dos.

— La guérison a marché ? tente-t-il à nouveau.

Mon sens de la politesse l'emporte et je réponds par un hochement.

En réalité, je devrais être en train de lui gueuler dessus, de le traiter de tous les noms, de le frapper, de lui mettre la misère... mais je n'y arrive pas. Faire tout un cirque ne me mènera nulle part. Je dois la jouer fine et attendre mon heure.

J'ai conscience qu'il faille aller de l'avant, sinon... Je me mordille la lèvre, le regard planté sur son torse. Je ne suis pas certaine d'apprécier la personne que je deviendrais.

Je n'ai pas envie de vivre perpétuellement dans la rage à l'état pur. Ça vous ronge. Je ne concèderai pas à John Hesketh ce pouvoir sur moi.

— Oui, merci, marmonné-je.

Il pose sa tasse et retire son pull à capuche. Son T-shirt blanc se coince et dévoile une rangée d'abdos, puis il le redescend. Le pantalon de jogging gris tombe bas sur ses hanches. Ses avant-bras se contractent quand il jette le pull sur une chaise. Il s'appuie contre le plan de travail en croisant les bras sur sa large poitrine qui compresse son T-shirt. Une aura féroce, vibrante, se dégage de lui.

J'ai envie de faire courir mes doigts sur les vallons écharpés de son torse et de ses abdos.

Merde, j'ai presque bavé. Mon attirance pour lui doit être un déraillement psychologique ou magique. Impossible que ce soit réel.

— Pour info, je dois aller à un rendez-vous demain, lancé-je en pointant les pouces vers la porte.

— Un rendez-vous de quoi ?

Sa voix n'est plus suave, elle est grave, agressive. En cet instant, je parie que ses yeux me lancent des flammes. Pour lui apprendre à fourrer son nez partout, j'ai envie de lui balancer « un rendez-vous gynécologique ». Mais je m'abstiens de mentir, même si voir sa tronche aurait été drôle.

— Pour trouver un pré à Bob.

— Non, grogne-t-il.

Il décroise les bras, se tourne et retourne à ses fourneaux. Pour lui, la conversation est terminée.

J'hallucine, mais pour qui il se prend ?

— Je suis ton chien ou quoi ? m'énervé-je en m'efforçant de masquer l'acidité et la frustration dans ma voix.

Un échec cuisant, car John fait aussitôt volteface.

— Bien sûr que non. Tu es une démone, pas un chien, réplique-t-il d'un ton mordant.

— Ta prisonnière ?

Il secoue la tête.

— Bien, alors tu ne m'empêcheras pas d'aller où que ce soit. Dès que je trouve un endroit pour Bob, je me tire.

Il continue de secouer la tête, comme si j'étais une sale gosse désobéissante, et avance d'un pas. Son odeur m'enveloppe.

J'aimerais dire qu'il pue le chien mouillé, mais c'est faux. Il sent le feu de camp et la lessive fraîche. Un parfum qui me chatouille les narines et la gorge. J'en suis étourdie.

— Tu n'as pas conscience des dangers dehors.

Je redresse la tête et croise son regard furieux. Un éclair danse au fond de ses iris. Je perds pied.

— Ah oui, vraiment ? continué-je, ignorant l'étincelle dans son regard qui me tétanise.

Il n'a plus le monopole du regard flippant désormais ; moi aussi, je peux le faire.

— De mon point de vue, le monde est moins dangereux qu'ici, je poursuis en le regardant de haut en bas.

— Emma, je suis désolé du malentendu.

Malentendu ? Il est pas croyable celui-là... C'est comme ça qu'il définit ce qu'il m'a fait ?

Un ricanement traverse mes lèvres et je vois rouge... ou plutôt, noir. Maintenant que je reconnais la sensation, je n'ai aucun mal à la chasser. J'ai du pain sur la planche pour contrôler le démon qui est en moi. Je ne serai pas l'instrument de mes pouvoirs.

J'expire et refoule les mots accusateurs qui cognent

rageusement dans ma tête. Je croise les bras en le fusillant du regard. J'avais l'intention de dormir dans mon nouveau chez-moi en faisant semblant de ne plus vivre chez lui... Qu'il aille se faire foutre. Je ne vais plus jouer la comédie et faire l'hypocrite comme ces deux nazes qui prétendent me protéger.

Je vais vivre selon mes règles et je ne vais pas céder face à ce... chien de l'enfer.

Pendant quelques secondes, je garde la bouche fermée, craignant qu'il m'accuse d'en faire des caisses. La rage qui monte crescendo fait palpiter mes narines, et je lâche entre mes dents :

— Écoute-moi bien, John Hesketh, je ne suis ni ton chien ni ta prisonnière, et au cas où tu aurais oublié, je suis majeure. J'ai vingt-deux ans, je ne suis plus une gamine. Je ne vais pas rester une seconde de plus chez toi. Je n'ai aucune confiance en toi et j'ai un endroit où aller. Mais honnêtement, même si je n'avais nulle part, je préférerais crécher à l'écurie ou dans la rue plutôt que de bénéficier de ton *hospitalité*, craché-je.

La flamme orangée s'agite davantage au fur et à mesure que grandit sa frustration.

— Je ne suis pas venue te demander la permission, mais t'informer par politesse. Sauf que tu t'en sers pour la retourner contre moi et te la jouer autoritaire. Ras-le-bol. Et pour info, John, j'ai déjà déménagé. Je n'ai pas besoin de ta « protection », je n'en veux pas, balancé-je en mimant les guillemets, hors de moi.

Je pivote pour partir, puis reviens sur mes pas.

— Au fait, t'as fait quoi à mon amie ? Elle ne me regarde même plus dans les yeux. C'était la seule que j'avais et tu as fait en sorte qu'elle me flique ? Qu'elle te fasse un rapport ? C'était quelle ambiance quand elle t'a dit qu'elle me connaît depuis mes dix ans, qu'elle m'a vue grandir ? Sam m'a pratiquement élevée. Tu ne t'es pas dit « Tiens, Emma n'est peut-être pas un génie du mal après tout ? » Je ne t'ai pas mené en bateau, John, alors arrête de me prendre pour une conne. Fous la paix à mon amie, et oublie-moi au passage.

Il fait un mouvement qui me fait sursauter, puis ses yeux se radoucissent.

— J'étais en colère contre toi et je me suis défoulée sur elle, alors que c'est à toi que je devais m'en prendre. T'es qu'un manipulateur.

Ma voix baisse d'un ton :

— Pourquoi t'as tout gâché ?

Ses émeraudes me considèrent avec gravité.

— Paie-lui ce que tu lui dois, protège-la si ça fait partie de votre deal. Et après ça, pour l'amour du ciel, fiche-lui la paix.

Je décide de m'éloigner et de planter cet horrible chien de l'enfer.

Dans tes dents, petit con, pensé-je sournoisement en quittant la maison. Je claque la porte le plus fort possible. Bon, c'est gamin, mais je m'en fiche.

Je vais me prendre une pizza, je crève de faim. Oh, mais j'y pense... Maintenant que Bert nous a quittés, je peux enfin manger sans souffrir. Yes !

— Emma.

Je sursaute en entendant la voix de John. Mais il me suivait ?! Espèce de stalker.

Lentement, je me retourne, m'obligeant à prendre un air impassible, en plantant mes mains sur mes hanches à la

Eleanor. Je penche la tête pour le regarder de haut, bien que cette ordure fasse une tête de plus que moi. Il me fatigue.

La colère est tout ce que je ressens en le regardant.

C'est bien la colère, c'est sain.

— Une dernière chose au cas où on ne se revoie plus : si tu es coincée, que tu as besoin d'un médecin, d'un avocat ou d'un portail pour te téléporter... tu peux m'appeler. Je serai là.

Ses yeux sont redevenus verts et ses épaules retombent. Je plaque une main sur mon œil gauche qui tressaute à son discours. Mon petit cœur tout mou est en train de me trahir... Non ! Je ne vais pas céder à ses belles paroles et à son regard pénétrant. Je ne le crois pas, pas une seconde. Toute cette posture abattue est un leurre. Il essaie de me manipuler.

Mais en effet, John, tu m'en dois une. Sauf que c'est une dette que je ne lui permettrai pas de payer.

— Je vais me débrouiller. Mais si ça ne te gêne pas, j'aimerais utiliser les infrastructures équestres encore quelques jours, une semaine max, le temps de trouver un endroit à Bob. C'est tout ce que je te demande.

John y consent en se grattant la tête. Dans le mouvement, son T-shirt se lève et dévoile une peau et un abdomen fermes.

Il l'a fait exprès.

— On ne sera pas quitte comme ça, tu sais, dit-il doucement d'une voix grave et suave.

Son aura m'enveloppe, me taquine, me cajole.

— John, on ne sera jamais quitte, lâché-je à voix basse en pivotant.

— Non, dit-il doucement dans mon dos.

Chapitre Vingt-Trois

Après une nuit passée dans ma nouvelle maison, dans un lit moelleux comme un nuage, je me sens reposée, pleine de confiance. J'arrive à l'heure pour mon rendez-vous à l'écurie de pension. Ne connaissant pas encore les lieux, je n'ai pas pu m'y téléporter avec mon portail portable. Alors je me suis rapprochée au maximum, puis j'ai pris un taxi.

Tout roulait, jusqu'au moment où le responsable m'escorte de force dans le bureau du centre équestre.

— Votre espèce n'est pas la bienvenue. Vous auriez dû être plus claire au téléphone, crache-t-il.

Il lâche mon bras avec un frisson de dégoût avant de saisir une bouteille de désinfectant sur son bureau. Il en pompe une bonne dose dans ses paumes et se frotte vigoureusement les mains comme si j'étais contagieuse.

Quoi ? Il sait que je suis en partie démon ? Tout le

monde le sait ? Est-ce que je sens le soufre ? Mon Dieu, ça doit être ça, je dois empester le démon.

— Nos tarifs sont dissuasifs pour les humains. Je n'ai jamais eu de demande de leur part pour une pension, c'est du jamais-vu. Ce centre équestre est un établissement réservé exclusivement aux créatures magiques.

Oh. Un soupir de soulagement m'envahit. Par « votre espèce », il voulait dire *humaine*. Cet établissement est *interdit aux humains*... N'importe quoi. Je le fixe, les dents serrées. Je suis coincée. Si je lui avoue que je ne suis pas entièrement humaine, que je suis à moitié démon, il va soit éclater de rire en me traitant de menteuse, soit pire, prévenir la Guilde des chasseurs pour me faire arrêter.

Et dire que j'ai claqué de l'argent dans un taxi juste pour me faire insulter.

C'est un boggart, un faë britannique. Certains les appellent des lutins de maison ; en Irlande, on parle plutôt de brownies. Grand, blond, maigre comme un clou, il me renifle avec dédain. Même en tenue de cavalier de la tête aux pieds, il donne l'impression de n'avoir jamais approché un cheval de sa vie. Tout est trop propre, trop impeccable. Le proverbe « l'habit ne fait pas le moine » me traverse l'esprit en regardant ses bottes si brillantes qu'on pourrait s'y mirer. Mais bon, il dirige un centre équestre, donc il doit s'y connaître.

À mon avis, ce sont sûrement les palefreniers *humains* visibles dehors qui se tapent tout le boulot.

Établissement interdit aux humains, mon cul.

Je sens la réplique cinglante monter, prête à jaillir de ma bouche, mais je me retiens in extremis. Qu'est-ce qui me prend ? *Ma grand-mère serait morte de honte si elle me voyait.* Cette pensée me percute comme un coup en plein cœur.

Les boggarts sont connus pour leur propreté obsessionnelle. C'est leur truc. Peut-être que ce n'est pas lui, mais le propriétaire du pré, qui impose cette règle stupide sur les humains ? Peut-être qu'il prend même des risques en m'accueillant ici.

Si je veux me protéger de mes instincts démoniaques, je dois faire mieux. Je dois être moralement irréprochable. Je tapote nerveusement ma cuisse du bout des doigts, imitant le rythme d'un galop pour me calmer.

Il faut que je me concentre sur les vertus... enfin, quand je les aurai retrouvées. Courage... et quoi déjà ? Je plisse les yeux en cherchant. Je crois qu'il y en a sept. Ou alors c'est les sept péchés ? Pfff, peu importe. Pour l'instant, mieux vaut établir mes propres règles.

Règle numéro un : Tu ne seras pas une connasse.

Règle numéro deux : Tu seras toujours gentille.

Règle numéro trois : Tu ne te mentiras pas à toi-même.

Règle numéro qua... Zut, il va falloir que je les note quelque part.

Le boggart me fixe comme si j'étais foldingue. Un trop long silence, sans doute. Il désigne la porte du menton, les sourcils froncés, et tapote le sol de sa pompe cirée avec impatience.

Oh la honte ! Juste après avoir fixé mes règles, je vais devoir en enfreindre une.

— Ce n'est pas pour moi, dis-je en me grattant le nez.

Avec une petite grimace et un hochement de tête, je croise les doigts derrière mon dos.

— L'écurie est pour le cheval de mon employeur. C'est un démon, monsieur...

Je jette un coup d'œil au veston marron soigneusement plié sur le dossier de sa chaise.

— ... Brown.

Le mensonge me reste en travers de la gorge, mais je l'avale avec ma nervosité. Un petit mensonge ne fait pas de moi une créature diabolique... C'est pour Bob, après tout.

— Monsieur Brown est avocat pour les guildes.

Les guildes, garantes des lois, maintiennent l'ordre et préviennent les chaos civils. Les espèces dominantes ont leurs propres guildes pour encadrer leur population, toutes surveillées d'un œil de faucon par la Guilde des chasseurs. Autant dire que les guildes sont à la fois effrayantes et incontournables.

— Oh, Monsieur Brown... pourquoi ne pas l'avoir dit plus tôt ? minaude le boggart en hochant sa tête blonde, comme s'il était pote depuis toujours avec mon Brown fictif.

Je résiste à grand-peine à l'envie de rouler des yeux.

— Quand Monsieur Brown pourra-t-il venir signer le contrat de pension ?

Je souffle bruyamment, regarde autour de moi d'un air conspirateur, et baisse la voix.

— Monsieur Brown est incroyablement occupé. Actuellement, il est hors-monde.

— Hors-monde ? murmure le boggart, les yeux écarquillés de respect.

J'opine, portant un doigt à mes lèvres comme pour signifier que c'est un secret. Il acquiesce d'un air grave et jette un regard furtif autour de son bureau, pourtant désert.

— Bien sûr, bien sûr, n'en dites pas plus.

— Et puis, cela dépend si je trouve les installations satis-
faisantes. Je ne suis pas sûre que nous mettions Bob en
pension ici. Monsieur Brown exige ce qu'il y a de mieux.

Euh, est-ce que j'en fais trop ?

— Bien sûr, bien sûr, laissez-moi vous faire visiter.

L'écurie est un véritable bijou. Elle compte soixante
boxes répartis sur plusieurs cours, certains sous forme de
grandes écuries américaines : un seul toit, avec des allées
centrales et des fenêtres donnant sur l'extérieur. Mais mon
coup de cœur, c'est un petit coin tranquille avec dix boxes
seulement, disposés autour d'une jolie cour centrale. Les
écuries, en brique traditionnelle, forment un fer à cheval
avec une tour d'horloge et une girouette en forme de coq.

Les installations sont hallucinantes : deux immenses
manèges couverts aux dimensions internationales, trois
carrières extérieures, un marcheur automatique, un rond de
longe, et des pâturages utilisables toute l'année. Sans oublier
un circuit de promenade sur domaine privé, ce qui signifie
que je peux sortir Bob sans mettre un sabot sur la route.
C'est un véritable paradis équestre.

À la fin de la visite, Stuart — c'est le prénom de ce cher
boggart — me mange dans la main. Il organise même le
transport de Bob et de tout mon matériel depuis chez John.
Je paie une année entière d'avance, et Stuart accepte que je
signe les papiers de pension au nom de Monsieur Brown.

Ouf.

Bon, à un moment donné, il faudra que je donne vie à
ce fameux Monsieur Brown. Mais grâce à un bouquin
démoniaque que j'ai dévoré hier soir, j'ai déjà une petite
idée.

Je suis affalée sur le canapé en cuir rouge, une couverture sur les genoux et une tasse de thé dans la main, un énorme grimoire reposant en équilibre précaire sur ma poitrine. J'aurais dû m'installer à mon bureau. Le livre est si ancien que je devrais probablement porter des gants blancs, comme ceux des historiens qui manipulent des manuscrits précieux.

À la place, je sirote mon thé bien trop près des pages jaunies, risquant à tout moment de laisser tomber une goutte dessus. Une idiote. Mon cerveau a disjoncté, incapable de penser à autre chose qu'aux mots imprimés. Le texte m'absorbe complètement ; il est absolument fascinant. Si je comprends bien ce qu'il indique... si j'ai réellement les capacités pour y parvenir... alors je devrais... euh... pouvoir changer de visage.

Ouais, mon visage. En continuant ma lecture, je découvre que ce n'est pas seulement mon visage que je pourrais modifier, mais aussi mon corps, mon genre... et même, si je le souhaite, me transformer en animal. Waouh. C'est dingue.

Voilà pourquoi les démons sont si dangereux. C'est pour ça que John insistait toujours pour voir mon *vrai* visage. Selon ce livre — je tapote une page du doigt — je peux ressembler à ce que je veux.

Flippant.

Les yeux écarquillés, je prends une nouvelle gorgée de thé et frissonne. Le livre n'est pas vraiment un manuel d'instructions. Il donne des pistes, des indices, mais jamais de mode d'emploi clair. Ah, ces fichus mages et leurs secrets. Toujours à te laisser entrevoir des possibilités vertigineuses pour ensuite te dire : « Bah, débrouille-toi, trouve quelqu'un qui peut t'apprendre. » En lisant entre les lignes, toutefois, je crois avoir une vague idée de ce que je dois faire. Mon cœur bat à tout rompre alors que je bois une autre gorgée de thé.

La simple idée de pouvoir changer d'apparence est grisante.

Les possibilités sont infinies. Ce n'est pas juste une transformation hypothétique en une personne ou un animal. D'après ce grimoire, c'est *tout*. Y compris les vêtements et les armes.

Imagine un peu…

Je me retrouve dans une situation dangereuse et bam ! je prends l'apparence de John, avec tous ses muscles. Sérieusement, qui oserait s'en prendre à lui ? Ou si j'ai besoin de disparaître dans une foule ou de me faufiler dans un espace réduit, cette capacité à me fondre dans le décor changerait tout. Je ne suis pas exactement du genre à passer inaperçue ; avec mes cheveux blond platine, on me repère à des kilomètres.

J'ai toujours été une jolie fille — oh, pauvre de moi, j'ai de longs cheveux blonds et de jolis yeux bleus, l'univers me punit… snif… snif. Ha ! Blague à part, ce n'est pas de ça que je me plains. Mais être mignonne dans ce monde, c'est comme se balader avec une cible dans le dos. Ça attire les prédateurs et me rend vulnérable. Ajoute à ça le fait d'être à moitié démon sans réelle protection, et c'est la condamnation assurée.

D'après ce que j'ai compris, quand les métamorphes prennent leur forme animale, ils doivent se déshabiller. Un garde métamorphe du domaine m'avait expliqué qu'il est possible d'utiliser une potion de sorcière pour se transformer tout en conservant ses vêtements. Mais ces potions coûtent un bras et sont difficiles à trouver. Seuls les métamorphes qui entretiennent de bonnes relations avec des sorcières talentueuses y ont accès. Le garde avait ricané à l'idée d'en prendre une, comme si c'était absurde. Pourquoi ? Mystère. Peut-être que, comme la majorité des métamorphes sont des hommes, gambader tout nus ne les dérange pas.

Selon ce grimoire, les démons n'ont pas besoin de se déshabiller. Tout — vêtements, bijoux, armes — devrait se transformer avec moi. Si seulement j'apprenais comment.

Je tapote le livre, pensive. Tout repose sur une question : mon père était-il un démon de premier niveau ? Si c'était le cas, il y a une chance pour que j'aie hérité d'une partie de ce pouvoir, même en version appauvrie.

J'ai bon espoir. Quand ma dimension miniature s'est transformée en maison, c'était un signe de mon pouvoir. Pourquoi aurait-elle réagi aussi vite si je n'étais pas relativement haut placée dans la hiérarchie démoniaque ?

Mais en fait, rien ne me ferait plus plaisir que de pouvoir traverser ma journée sans attirer l'attention, sans risquer un commentaire déplacé ou une main malvenue. En un mot : sans peur.

Tout ce que je dois faire pour me protéger me donne le vertige. Il y a tellement à faire. Et je suis seule.

Je ne me suis jamais sentie aussi libre et effrayée à la fois.

Cette étrange excitation nerveuse face à ces possibilités

infinies, mélangée au stress de l'échec potentiel, me donne un léger mal de tête. Je referme le grimoire, range mes affaires et décide que j'ai besoin d'air frais.

Bob a besoin de se dégourdir, et moi aussi. Ensuite, je dois faire des courses. Et bizarrement, ça m'enthousiasme. Je n'ai jamais fait de courses de ma vie, et rien que l'idée d'entrer dans un supermarché pour remplir un chariot me met en joie. C'est une chose tellement banale, tellement normale, mais ça prouve à quel point ma vie avec Arlo était étouffante et isolée.

Seul le temps dira si cette liberté est une bénédiction ou une malédiction.

J'espère juste avoir le temps d'apprendre tout ce que je dois savoir, parce que cette petite voix agaçante au fond de moi me souffle que les choses risquent d'empirer.

Chapitre Vingt-Quatre

Je viens de faire mes toutes premières courses « pragmatiques ». Ça n'a pas été une mince affaire. À un moment donné, mon chariot était rempli d'un mélange improbable : des trucs que j'aime manger, mais qui ne vont pas ensemble. Quand j'ai réalisé que crème anglaise, purée et olives n'étaient pas la meilleure des combinaisons, j'ai fait demi-tour, vidé mon caddie et recommencé à zéro. Cette fois, j'ai choisi des trucs qui pouvaient non seulement aller ensemble, mais que j'étais capable de cuisiner. Au moins, j'ai eu cet éclair de génie avant de passer à la caisse.

En sortant du supermarché, mon regard est attiré par des prospectus accrochés sur le tableau d'affichage pour les clients. Tout le monde n'a pas internet, visiblement. Curieuse, je m'approche pour lire les annonces. Un flyer attire mon attention : un cours d'autodéfense pour femmes dans une salle de sport locale. Tiens, ça pourrait servir. Et le prochain cours est demain soir.

Je range le chariot et m'acharne sur le foutu mécanisme qui retient ma pièce de monnaie en otage. Pendant que je faisais les courses, la nuit est tombée. Le parking est étrangement vide. Je m'éloigne du supermarché à grandes enjambées, évitant le grand parking pour rester sur le trottoir. Alors que je contourne le magasin pour rejoindre une rue commerçante habituellement animée, une drôle de sensation m'envahit. Les poils sur mes bras se dressent, un frisson glacial me parcourt l'échine. Quelque chose ne va pas. Mon instinct hurle : *je suis suivie.*

Mon cœur s'emballe, et mes yeux fouillent la rue. En passant devant une vitrine sombre, je jette un coup d'œil au reflet derrière moi. Mon cœur chavire quand je les vois. Trois vampires me pourchassent.

Je suis sûre qu'ils sont plus nombreux.

Ils avancent avec une grâce surnaturelle, comme s'ils flottaient. Moi, je me traîne péniblement avec mes sacs de courses qui pèsent une tonne. Mes doigts sont crispés sur les poignées en plastique, mes mains moites tremblent. Le bruissement des sacs est amplifié par le silence autour. Ma nuque est trempée de sueur. J'ai du mal à croire qu'ils aient un lien avec John. Non, la rumeur a sûrement circulé sur ma nature démoniaque ou mon absence de protection. Les créatures raffolent des ragots. Ces vampires, eux, semblent juste être des opportunistes à la recherche d'une proie facile. Un encas.

Ils veulent que je les voie, ça ne fait aucun doute. Ce qui

m'inquiète plus, c'est ceux que je ne vois pas. Je suis en train de me faire encercler. Tant de regards braqués sur moi... ça va compliquer l'ouverture de mon portail.

Je scrute la rue déserte, le ventre noué. J'avais prévu d'utiliser la porte d'une boutique que je connais, un peu plus haut, mais c'est beaucoup trop loin. Je dois filer d'ici illico.

Les portes du supermarché ? Impossible, elles sont automatiques et n'ont pas de poignée. J'hésite à abandonner mes courses et à m'enfuir en courant, mais je sais que ces vampires me rattraperaient en une fraction de seconde.

Je sursaute en entendant le bruit métallique d'une canette qui roule sur le trottoir. Mon cœur bondit, et sans réfléchir, je pivote pour me réfugier dans une ruelle sombre en me cognant violemment les jambes avec mes sacs.

Pas exactement l'idée la plus intelligente pour une proie.

Bien joué, Emma. Des vampires me traquent et qu'est-ce que je fais ? Je bifurque dans une ruelle sombre. J'espère que cette idée débile les désarçonnera autant que moi. Avec un peu de chance, ça pourrait me donner quelques précieuses secondes pour trouver une porte et prendre la poudre d'escampette.

Je passe en trombe devant deux énormes bennes jaunes débordant d'ordures et de déchets alimentaires. Je respire par la bouche pour éviter d'inhaler la puanteur. Mauvaise idée... l'odeur est tellement forte qu'elle envahit ma gorge, comme si je pouvais la mâcher.

La ruelle donne sur les issues de secours d'un traiteur chinois et d'une boîte de nuit. Je vise celle du club, la plus proche. Je sais qu'elle sera fermée, mais *j'espère* pouvoir passer par là, avant que les vampires ne déboulent au bout de la ruelle et ne m'attrapent. Je n'ai jamais essayé de franchir une porte verrouillée auparavant.

Merde. C'est un truc que j'aurais dû essayer à l'entraînement, non ?

Je sursaute d'au moins trente centimètres quand un fracas retentit derrière moi, suivi d'un cri étranglé à l'entrée de la ruelle. Putain, c'était quoi ça ?

Un grondement furieux résonne entre les murs serrés des bâtiments. Un métamorphe s'est invité à la fête.

Oh non, un méchant ou un gentil métamorphe ? Mon Dieu, faites que ce soit un gentil. Je ne regarde pas derrière moi et me mets à courir. Mes pieds claquent sur le bitume alors que j'évite une flaque d'un liquide douteux. Devant la porte, mes mains tremblent. Je glisse les anses des sacs sur mon avant-bras droit pour libérer une main. Je tends le bras, attrape la poignée et ouvre *mon* portail.

Mon cœur palpite, je me rue à l'intérieur, claque la porte et m'affale contre la barrière invisible.

Sauvée. J'ai envie de vomir. C'était vraiment moins une.

Je lâche mes sacs en me maudissant. J'ai acheté trop de bouffe, et ces sacs qui me ralentissaient auraient pu me faire tuer. Je passe mes mains tremblantes sur mon visage. Il faut que je m'améliore.

J'enlève mon manteau, puis mes bottes... beurk... un préservatif usagé est collé sous ma semelle gauche. J'ai un haut-le-cœur. C'est *dégueulasse*. Heureusement que j'ai des gants et de l'eau de Javel. Avec mille précautions, je retire ma botte. Ça m'apprendra à traîner dans les ruelles des boîtes de nuit, songé-je en grimaçant.

J'abandonne mes courses et ma pauvre botte pour l'instant. Dépitée, je me traîne jusqu'au canapé et m'affale sur les coussins. Je fixe le plafond. Un pas en avant, deux pas en arrière... Je suis nulle, voilà tout. Je n'arrive même pas à faire des courses sans tout foirer. Je tire sur ma queue de cheval, puis me frotte le visage avec frustration.

Mon plan initial reposait sur ma capacité à fuir ou à changer d'apparence. Visiblement, compter sur une porte providentielle pour m'échapper n'est pas une stratégie fiable.

Je grogne. Ce n'est pas une vie. Et pour l'instant, je suis un démon qui ressemble à une proie. Si je n'apprends pas à me débrouiller un minimum, je vais finir par être blessée. Ou mourir.

Je dois absolument apprendre à me défendre. Ne serait-ce que pour tenir quelqu'un à distance assez longtemps pour pouvoir fuir. Cette histoire de vampires a clairement accéléré l'échéance. Il faut que je sois capable de me débrouiller. *T'as bien géré les vampires la dernière fois, quand tu les as poignardés,* fanfaronne mon cerveau. Je me frotte le poignet.

Je ne veux tuer personne. Mais il va falloir ajouter « apprendre à me battre » à ma liste qui s'allonge de jour en jour.

Heureusement, je sais maintenant où trouver un cours, et ce, dès demain.

Se battre est un truc auquel je n'avais jamais eu à penser dans mon ancienne vie ; j'étais entourée de gardes. La danse, l'équitation... même des cours de chant, mais rien d'aussi vulgaire que le combat. Apprendre quelque chose de réellement utile pour rester en vie ? Pfff, quelle idée. Je roule des yeux.

Purée, j'ai tellement de choses à apprendre. C'est carrément décourageant.

Je me penche, plante mes coudes sur mes genoux et appuie ma tête dans mes mains. Je me frotte les tempes. Avant de mourir, Arlo a laissé échapper que j'étais immortelle. J'espère qu'il avait raison, car pour venir à bout de ma liste de tâches qui s'allonge, il me faudra au moins l'éternité.

Mon téléphone sonne. Cette dimension miniature est trop bizarre : internet et mon portable fonctionnent, mais comment ? Comme pour l'électricité, je n'ai aucune idée de ce qui fait tourner tout ça. Wi-Fi et électricité gratuits dans une dimension parallèle. J'espère juste ne pas me retrouver un jour avec une facture astronomique. Je bondis, enjambe ma botte souillée et attrape mon téléphone dans la poche de mon manteau. Je grogne en voyant qui appelle. Je décroche malgré tout.

— Emma, tu es en sécurité ? Ton odeur a disparu, je ne peux plus te localiser, dit John.

Oh putain, c'était lui. Ce grognement, ces bruits gutturaux étranges... ce n'était pas mon imagination. Je frissonne.

Comment diable a-t-il fait pour me retrouver au supermarché ? Encore un de ses tours, ou un test ? L'envie de lui dire d'aller se faire voir me démange. J'ai même les mots parfaits, mais je ravale tout. Inutile de provoquer ce fichu chien de l'enfer.

Je décide de rester polie.

— Je vais bien...

Pourquoi est-ce si difficile de lui répondre ? Lui parler... Je déglutis péniblement.

— Merci pour ton aide, mais comme je te l'ai déjà dit...

tu n'es pas responsable de moi. Je sais très bien me débrouiller toute seule, merci beaucoup.

J'essaie de paraître assurée, mais ma voix trahit ma mauvaise foi.

Menteuse, menteuse, tu vas brûler en enfer.

La vérité, c'est que je suis coincée quelque part entre la demoiselle en détresse et la fille qui en sait assez sur la noirceur de ce monde pour réaliser à quel point elle est vulnérable. Je suis fichue.

Je le sais, et l'homme au bout du fil le sait aussi.

Mais je suis bornée. Et il est hors de question que ma peur de l'inconnu, de ce qui pourrait arriver, dicte ma vie. Plus personne ne décidera pour moi.

Je ne veux pas qu'un homme vienne à ma rescousse. Je veux être une héroïne, pas un amuse-gueule.

— Tu peux te débrouiller seule ? ricane-t-il, incrédule. Alors, dis-moi, pourquoi tu avais des vampires à tes trousses ? Tu les avais remarqués au moins ?

Son rire condescendant me fait grincer des dents.

— Oui, je les avais remarqués. Et je leur ai échappé, non ? D'ailleurs, ai-je mal entendu ou c'est toi, ô puissant chien de l'enfer, qui viens de m'avouer que tu avais perdu ma trace ? raillé-je, triomphante. Alors c'était toi, avec les vampires ? Tu les aidais, c'est ça ?

Je plisse les yeux. À l'autre bout du fil, John grogne, agacé.

J'attends qu'il réponde. Après un grognement, il lâche :

—Je les arrêtais.

— Ah, d'accord... euh... merci ?

Je me gratte la tête, gonfle mes joues.

— Tu... tu sais ce qu'ils voulaient ?

— Emma.

Son ton est aussi tranchant qu'un avertissement.

— Oh, voyez-vous ça, dis-je avec un rire nerveux. Je n'ai même pas le droit de poser une simple question sur ma propre sécurité.

Un soupir, suivi d'un bruit étouffé comme s'il cognait le téléphone contre sa tête.

— Tu n'es pas obligé de m'aider par culpabilité.

À peine ai-je fini ma phrase que je me rends compte de l'absurdité de mes mots.

Oh non, moi aussi j'ai envie de me frapper la caboche avec le téléphone. Imaginer John agir sous le coup d'une autre émotion que la colère ? Ridicule. Quelque chose d'aussi futile que la culpabilité ? Non, ce n'est sûrement pas ça qui le motive.

— Un maître vampire s'intéresse à toi d'une manière... malsaine.

— Malsaine ?

— Oui, pour ses propres intérêts. Je vais le tuer.

Eh bien, c'est un peu extrême. J'ouvre la bouche, mais aucun mot n'en sort. Qu'est-ce que je peux répondre à ça ? « Merci » ? Je m'appuie contre le mur et pousse du bout du pied mes sacs de courses abandonnés.

— Je ne connais aucun maître vampire... Oh, attends, si ! Le taré avec son nœud dans les cheveux et ses dentelles !

— Oui. Alexander, grogne-t-il.

— Alexander ? Pourquoi ? Il va continuer d'envoyer des types à mes trousses ?

— Non. Il n'en aura plus l'occasion.

— Parce que tu vas le tuer, c'est ça ? Je peux peut-être

lui parler, essayer de le raisonner ? Tu n'es pas obligé de le tuer.

— Putain, Emma, tu te rends compte de ce que tu dis ? explose-t-il. Tu crois que c'est un jeu ? Il a envoyé dix vampires ce soir, et ce n'est pas la première fois.

— Comment ça... pas la première fois ?

— Écoute, je dois raccrocher.

— C'était lui ? C'est lui qui a envoyé les vampires à la maison ? Ceux qui voulaient s'en prendre à Bob ? Ceux qui ont percuté la voiture ?

Silence.

— John ?

J'écarte le téléphone de mon oreille pour regarder l'écran. Ce foutu chien de l'enfer a raccroché. Je lève les bras au ciel. Pourquoi est-ce qu'il me rend folle comme ça ?

Argh, il est insupportable !

C'est ma vie. Je devrais avoir mon mot à dire, non ?

J'éteins mon téléphone. Furieuse, je fixe l'écran noir en serrant les dents. Puis, dans un grognement frustré, je rallume l'appareil. Et si le centre équestre m'appelait pour Bob ? Je ne peux pas risquer de rater ce genre de coup de fil. Je fourre le téléphone dans la poche de mon manteau.

Je ramasse mes sacs de course et entre dans la cuisine. Pourquoi se mêle-t-il de ma vie ? Il ne peut pas me foutre la paix ? Je claque la porte des placards en rangeant les courses. C'est mon problème ; ça ne le concerne pas. Je m'en suis sortie, et sans blesser personne. Je m'appuie sur le plan de travail. Non. Il ne va pas régler mes problèmes à ma place.

Je pivote et retourne chercher mon téléphone dans mon manteau. Je le tapote contre ma cuisse. Je connais deux vampires : l'un refuse de me parler, et l'autre... eh bien, je l'évite.

C'est mal de l'appeler ? Je me balance d'un pied sur l'autre, hésitante. Puis je fais défiler mes contacts et, dans une impulsion, j'appuie sur le bouton d'appel.

— Allô ?

— Salut, maman, c'est Emma. J'ai besoin de ton aide.

CHAPITRE VINGT-CINQ

Comme pour le supermarché, entrer en boîte de nuit est une grande première. La musique hurle et les lumières aveuglantes accentuent la migraine qui s'impose dans ma tête. Les gens autour de moi dansent, boivent et braillent joyeusement par-dessus les basses. Ça empeste la sueur, la bière et un mélange de parfums trop forts.

Je croyais passer inaperçue dans mon jean slim et joli top, mais il semblerait que je sois trop habillée. Je me démarque des autres clients qui sont pratiquement à poil ; ce qui n'est pas vraiment une bonne chose.

Venir était une erreur, je le sais. Mais une grande partie de ma vie est en train d'aller de l'avant, et je ne peux pas progresser en restant enchaînée à mon passé. Je pourrais continuer de l'ignorer, toute une vie même. Mais vivre avec une telle colère n'est pas sain.

Et j'aimerais interpeller cet Alexander, le vampire, avant que John lui arrache la tête.

Mon estomac se contracte et je croise les bras dessus. Bon sang, je suis trop nerveuse. Le démon ne m'a jamais empêchée de chercher ma mère, même s'il désapprouvait la démarche. Dès que j'ai été en âge de comprendre, je l'ai cherchée sans relâche sur internet. Et j'ai trouvé que dalle.

Cela fait une semaine que j'ai son numéro, grâce à un vieux carnet d'adresses trouvé en fouillant dans le bureau d'Arlo. Et dire que tout ce temps, le numéro de ma mère était planqué dans son bureau...

Je me faufile au milieu des clients en évitant des mains baladeuses. J'arrive au fond de la salle où se trouve un bar qui s'étire sur toute la longueur du mur. Je la repère aussitôt et me pétrifie, le regard braqué sur elle pendant qu'elle travaille.

Mon estomac se noue à nouveau pendant que je tire sur le bas de mon top, puis mon cœur loupe un battement. Ma mère est souriante en servant les clients, elle glousse en ramenant une mèche — du même blond que mes cheveux — derrière son oreille. Le vampirisme l'a figée à vingt-quatre ans. On a l'air de deux sœurs... Mince, on pourrait passer pour des jumelles.

Je ravale la boule dans ma gorge, incapable d'aller plus loin.

Était-ce la vie qu'elle s'était imaginée quand elle m'a vendue au démon afin de gratter son ticket d'entrée pour la jeunesse éternelle ? J'essaie de chasser l'amertume, mais elle me pèse comme une énorme chaîne autour du cou.

Ma mère relève la tête et nos regards se croisent. Un sourire éclatant illumine son visage.

— Emma, articule-t-elle.

Elle laisse tout tomber pour venir se planter devant moi. Ses mains tremblantes esquissent un geste affectueux — sans doute pour replacer une mèche de mes cheveux —, mais sa main retombe quand elle me voit reculer. Sa lèvre se met à trembler.

Oh non.

En une seconde, je suis submergée par une culpabilité qui va croissant en constatant ses yeux humides.

— Salut, maman, dis-je avec un signe de main et un sourire hésitant identique au sien.

Elle regarde autour d'elle.

— Allons parler dans un coin plus tranquille.

Elle m'attrape par la main et m'entraîne dans son sillage. On se fraie un chemin parmi la foule dansante en contournant les corps et les têtes, puis nous arrivons devant une porte indiquant PRIVÉ.

On entre dans une salle réservée au personnel. Dès que la porte se referme derrière nous, le rythme des basses s'estompe et le *boum boum* des enceintes disparaît presque complètement. Une table est disposée avec des chaises contre un mur bleu marine, puis un canapé en cuir a été ramené le long d'un autre mur. Il y a un petit coin-cuisine avec quelques placards, un frigo sous le plan de travail, un micro-ondes et une bouilloire.

— Tu veux une tasse de thé ?

Sans attendre ma réponse, elle met de l'eau à chauffer en tremblotant.

Elle se tourne et se perche sur le canapé, les mains entre les genoux pour dissimuler sa nervosité.

— Qu'est-ce que je peux faire pour toi, Emma ? demande-t-elle en clignant des yeux.

Puis je me rends compte que je suis en train de la fixer. Je prends une chaise, la tourne pour m'asseoir.

Tant de questions se bousculent dans ma tête, mais ma mère semble si fragile. Le sourire sincère qu'elle a eu en me voyant et les larmes dans ses yeux m'ont déstabilisée. Elle n'a pas l'air d'une personne sans cœur. Mon ventre fait des siennes. Soudain, je ne ressens plus le besoin d'exiger des réponses. Son regard bleu larmoyant me renvoie de l'inquiétude, de la peur, et ça me fait de la peine ; cette femme est une inconnue, je n'aurais pas dû venir. Je n'aurais pas dû l'impliquer dans mes problèmes.

Je suis égoïste, putain.

— Tu as grandi, ça fait tellement bizarre... J'ai l'impression de plonger dans un miroir, dit-elle avec un rire attristé.

Elle humidifie ses lèvres tandis que ses genoux s'agitent dans un tic nerveux.

— Mais tes yeux sont différents, ils sont magnifiques... Mes souvenirs sont plus flous que je le pensais, avoue-t-elle en laissant retomber sa tête pour fixer ses mains. Quel genre de mère oublie les yeux de son enfant ? marmonne-t-elle avec mépris.

— Ils ont changé de couleur, confessé-je pour la déculpabiliser. Ils changent tous les jours, selon mon humeur et ce que je porte.

Je triture mon top en souriant maladroitement.

— Ça me fait plaisir que tu m'aies reconnue si vite, fais-je en grimaçant puis lâchant mon haut pour planter mes mains dans mes genoux. Désolée qu'on ne se rencontre pas dans de meilleures circonstances. Comme je t'ai dit au téléphone, j'ai cherché ton numéro parce que j'avais besoin d'une information.

Je hausse les épaules en ébauchant un sourire qui se veut rassurant.

J'échoue lamentablement puisqu'elle fronce les sourcils et se lève du canapé pour finir de préparer le thé. Je soupire, puis poursuis :

— Un maître vampire essaie de... de me kidnapper, je crois. J'aimerais savoir pourquoi. Il faut que je le contacte pour le convaincre de me laisser tranquille avant que ses sbires y passent tous. Il y a ce chien de l'enfer qui..., m'interrompis-je en triturant mes cheveux. Je ne vaux pas la peine qu'on se donne autant de mal, conclus-je lamentablement.

Ma mère verse l'eau dans des gobelets, remet la bouilloire à sa place et se tourne vers moi. Elle secoue la tête, perplexe.

— Ne sois pas si naïve, ma chérie. Tu sais bien ce que veut ce vampire...

Elle me fait un sourire penaud, puis baisse d'un ton pour chuchoter :

— ... ce que tous les tordus de son genre veulent.

La porte de la pièce s'ouvre derrière moi. Pendant un instant, la musique revient en force et je me frotte la tempe en grimaçant pour lutter contre le martèlement dans ma tête. La porte se referme et je pivote sur ma chaise pour regarder le nouvel arrivant.

Un vampire traverse la pièce. C'est un sang-pur, né vampire. Ma bouche s'entrouvre.

Les vampires de naissance n'ont rien à voir avec ceux qui ont été engendrés. Pour commencer, ils n'ont aucun défaut propre au commun des mortels. L'ADN du sang-pur produit des créatures au physique de rêve. Ce sont les top models du monde magique. Les rares qui se trouvent dans le coin jouissent d'un statut privilégié parmi les autres créatures qui se rapproche du culte. Tout le monde les vénère.

Je fixe le sang-pur sans comprendre l'effervescence autour. D'accord, il est beau dans son costume sur mesure marine de London's Savile Row qui épouse parfaitement ses larges épaules et sa taille étroite. La nuance chaude de ses cheveux blonds en bataille est à l'opposé du platine naturel de ma mère. Ses yeux se marient presque à la couleur de son costard. On dirait qu'il est refait. Photoshopé. Avec un air un peu poupon qui fout les jetons.

J'arrive à percevoir sa puissance et le monstre en lui. Sur une échelle de danger de zéro à John, il monte à six.

Mon corps active automatiquement le mode défense, mais je garde mes mains sur ma chaise. Je carre les épaules, me redresse et lève le menton. Je plisse les yeux quand il s'approche.

Bizarrement, mon instinct m'intime que je suis plus puissante que lui. Tiens, c'est nouveau ça.

Mes yeux rétrécissent davantage quand je vois ma mère se dégonfler comme un ballon de baudruche. Ses épaules se voûtent, elle rapetisse à vue d'œil. Bien qu'il la rejoigne pour passer ses bras autour de son corps raide en déposant un baiser sur son front, il est évident qu'il la terrifie.

— Martine, qui est-ce ?

Oh le petit malin, il veut jouer ? Il sait très bien qui je suis… à moins que ma mère ait d'autres enfants ou des clones cachés.

— Luther, je te présente ma fille, Emma. Emma, Lord

Gilbert. Je ne crois pas que tu te souviennes de lui, tu étais si jeune..., dit-elle d'une voix qui s'éteint.

Hein ? J'ai déjà rencontré ce type ?

— Enchantée, Lord Gilbert, salué-je avec un signe de main.

Son menton se plaque presque à son torse lorsqu'il baisse la tête pour m'évaluer.

— Emma, tu es aussi belle que ta mère...

Il agite les doigts et son nez se plisse.

— ... je n'aurais pas cru cela possible avec cet ADN de démon répugnant.

Je retiens un cri indigné.

Quel trou du cul.

Je fais un petit signe de tête, puis mes lèvres se retroussent en un petit rictus. *Oh milord, vous ai-je offensé ? Aurais-je dû me lever à votre sérénissime entrée ?* Évidemment. Arlo m'a appris à saluer les autres créatures, et à ne pas accueillir un sang-pur avec une révérence relève du sacrilège. Je ne devrais pas le provoquer ; j'ai déjà un vampire sur le dos. Mais c'est plus fort que moi.

Je l'observe pivoter de côté, l'air de prendre la pause pour un shooting, et je lance un regard à la ronde pour vérifier qu'il n'y a pas de photographe. C'est gênant... Qui fait ça, sérieux ? Ce type est amoureux de lui-même et vit sur une autre planète.

— Emma a un problème avec un maître vampire, s'empresse de dire ma mère.

— Qui ?

— Alexander.

— Ah. Cet homme est un parasite.

Je confirme d'un signe de tête. Il me fixe en plissant les

yeux, et je m'empêche à peine de le toiser. Ce type ne me plaît pas. Quelque chose en lui me hérisse.

— Que dit-on des enfants déjà...? Qu'on ne les voie que lorsqu'ils ont besoin de quelque chose ?

Je m'agite sur ma chaise. Il ne sait rien de moi, rien du tout. Pourtant, je me retrouve à fixer mes mains d'un air gêné, parce qu'il marque un point.

Je savais que je n'aurais pas dû venir ici. Je voulais juste éviter d'être la cause d'une autre mort. Alors j'ai sauté sur l'occasion de dégoter des informations, sans vraiment réfléchir. En étant un peu honnête, je me suis peut-être servie de ça pour revoir ma mère.

C'est la faute de ce satané John ! Sans lui, je ne serais pas ici. Mais sans lui, je serais davantage effrayée par ce sang-pur.

John a cassé ou débloqué quelque chose en moi... J'arque un sourcil à cette pensée qui me fait froid dans le dos.

Alexander est un maître vampire âgé d'un siècle, il doit répondre de ses actes. Je me souviens encore de son regard lubrique et de son rire hystérique... Il est inutile de chercher à raisonner avec ce genre de personne, ce serait voué à l'échec. Je n'ai pas besoin du numéro d'Alexander ni de lui parler. J'ai agi sur un coup de tête pour me rebeller contre la soi-disant protection de John.

J'aurais dit quoi en appelant le numéro d'Alexander ? « S'il vous plaît, ne me kidnappez pas... Oh, et faites attention au chien de l'enfer ; il a l'intention de vous tuer » ? Je n'y ai pas réfléchi une seconde. Réagir de façon impulsive aurait pu me faire tuer. Je suis en train d'enfreindre la règle numéro un — tu ne seras pas une connasse — *et* la numéro deux — tu seras toujours gentille. En ce moment, je ne suis gentille ni avec ma mère ni avec moi-même. J'ai eu tort.

Mais qu'est-ce que je fiche là ?

Je reste immobile, ignorant le pompeux Lord Gilbert, et je souris à ma mère.

— Je vois que tu es occupée. Merci pour ton temps, je suis contente de t'avoir revue, maman. J'espère qu'on se reprendra une tasse de thé ensemble dans un endroit plus tranquille.

Ses yeux glissent vers le thé qui a fini d'infuser depuis longtemps.

— T'inquiète, lui dis-je, je t'appelle. Promis.

Je me tourne pour partir.

— Ce démon chez qui je t'ai envoyée ne t'a-t-il donc rien appris ? lance Lord Gilbert.

Je me fige. Chez qui *il* m'a envoyée ? C'est quoi cette histoire ?

Cet enfoiré a lancé sa pique sans prévenir, sans prendre la peine de l'édulcorer. Une bombe en pleine face. *Bam*. Je me tourne vers ma mère qui refuse de me regarder en face.

D'accord, Gilbert, tu veux jouer ? On va jouer.

Ma poitrine me fait mal à force de réprimer mon grognement, mes yeux me piquent et se troublent alors que je combats la marée noire dans mes pupilles.

Je comprends mieux pourquoi je ne me suis pas souvenue de lui quand ma mère a fait les présentations... Comment aurais-je pu me souvenir de quelqu'un que je n'avais pas rencontré ? D'après mon maître démon, elle ne connaissait aucun vampire avant de me vendre.

— *Vous* m'avez envoyée ? lâché-je entre mes dents en levant un sourcil. À vous entendre, on pourrait croire qu'il s'agit d'une école. Mais dites-moi, Lord Gilbert, histoire que ce soit clair : c'est vous qui m'avez *vendue* au domaine du démon ?

Quand il opine, mes narines frémissent et je secoue la tête.

In-croy-able.

— Je n'avais pas besoin de la progéniture d'un démon âgée de cinq ans dans les pattes.

C'est quoi le problème des gens puissants ? Leur façon de vivre sans penser, sans se soucier des autres. Mes yeux se rivent vers ma mère, qui est en larmes. Oh, maman... Des larmes silencieuses roulent sur son visage. Et moi qui l'ai haïe pendant toutes ces années... Quelle perte d'énergie : elle ne m'a jamais abandonnée.

— Ce n'était donc pas la décision de ma mère, mais la vôtre, conclus-je en tapotant mes lèvres. Comme vous le savez, compte tenu de mon ADN de démon *répugnant*, ce n'était pas vous mon père, vous n'aviez aucun droit de me vendre, Lord Gilbert.

J'ai envie de lui hurler ma rage au visage, je suis en furie.

Il se lèche les lèvres en savourant ma réaction. Je m'oblige à étouffer ma colère pour adopter un sourire à la place.

À nouveau, il prend la pause de façon ridicule pour faire le paon, semble-t-il. S'il avait des plumes, il serait en train de les agiter. Beurk. Voilà qu'il me déshabille du regard maintenant. Ça me donne envie de rentrer prendre une douche.

— Ce qui est fait est fait. J'ai évidemment commis une erreur en t'expédiant là-bas. Tu es une créature ravissante, Emma. Je peux t'offrir ma protection contre Alexander, si tu travailles pour moi.

Je plisse le nez quand sa langue sort à nouveau de sa bouche. Dégueu. Avec qui marche son truc de la langue ?

Du coin de l'œil, je capte un mouvement. Ma mère fait discrètement non de la tête. Ses yeux bouffis de larmes me supplient de refuser.

Je garde les yeux braqués sur lui.

— Non merci, Lord Gilbert. J'apprécie l'offre, mais je suis très bien toute seule.

Je ne suis pas rendue au point de tenter le Diable.

Bon sang, il va falloir que je laisse John se charger d'Alexander d'une façon ou d'une autre. Je ne veux pas qu'on meure à cause de moi, mais visiblement, ce n'est plus de mon ressort. Je suis clairement dépassée.

Tout ce que je peux faire, c'est trouver un moyen de rencontrer ma mère seule et de l'éloigner de ce type. Une force invisible me pousse à avancer d'un pas et à la prendre dans mes bras pour la serrer fort.

— On se voit bientôt, la rassuré-je.

— D'accord, ma chérie.

Elle me serre en retour.

— Oh, Emma, tu n'as pas à te soucier de ton admirateur. Il est mort. Une bande de chiens de l'enfer s'est occupée de son cas et de sa troupe...

Le sang-pur agite le poignet pour zyeuter sa montre en or massif et diamants tape-à-l'œil.

— ... il y a quarante minutes environ, achève-t-il en me souriant.

Je ferme les yeux le temps de digérer la nouvelle. J'arrive trop tard. Comme toujours.

John devait être sur le point de défoncer la porte quand il m'a appelée. Mais qu'est-ce qu'il a dans la tête ? Je lui ai certainement servi de prétexte pour effacer une dette qu'il avait sur son ardoise ou remplir son tableau de chasse. Il s'est tellement moqué de moi. Tout ce qu'il dit est soit une demi-vérité, soit un mensonge éhonté. Il est impossible de connaître ses véritables motivations. La règle numéro quatre devrait peut-être être : ne fais pas confiance au chien de l'enfer. En tout cas, lui s'inscrit carrément dans le cadre de la règle numéro un...

Si le sang-pur s'attend à me voir choquée, il peut rêver. Dès qu'il est entré, il savait qu'Alexander était mort.

Je me contente de faire un signe de main à ma mère en me tournant. J'ouvre la porte et un silence bienvenu m'accueille. Je suis chez moi.

Je jette un regard en arrière au sang-pur en me délectant de l'incompréhension sur son visage. Pourquoi sa boîte de nuit est-elle aussi calme ? Ha.

Je laisse finalement l'énergie démoniaque que je retenais pénétrer mes yeux.

— À plus tard, Luther, murmuré-je d'une voix inquiétante en disparaissant par la porte.

Chapitre Vingt-Six

La salle de sport au charme désuet se trouve dans un ancien bâtiment industriel. Les murs, sales et marqués, ont une teinte blanc cassé défraîchie depuis longtemps. Mais heureusement, ça sent le détergent au citron plutôt que la sueur et le sang.

À l'entrée, la réception fait face à une petite boutique qui vend des gants, des bandes et quelques accessoires. Plus loin, il y a un bureau, deux vestiaires, une salle de musculation, et une salle remplie de machines classiques, comme les tapis de course et les vélos. Mais ce qui attire mon attention, c'est la salle où se trouvent les sacs de frappe, tous de formes et de tailles diverses.

Je me tiens au centre d'un grand tapis bleu matelassé, entourée de neuf autres femmes qui paraissent aussi tendues que moi. Mes yeux parcourent la salle, s'arrêtant sur les piliers rembourrés et les murs matelassés. Des drapeaux nationaux du monde entier décorent le haut des murs blanc cassé.

— Bonsoir, mesdames, lance une voix claire et assurée. Je suis Scott, votre coach, et ce soir, je vais vous apprendre à vous défendre, dit en souriant le petit métamorphe rouquin.

Je dis *petit* parce que les métamorphes ne sont jamais petits... mais ce type mesure moins d'un mètre quatre-vingt-dix. Ses cheveux roux, sombres, sont peignés en arrière, dévoilant un visage carré, marqué de taches de rousseur. Ses traits sont francs, accentués par une barbe courte qui suit parfaitement la ligne de sa mâchoire et souligne ses lèvres fines et roses. Il frappe dans ses mains.

— Allez, on commence par un échauffement.

L'échauffement est brutal. Enfin, il devrait l'être. Autour de moi, les femmes transpirent à grosses gouttes, les visages rougis trahissent l'effort. Moi ? Rien. Mon corps s'échauffe doucement, mais sans fatigue. Mes bras flasques d'il y a quelques semaines ? Disparus. Le coach nous pousse à nous dépasser, mais curieusement, je ne transpire pas comme un porc. Encore un truc de démon, sans doute. C'est bizarre. Je ne m'entraîne plus depuis des mois, et pourtant je me sens... invincible.

Ensuite, on nous passe des gants de boxe qui sentent le renfermé et des pads. On se met par deux : l'une frappe, l'autre tient le pad. Scott circule entre nous, corrige nos postures, hurle des consignes.

— Utilisez vos hanches ! Ce sont elles qui donnent la puissance. Et ne visez pas le pad, mais à travers lui.

Quand mon tour arrive, je glisse mes mains dans les

gants, en essayant de ne pas grimacer à cause de l'humidité. Mais dès que je commence à frapper, un sourire étire mes lèvres. C'est grisant. Pour me motiver, j'imagine le visage de John sur la mousse bleue. *Prends ça.* Dans le nez, au menton... BAM ! Je frappe plus fort. Un direct bien placé, le pad s'envole. Et avec lui, ma partenaire, qui atterrit lourdement sur les fesses dans un bruit sourd.

— Oh, mince, je suis désolée, m'écrié-je en me précipitant pour l'aider à se relever.

Elle me sourit, un peu penaude, mais Scott arrive aussitôt et l'oriente vers un autre binôme en lui demandant si elle va bien.

Elle hoche la tête.

— Très bien, doubles adversaires, dit-il à la fille avec les gants de boxe.

Il se tourne ensuite vers moi, me regardant d'un air déterminé et furieux. Il désigne du menton un coin plus calme. Je le suis docilement tandis qu'il marche d'un pas lourd. Quand il estime qu'on est suffisamment éloignés des autres, il se retourne brusquement et m'interroge :

— Pourquoi t'es là ? Tu viens d'un autre club ? Clairement, t'es pas une débutante.

Il penche la tête sur le côté.

Boum. Au lieu de m'offenser de ses questions, je lui offre un large sourire. Il pense que je suis une vraie boxeuse ! Je me retiens de lever le poing en signe de victoire. À la place, je sautille sur mes orteils, souriant tellement bêtement que mes joues me tiraillent.

Tu peux aller te rhabiller, Rocky. L'œil du tigre.

Scott plisse les yeux, me scrute de haut en bas, puis hoche la tête.

— T'es la nouvelle démone, lâche-t-il de but en blanc.

J'arrête de sautiller et mon sourire béat disparaît. À mon tour de plisser les yeux. Comme il ne bouge pas, je jette un regard discret autour de nous. Personne n'a entendu. Mais je suis grillée.

Je baisse les yeux et fixe mes pieds, donnant un petit coup au tapis bleu.

— Je m'en vais, pas besoin de me virer, marmonné-je.

Je retire les gants malodorants et les lui tends. Je tourne les talons, mais une main douce sur mon bras m'arrête.

C'est Scott.

— Hé, non, sois pas si susceptible... Tu veux rire ? Une *démone* dans ma salle ? Merde, démone, je te coacherai gratuitement — ce serait un honneur. Écoute, on a presque fini pour aujourd'hui. Reviens demain soir, et on se fait un vrai programme d'entraînement.

Il a l'air... enthousiaste.

Je le dévisage. Si ça paraît trop beau pour être vrai, c'est que ça l'est probablement.

— Écoute, démone.

— Emma. Je m'appelle Emma, grogné-je.

— Emma, je connais les chiens de l'enfer. Enfin, de réputation. Et je sais qu'ils ont tout intérêt à te garder en sécurité.

Il marque une pause.

— Les temps sont durs. Je vais pas crier sur tous les toits que tu viens ici, mais la nouvelle que je t'entraîne arrivera aux bonnes oreilles, et ce sera bon pour les affaires.

Il sourit en haussant les épaules. Il a l'air sincère.

Je hoche la tête, j'ai besoin de son aide.

— D'accord, mais je te paie.

Je ne profite pas des gens — c'est ce que font les personnes mauvaises.

Règle numéro un : Tu ne seras pas une connasse.

Scott acquiesce lentement, un sourire encore plus large s'étire sur son visage.

— Super. À demain, huit heures.

— T'as tué les vampires ? demandé-je.

John grogne à l'autre bout du fil.

— Tu peux pas tuer des types à tour de bras.

— Pourquoi ?

— Parce que... c'est moralement répréhensible.

— Moralement répréhensible selon qui ?

Franchement. Pourquoi je m'embête ?

— Selon moi.

Il grogne de nouveau.

— J'ai vu ma mère hier soir, soufflé-je.

Je ne sais pas pourquoi je le lui dis. Peut-être parce que je n'ai personne d'autre à qui parler. Quelle tristesse.

— Comment ça s'est passé ? demande-t-il d'un ton bourru.

Après tout ce temps passé ensemble, il connaît mieux mon histoire que quiconque. *Le froid du métal sur ma peau.* Je frissonne à ce souvenir et me retiens de frotter frénétiquement les cicatrices à mon poignet. Je ravale ma salive.

— Elle est avec un sang-pur, Lord Luther Gilbert...

Je marque une pause, attendant une vraie contribution à la conversation. Mais il se contente de grogner pour montrer qu'il m'écoute. Je lève les yeux au ciel.

— J'ai découvert ce soir que c'est lui qui m'a vendue à...

— Emma, je t'arrête tout de suite. Tu ne peux pas sérieusement croire que ta mère n'a pas eu son mot à dire. Franchement, Emma, quelle mère donnerait son enfant de cinq ans sans se battre ?

Incapable de rester assise, je bondis du canapé et fais les cent pas dans la pièce.

— Non, tu te goures. Ne me dis pas ce qu'une femme ferait ou ne ferait pas, John Hesketh. Si mes souvenirs sont bons, t'es un monstre de deux mètres dix. Tu piges rien à ce que c'est que d'être une femme dans ce monde. Alors ferme-la.

Je serre les dents. Pourquoi il a fallu qu'il dise ça ? Il ne pourra jamais être à sa place, jamais comprendre ce qui s'est passé. Et moi non plus, d'ailleurs.

— Elle t'a confirmé qu'elle t'avait vendue ? Est-ce qu'elle l'a dit, Emma ?

— Ben non... mais c'était insinué.

— Par le sang-pur ?

— Oui.

— Avant ou après que tu refuses sa protection ?

Comment John sait qu'il m'a offert sa protection ? Je me frotte les tempes. Je ne m'en souviens plus... avant, je crois. Je me tourne vers la barrière brumeuse, les yeux dans le vide.

— Je veux l'aider.

— Comme elle t'a aidée ?

— John...

Le ton de ma voix est un avertissement clair, mais il continue.

— Emma, écoute-toi. *C'est une vampire.* Elle n'est plus humaine. Elle t'a laissée à la merci d'un *démon*, sans même se demander quelle sorte de créature tu étais. Si elle est avec le sang-pur, c'est qu'elle s'est battue pour y arriver. Les vampires détruisent la faiblesse, Emma. Tu as vu ce qu'elle voulait que tu voies. Fais-moi confiance, j'ai vu et fait des choses horribles : c'est de la manipulation pure et simple.

— Tu vois toujours le pire chez les gens.

— Oui, et toi, tu vois toujours le meilleur. C'est ce qui fait de toi une belle personne, mais cette naïveté peut te nuire. Oublie l'idée de sauver ta mère. Elle a fait son choix, elle s'en sort très bien. Elle ne se fait pas pourchasser par des créatures, contrairement à toi. Moi, je passe mes journées à te protéger ; c'est un job à plein temps, grogne-t-il.

— Personne ne t'a demandé de me protéger.

— Comment progresse ta magie démoniaque ?

Je soupire. Ce changement de sujet me donne le tournis.

— Ça va, grommelé-je.

Argh. Impossible de trouver une faille dans sa logique. Je comprends ce qu'il veut dire. Est-ce que j'ai vu ce que ma mère voulait que je voie ? Est-ce qu'elle m'a manipulée ? Ses tremblements, ses larmes... étaient-ils sincères ? Ou bien ma mère est-elle juste une femme brisée, qui fait tout ce qu'elle peut pour survivre dans un monde tout aussi brisé ? Mes doigts libres tambourinent ma cuisse. Je n'en sais rien.

Et si je n'en sais rien, peut-être dois-je le découvrir.

— Emma, t'es encore là ?

— Oui, grogné-je encore. Je pensais... ma magie démoniaque, elle sert à rien.

Je tapote ma barrière de protection qui s'enroule autour de mon doigt. Je baisse la main et recule d'un pas. Je secoue ma main et un frisson me parcourt tout le corps. Ce fichu sortilège est flippant.

— Essaie encore. Tu peux t'évanouir dans la nature, c'est un bon début.

Je ne relève pas. Pas question de lui expliquer ma dimension miniature. Je souris ; je parie que ça le rend dingue.

— Tu pourrais arrêter de tuer des gens en mon nom ? demandé-je audacieusement.

— Non.

Ha, une réponse brève et directe. Au moins, il ne ment pas.

— Je dois y aller, dis-je.

— Tu m'appelleras demain ?

— Ben non.

J'écarte le téléphone de mon oreille, plisse le nez et le fixe d'un œil noir. Puis je le remets prudemment à mon oreille.

— Je ne vais pas devenir amie avec toi, John. Tu ferais un terrible ami.

Un long silence s'ensuit. J'entends sa respiration.

Ai-je été méchante ?

— Je ne veux pas être ton ami, répond-il d'une voix gutturale et sensuelle.

Mon corps se tend et mon cœur chavire. Je pousse un petit cri de surprise, un drôle de bruit étranglé qui sort de ma gorge. John ricane et je raccroche prestement.

Comme si le téléphone était devenu une grenade

magique prête à exploser, je le jette à travers la pièce. Il rebondit sur le canapé avant de finir sa course par terre, hors de ma vue, dans un bruit sourd.

Putain de merde.

Chapitre Vingt-Sept

Tout allait si bien. J'ai placé Bob dans sa nouvelle écurie et, le cœur lourd, j'ai dit au revoir à Munchkin. Le Shetland a même eu la bonté de me mordre en guise d'adieu ; j'ai encore le bleu sur ma cuisse. Cette teigne va me manquer.

Oui, tout allait bien jusqu'à ce que Bob développe une fourbure, un abcès causé par ses galopades dans son nouveau pré. Une pierre aurait percé la corne de son sabot, le faisant boiter horriblement.

Comme tout propriétaire, j'ai paniqué en recevant l'appel. La fin du monde. Bob souffrait. L'écurie dispose de ses propres potions d'urgence, mais je ne suis pas du genre à permettre ce genre de soins sans la consultation d'un vétérinaire. J'ai donc attendu dans l'angoisse que Cathy, la talentueuse sorcière vétérinaire, vienne le soigner.

Appuyée contre la porte du box, je souris en observant Bob grignoter gaiement sa botte de foin. Je suis soulagée de le voir sur ses quatre fers. Mon compte bancaire en prendra un coup en recevant la facture, mais je m'en fiche. Les soins magiques sont incroyables, Cathy est incroyable. Elle vient de partir alors qu'il fait nuit et que le ciel a commencé à crachoter il y a une heure. À présent, il pleut à verse.

Empressée de revoir Bob, je n'ai pas apporté de manteau. Maintenant que j'ai fini ce que j'avais à faire et que je suis toute mouillée, il va falloir que je me change. Je hausse les épaules, puis des gouttes ruissellent dans ma nuque en m'arrachant un frisson. Une douche froide dont je me serais bien passée.

Un dernier coup de balai devant le box de Bob et je suis prête à partir. Je vide la brouette, range le balai et ferme tout à double tour. En fermant la graineterie, j'entends un gros *boum* qui me fait bondir instinctivement.

— Putain, c'était quoi ça ?

Mon rythme cardiaque s'emballe et l'adrénaline qui m'envahit aiguise tous mes sens. Je me tourne vers l'endroit d'où provenait le bruit.

Tout le monde est parti depuis des heures. Peut-être que Stuart fait une ronde tardive ? Je me glisse dans la nuit. La pluie et la lumière puissante des lampadaires m'aveuglent.

— Hé oh ? lancé-je.

La pluie me fait cligner des yeux. J'attends, tendant l'oreille et retenant mon souffle. Comme si m'empêcher de respirer allait me permettre de mieux entendre...

N'obtenant aucune réponse, je hausse les épaules. Je me frotte le visage en réprimant un rire nerveux. *Il n'y a personne, Emma. Quelle poule mouillée.* Je prends peur trop facilement.

Je roule mes épaules pour les détendre et mon haut trempé reste collé à ma peau de façon désagréable. Je tire dessus, exaspérée. Il faut que je rentre prendre un bon bain chaud. Mes yeux se reportent sur la nuit. C'était sûrement un cheval. Après tout, Bob n'est pas le seul à dormir dans l'écurie.

Je lui lance un regard affectueux.

Puis je me fige.

Bob a abandonné sa botte de foin et a passé la tête par la porte de son box. Le regard paniqué et les naseaux béants, son attention est rivée sur l'endroit d'où provenait le bruit. J'observe les autres chevaux dans l'écurie en forme de fer à cheval qui donne sur une cour centrale. Tous leurs regards convergent vers la même direction. Ils observent, craintifs, inquiets. L'un piétine, l'autre s'ébroue, tandis qu'un autre pousse un hennissement strident manifestant sa peur.

Un picotement d'angoisse glisse le long de mon échine et mon cœur se glace.

Je tremble complètement en quittant la graineterie pour regagner le box de Bob. Il serait facile de s'échapper par-là, mais je n'en ferai rien. Je ne vais pas laisser Bob et les autres chevaux en danger. Je tâtonne ma poche pour m'assurer que mon téléphone est bien là. Dois-je appeler de l'aide ? Et si je me trompe et que ce n'est rien ?

À cet instant, des créatures surgissent.

Des faës... des beithíoch. Ils ressemblent à de gros chats sans poils. Leur peau noire se fond dans la nuit. Ils doivent m'arriver à la hanche et mesurer un mètre cinquante de long. Les lampadaires illuminent leurs grandes dents blanches pour leur donner une allure de lions des cavernes. Plus ils avancent, plus l'étincelle bleue dans leurs yeux s'intensifie de façon terrifiante. Je me cogne contre le mur de l'écurie alors qu'ils se rapprochent de moi silencieusement. Six, sept... huit. Huit beithíoch énormes.

Bordel de merde.

Le *boum* provenait certainement de la barrière qui a été franchie.

Je reste braquée sur les beithíoch en levant doucement les mains. À l'aveuglette, je tâte frénétiquement le mur, puis la porte du box de Bob. J'expire de soulagement quand mes doigts entrent en contact avec l'acier. D'un coup de poignet, je décroche la partie supérieure de la porte et la referme délicatement. Je la verrouille en tremblant pour enfermer Bob à l'intérieur. C'est la seule façon de le protéger. Aucune chance qu'ils escaladent la porte maintenant.

Je fais un pas de côté sur la gauche, vers l'autre box pour faire la même chose.

Les félins m'observent sans donner l'assaut. J'essaie de fermer une autre porte, mais un sifflement grave m'immobilise. Je ravale ma peur. Ils veulent que je reste où je suis. Les pauvres chevaux autour restent tétanisés, piégés dans leurs boxes et incapables de s'enfuir.

Tout est de ma faute. Je n'ai jamais entendu parler d'attaques de faës en écurie. Pas besoin d'être un scientifique pour comprendre comment ces créatures se sont infiltrées.

Ma respiration irrégulière se manifeste par des volutes dans la nuit glaciale. Le froid me saisit d'autant plus que je suis trempée et terrifiée. Je ne fais aucun mouvement, les yeux grands ouverts. Mon cœur devient incontrôlable ; je n'entends plus que mes battements, le gargouillis des gouttières et le clapotis de la pluie sur la fenêtre de la graineterie.

Des pas.

Mon estomac se tord en détectant au moins trois foulées différentes.

Des hommes en noir se glissent entre les effrayants beithíoch. Leurs longues chevelures tressées me permettent de les identifier sans difficulté. Des guerriers faës. Je suis morte de peur.

Est-ce comme ça que je vais mourir ?

— P... Pitié... ne faites pas de mal aux chevaux, bégayé-je entre mes lèvres gelées.

J'avance avec réticence en ouvrant les mains pour montrer que je ne porte aucune arme.

L'un d'eux fait un pas de côté en penchant sa tête blonde pour analyser ma silhouette tremblante, l'air dégoûté. Il répond avec un doux accent irlandais :

— Nous ne faisons pas de mal aux créatures innocentes.

Je ferme brièvement les yeux, soulagée.

— Cela ne veut pas dire que nous ne te ferons aucun mal, jeune démone.

Démone. J'avais vu juste. Pourquoi tout le monde en a après moi ? Bon sang, je n'ai rien fait ! Qu'est-ce qu'ils savent tous sur les démons que j'ignore ? Je lui lance un sourire hésitant.

— D'accord. Du moment que vous ne vous en prenez pas aux chevaux...

Mais merde, Emma, me hurle ma voix intérieure. *« D'accord ? », mais t'as perdu la boule ? On n'acquiesce pas à quelqu'un qui menace de te zigouiller !* Je fais taire ma conscience qui ne m'aide pas du tout et...

Je me retrouve avec le couteau sous la gorge, littéralement. Un bras m'empoigne fermement la taille. Me voilà plaquée à un quatrième guerrier faë que je n'ai pas vu arriver. En m'écartant de sa lame, ma tête cogne son torse et la lame suit son mouvement. Je lève les mains et, dans la panique, j'enfonce mes ongles dans son bras pour l'éloigner. Mais elle se rapproche et m'entaille la peau d'un coup sec.

Aïe. Le sang qui coule le long de ma gorge refroidit en se mêlant à la pluie.

Les yeux écarquillés, je fixe les créatures qui m'encerclent. Avec un cours d'autodéfense à mon actif et mon nouveau regard de tueuse, je n'aurai aucun problème à savater quatre guerriers faës et huit beithíoch géants... Ben, voyons.

Seigneur, je vais mourir.

Je suis impuissante, la chance n'est pas de mon côté. J'aurais dû fuir quand j'en avais l'occasion. *Bats-toi, espèce de lâche. Fais quelque chose, n'importe quoi*, me hurle ma voix intérieure.

Putain, si je ne me bats pas, je vais crever.

Je me débats dans les bras du faë, puis lui donne un coup pathétique dans le tibia, qui ne le fait même pas ciller. Dans un acte désespéré, je plonge la tête pour le mordre, mais en un mouvement, sa lame pointe sous mon menton.

Je m'immobilise.

— Tu es un danger pour nous tous, dit-il d'une voix bourrue.

— Un danger ? Moi ? Ben tiens, j'avais prévu de conquérir le monde mardi, vu que lundi...

Aussitôt, il me frappe la tempe avec le manche de son

poignard. Un cri aigu m'échappe et mes tympans sifflent tandis que ma vision se trouble.

Comment m'en sortir avec un couteau sous la gorge ? Abattue, je tremble sous les salves d'adrénaline, qui ne me sont d'aucune utilité, et mon corps s'affaisse dans ses bras. Je pourrais continuer de me débattre, de lutter, de crier et de supplier. Mais l'expérience m'a appris que supplier ne servait à rien. Je ne retomberai pas là-dedans.

Je sais... Je dois me mettre en colère, faire sortir le démon qui est en moi. Mais je ne veux blesser personne, et encore moins tuer quelqu'un.

Le visage du vampire hante mes nuits. C'est à cause de lui que j'ai dressé cette liste de règles. Me faire trancher la gorge, c'est un peu le karma finalement. N'est-ce pas comme ça que j'ai tué ce vampire ? Eleanor n'a fait que finir le boulot.

Je me questionnerai toujours sur la vie que j'ai prise, l'homme que j'ai poignardé. Avait-il une famille ? Une femme, des enfants qui comptaient sur lui et qu'il aimait ? Je sais que les vampires engendrés ne peuvent pas procréer. Celui-ci n'avait probablement pas de famille humaine. Pourtant, mon imagination et mes rêves m'imposent une image de lui, entouré de sa famille qui pleure sa perte.

Cela a entaché mon âme, l'a envenimée d'une noirceur que je peux sentir.

— À genoux, démone.

— Je m'appelle Emma, gémis-je, la voix engourdie. Si vous comptez me tuer... je préfère rester debout.

Une bourrasque emporte mes dernières volontés, mais le faë m'a entendue.

Je compte mourir en restant digne.

Le guerrier blond en face de moi fait un signe de tête et le bras derrière moi se contracte. Aucune dernière parole pour la condamnée... Ces gars sont des pros.

Je lève le menton...

... ferme les yeux.

Je vais être forte jusqu'au bout, mais pas au point de garder les yeux ouverts. *Peut-être vais-je guérir ?* Je me sens tout engourdie. Je lâche le bras du faë pour ne pas encombrer son mouvement. Je me souviens que les nobles paient un bonus au bourreau, si ce dernier effectue une exécution nette. Si je dois mourir aujourd'hui... Mon Dieu, je ne suis pas prête... Autant que ça aille vite.

Dans ma tête, je chevauche Bob. Le soleil caresse mon visage et les oiseaux gazouillent dans les arbres. Le martèlement harmonieux de ses sabots sur la terre m'emplit d'une paix intérieure...

— Je t'aime, Bob-cob.

Chapitre Vingt-Huit

Un bruissement. Un souffle me rase l'oreille, puis un jet chaud m'éclabousse la joue. Le guerrier faë dans mon dos s'écroule de tout son poids sur moi. La lame glisse de sa main et tombe bruyamment au sol. Son bras pèse une tonne sur mon cou. Un cri m'échappe quand je bascule avec lui en arrière. D'un mouvement instinctif, j'écarte son bras de ma gorge et je tousse pour reprendre mon souffle.

— Qu'est-ce qui se passe ? m'étranglé-je.

Je sursaute en voyant le poignard en argent qui dépasse de son oreille pointue. Une paire de rangers atterrit sur le béton dans un bruit sourd. Je lève les yeux sur la grande ombre à côté de moi. Le nouvel intrus a sans doute sauté du toit. D'un geste vif, il lance un autre poignard en attrapant la tête du troisième guerrier pour lui briser la nuque d'un coup sec. Les deux corps tombent simultanément au sol. Il

se déplace à une vitesse ahurissante et abat le dernier guerrier d'un lancer de poignard en plein cœur. Il a terrassé les
faës sans effort. Les poignards d'argent dans ses mains scintillent à la lumière des lampadaires.

Je pousse un cri de surprise quand il se tourne vers moi
et que ses yeux rencontrent les miens. La pluie ruisselle sur
son visage ténébreux et des gouttes perlent à sa mâchoire.
La flamme qui danse dans son regard souligne ses
pommettes.

— John, articulé-je, encore choquée.

Une machine de guerre. Il ne lui a fallu que quelques
secondes pour s'entourer de cadavres.

Un sifflement hargneux attire mon regard au moment
où un monstre faë fonce droit sur moi. Je lâche un cri terri-
fié, focalisée sur ses pupilles bleues et sa bouche pleine de
crocs luisants. Je lève les bras pour me protéger, puis
trébuche en reculant sur le corps à mes pieds. Une vive
douleur se répercute dans ma hanche et mon épaule quand
je tombe.

— Vilain chat, grogne John en saisissant la créature par
la peau du cou avant de la jeter loin de moi.

J'ose un regard à travers mes bras. Le beithíoch claque
des dents et retourne à la charge. John l'attrape par la
gueule.

Au départ, je crois qu'il veut lui tenir la bouche fermée,
mais en entendant le râle plaintif du beithíoch j'observe avec
horreur les avant-bras de John se bander pour lui déchirer la
mâchoire. Mon estomac se soulève en voyant le sang gicler
par terre.

Un autre beithíoch se lance sur lui.

— John, attention !

Il attrape la dépouille fraîche et la balance sur l'animal qui charge afin de le ralentir.

Puis John se transforme.

La transformation se fait en un battement de cils. La magie régénère ses cellules et disperse ses vêtements qui sont restés intacts. Riddick pousse un grognement féroce semblable à un rugissement qui fait trembler la nuit. Je regarde, éberluée, Ridd...*John* s'élancer sur les créatures faës.

Je me remets debout en m'appuyant sur la poitrine du guerrier. Je sursaute en frissonnant de dégoût. La simple idée de toucher un cadavre me file la gerbe. La bile remonte dans ma gorge. Mon estomac se soulève à nouveau et ma poitrine me brûle.

Les sept autres monstres l'encerclent en agitant la queue. Chacun s'élance sur lui, crocs et griffes sortis.

Mais le chien de l'enfer n'est pas une souris. Il est d'un tout autre gabarit, et son épaisse fourrure lui fournit une barrière de protection dont ne bénéficient pas les chats siamois géants. Je refuse d'assister au massacre ; les beithíoch ne sont pas venus de leur plein gré. Même s'ils fichent la trouille, ces animaux sont innocents. C'est aux faës qu'il faut s'en prendre.

John se démène comme si on avait appuyé sur le bouton « avance rapide ». Ses mouvements sont impossibles à suivre.

Tu es pathétique. Fais quelque chose pour l'aider.

Je vacille sur mes jambes et cherche la lame. C'est pas vrai, où est-elle passée ? Je me tourne vers le faë et saisis d'une main tremblante le poignard dans son oreille pour tirer dessus. Comme je n'arrive pas à l'extraire, j'essuie mes mains sur mon pantalon mouillé, puis enfonce mon pied dans sa nuque pour faire levier. Je m'excuse en grimaçant auprès du défunt qui allait mettre fin à mes jours. Le poignard ne bouge pas d'un centimètre.

— Allez... allez...

Je tiraille en manquant vomir.

Les beithíoch continuent de miauler et siffler.

Je persiste à tirer à contrecœur sur la lame coincée dans le crâne du guerrier.

— Allez, sors... il faut que je l'aide.

Et voilà que je parle à un objet maintenant...

J'agite les bras en criant comme une folle quand une main chaude se pose sur mon épaule.

— Emma, c'est moi. Tout va bien.

Je lève les yeux et John est à mes côtés. Je plaque une main sur ma bouche en faisant un bond en arrière.

Les cadavres se sont multipliés autour de lui.

Son corps nu épouse mon mouvement frénétique, il s'avance vers moi. À chaque pas, son corps ondule d'une façon hypnotique qui me coupe le souffle. J'ignore si je suis terrifiée ou excitée. En tout cas, je ne suis plus paralysée.

— Pourquoi tu es restée là pendant que cet enfoiré te plantait un couteau dans la gorge ? grogne-t-il.

Oh, il est énervé maintenant.

— Tu lui as carrément offert ton cou, reprend-il.

Ses grandes mains me saisissent par les épaules et me tirent vers lui pour me secouer.

— Si je n'avais pas été là, tu serais morte. Pourquoi tu ne t'es pas battue, Emma ? Tu te bats toujours. Et là... tu es restée immobile, putain.

Il me secoue jusqu'à me broyer les os. J'ai l'impression que mes yeux vont sortir de leurs orbites.

— Si tu te retrouves dans cette situation, bats-toi, merde. Même si tu penses n'avoir aucune chance, tu dois te battre.

N'est-il pas censé me dire « Ne fais rien. Ne fais pas l'idiote, ne les énerve pas, Emma. Appelle à l'aide. »

Je le fixe d'un œil confus. La pluie me gifle le visage et John se rapproche encore pour me protéger de l'averse.

Honnêtement, je ne m'attendais pas à un discours sur comment faire pour crever l'œil aux méchants.

Encore un de ses pièges ? Parce que si c'est le cas — j'ignore comment — mais je lui ferai la peau. Je peux accepter d'être hantée par le fantôme de John.

Je crois que je suis sous le choc... Non, en fait, je *suis* sous le choc. C'est un peu trop.

J'ouvre la bouche pour répondre et un cri effrayant s'échappe. Je ferme aussitôt la bouche. Putain, ça vient d'où ça ? Je le fixe, déstabilisée. Ses yeux s'agrandissent et, sans rien dire, il m'attire à lui. J'enfonce ma tête dans sa poitrine, et son corps nu m'enveloppe. Je me laisse bercer par la chaleur de son aura. Son odeur de feu de camp et de lessive envahit mes sens.

— Je viendrai pour toi, toujours, dit-il d'une voix profonde. Mais n'abandonne jamais comme ce soir. Même si tu crois qu'il n'y a aucune issue, bats-toi. Tu n'es pas du genre à te rendre, idiote. Merde, tu n'as même pas essayé de fuir.

— Ils sont morts ? murmuré-je contre son torse.

Mes lèvres effleurent sa peau brûlante qui me répond par un frémissement.

— Oui, répond-il à voix basse. Tous. Je suis désolé pour

les beithíoch, je n'avais pas le choix. Sans les faës pour les contrôler, ils auraient tué les chevaux.

Je me prépare à ce qu'il se détache de moi, mais il glisse ses doigts dans mes cheveux mouillés et caresse ma nuque dans un geste réconfortant.

— Pourquoi les faës sont après moi ?

— Ce sont des tueurs à gages, on les a payés. Cela ne se reproduira plus, ne t'inquiète pas.

Il pose son menton sur le sommet de ma tête.

— Parce que tu vas les tuer ?

— Je n'ai pas le choix.

— Je suis désolée, soufflé-je.

— Ne le sois pas. Les guerriers faës étaient de sales types, personne ne les regrettera. Le type qui les a engagés était un ancien partenaire d'Arlo. Il est mort.

— Ah.

Suis-je censée dire merci ? Probablement. Mais je ne supporte pas l'idée qu'il ait dû tuer pour moi.

— Qu'est-ce qu'on fait maintenant ?

— Je vais te ramener à la maison. Les chiens de l'enfer vont venir faire le ménage, et je renforcerai la barrière magique.

J'opine du chef, puis frémis à cause du froid.

— T'as pas de blouson ? rouspète-t-il en me serrant plus fort contre lui.

— Est-ce qu'on a des ennuis ? demandé-je, blottie contre lui.

— Non, Emma. Les faës étaient seuls sur le coup. Tout va bien.

Il m'écrase contre son torse et sa voix prend une tonalité plus basse, plus douce.

— Je me suis attaché à toi avec le temps.

— Le temps ? fais-je en relevant la tête.

C'est comme si John avait réactivé ma colère. Qu'est-ce que je fous dans les bras de ce mec à poil sous la pluie ?

— De quel temps tu parles, John ? Les heures où tu m'as torturée, ou le temps où tu t'es fait passer pour Riddick ?

Je le toise, hors de moi.

Mes mains s'immiscent entre nous et je le repousse. Dans mon élan, je rebondis sur le mur de l'écurie contre lequel je reprends appui en frissonnant, exsangue.

— Si tu y penses..., commencé-je en faisant de grands gestes, on a passé pas mal de nuits ensemble pendant que tu jouais au chien de garde. Mais je n'ai pas l'intention d'en passer davantage avec quelqu'un qui ne voit aucun mal à me mentir. C'était quoi tout ça ? lancé-je en désignant les cadavres. C'est encore un de tes coups ?

John se raidit et s'éloigne.

— Non, je t'ai sauvé la vie, s'exclame-t-il, incrédule. Et puisqu'on en parle, je ne suis pas à l'origine du faux kidnapping ou de l'attaque de vampires. Je n'ai placé aucune barrière autour de la maison pour t'inciter à partir et à me mener à tes complices. À l'époque, j'ignorais que tu pouvais traverser les barrières.

Sa réponse me fait grincer des dents. Je lui ai dit que j'en étais capable quand j'étais enchaînée à ce putain de mur. Les chiens de l'enfer sont-ils incapables d'écouter ?

— L'attaque de vampires venait d'Alexander. L'accident de voiture était réel, Emma ; on a véritablement été attaqués.

Il passe une main sur son visage.

— Est-ce que j'ai tourné la situation à mon avantage ? Oui. J'en ai profité pour te soutirer des informations. L'ange a accepté de te guérir et quand on nous a tendu une embuscade, je lui ai demandé de venir te chercher, pour préparer ton interrogatoire. Je n'ai jamais cherché à te blesser.

Je souffle de dépit en secouant la tête. Son corps de colosse obstrue la lumière ; je ne peux pas voir son expression.

— Pourtant tu m'as blessée. Je suis restée attachée à une chaise, au-dessus d'une plaque d'égout, pendant des heures alors que tu te foutais de moi. Je n'ai pas la capacité de me transformer et de me régénérer. Tu ignorais si j'avais des lésions internes, et ça ne t'a pas empêché de poursuivre ton petit jeu. J'étais terrifiée et je souffrais le martyre.

Je pivote pour ouvrir la porte de Bob et jeter un coup d'œil. Le gros cob est déjà retourné à sa botte de foin. Je vais vers l'autre boxe pour en faire de même.

— T'es qu'un con de première, John Hesketh. Je ne sais pas ce qui se passe dans ta tête. Alors merci de m'avoir sauvée ce soir, et maintenant fous-moi la paix.

Chapitre Vingt-Neuf

Au cours des dernières semaines, je n'ai pas réussi à voir ma mère seule à seule ni à l'éloigner de ce crétin de sang-pur. Je constate avec frustration qu'elle ne répond plus à mes appels. La dernière fois que j'ai voulu aller la voir dans une tentative désespérée, le videur de la boîte qui est un vampire ne m'a pas laissée entrer.

Je suis à court d'idées. Changer mon visage semble également un rêve hors d'atteinte. Mes recherches et mes notes sur les démons sont si nombreuses et détaillées que j'ai parfois l'impression d'être en doctorat de démonologie.

— Allez, Barbie, crie Scott pour me tirer de ma rêverie.

Il a raison. Je dois me donner à fond.

— Barbie, sérieux ? Scott, fais preuve d'originalité, lui reproché-je. Je t'en foutrais du Barbie.

— Dégomme-moi cet ours métamorphe, braille-t-il à l'autre bout de la salle.

Je grimace en soufflant. Bon, je peux le faire. Je fais un signe de tête à Malcolm, l'ours métamorphe en question, pour m'assurer qu'il est prêt, puis je lui envoie mon poing en pleine tronche.

Enfin, un coup de poing qui ressemble à une caresse. Dépitée, je me passe une main sur le visage, oubliant que je porte mes gants.

—Bon, stop. Viens là, lance Scott, légèrement exaspéré.

Je suis douée pour cogner dans le sac, mais quand il s'agit de vraies personnes... Je sais pas, je me dégoûte. Empathie de mes deux.

— À quoi pensais-tu le jour où tu as envoyé cette fille au tapis ?

Il arque un sourcil roux, puis désigne les rides qui sont apparues sur mon front.

— Voilà, pense à ça.

Il me redirige vers le grand gaillard.

Mon visage est crispé par la confusion. Sacré discours d'encouragement. Je m'approche du métamorphe et lui adresse un sourire hésitant. Ça va le faire. Malcolm se frotte la tête avec son gant. Ses cheveux blond cendré coupés dans un mulet moderne ne bougent pas. La barbe qui suit sa mâchoire accentue son côté rustre, mais ses yeux marron sont doux et brillent avec amusement. Il hoche la tête pour m'encourager et sourit gentiment en réponse à ma grimace.

John. Je superpose son visage comme une cible. Je plisse les yeux, c'est presque trop facile d'imaginer sa tête sur tout ce que je veux démolir. En sautillant, j'envoie une gauche, une droite, encore une gauche. Je rebondis comme un kangourou en faisant rouler mes épaules.

Comme c'est John que je frappe, chaque coup part plus facilement.

Malcolm baisse la garde et me donne un coup de poing d'une lenteur ridicule. J'esquive et suis son mouvement de la main droite. Je pivote les hanches et envoie tout ce que j'ai sur Malco-John.

Bam.

Horrifiée, je regarde sa tête partir sur le côté et un filet de sang jaillir de sa bouche. Avec un « Dans le mille ! » dont on se serait bien passé crié par Scott, le pauvre ours s'effondre sur le tapis bleu, sonné. J'ai dégommé un ours métamorphe.

Je le fixe en clignant des yeux.

Puis Scott.

Oh putain.

— Mon Dieu, Malcolm, je suis désolée, m'excusé-je, mortifiée.

— C'était excellent ! s'écrie Scott. Quand il se réveillera, je crois qu'on devrait passer aux armes.

— Aux armes..., articulé-je, hébétée.

— Ouais, t'as ça dans le sang, déclare Scott tout sourire en me donnant une tape dans l'épaule.

APRÈS UN ENTRAÎNEMENT éprouvant avec armes, Scott et moi buvons à grandes gorgées, assis par terre. En fixant l'étiquette de la bouteille, je me lance. Je lui demande à quoi il pense et ce qu'il ressent, quand il se change en animal.

Il me faut peut-être une nouvelle perspective.

— Je le fais, point barre. C'est comme soulager une démangeaison ; c'est aussi naturel que de respirer.

Super. Je soupire en lui souriant pour le remercier de son conseil inutile.

Malcolm s'approche en traînant des pieds. Enfin je dis ça, mais il a plutôt l'air de rôder. J'imagine que même les ours métamorphes ne traînent pas n'importe où. Assis de l'autre côté, les mains sur les genoux, il m'observe avec attention.

— Je n'ai pas pu m'empêcher d'écouter. J'entraîne de jeunes métamorphes.

Intriguée, je tends l'oreille, abandonne l'étiquette et rive toute mon attention sur Malcolm en lui adressant un sourire encourageant.

Allez, Malcolm. Donne-moi un indice.

— Je les accompagne dans leur première transformation vers la vingtaine. C'est avant tout une question de concentration. Ils doivent apprendre à méditer, puis on travaille sur la visualisation de soi sous forme animale, leur véritable essence.

Il se frotte le sourcil avec le pouce.

— Ils sentent quand le moment vient et se transforment..., poursuit-il avec un rire qui illumine son visage. On sait tous quand c'est le bon moment. C'est un peu comme la puberté chez les humains : ils deviennent ingérables et malpolis. Puis d'un coup, on se retrouve avec un ours qui défonce tout, le temps de s'habituer à ses griffes.

En général, on les emmène hors de la ville, comme le Lake District. C'est du boulot comme ils ont besoin d'un suivi particulier à ce moment, mais ça en vaut la peine.

— Ils pensent à leur essence véritable ?

— Ouais, confirme-t-il. Même principe pour le processus inverse : ils doivent s'imaginer humains. Ce n'est pas pour un jeune métamorphe que tu me demandes ça, Emma, au moins ?

Il baisse d'un ton en inspectant autour de lui.

— Fais gaffe au conseil des métamorphes, c'est une plaie. Ils sont dangereux. Il vaut mieux que tu laisses les métamorphes s'occuper des jeunes de notre espèce.

Je me penche en lui pressant la main.

— T'inquiète, je suis simplement curieuse. Aucun métamorphe rebelle sous mon aile. Je ne suis pas assez bête pour empiéter sur les plates-bandes du conseil.

Je ponctue ma phrase par un frisson théâtral. Malcolm me retourne mon sourire, rassuré.

— Merci pour ton explication. Ils ont de la chance de t'avoir.

Je glousse en voyant ses oreilles rougir.

— Ça me fait plaisir, si tu as d'autres questions...

— Merci Malcolm.

Je finis de boire, impatiente de rentrer et de mettre ses conseils en pratique. Je dois penser à ma *véritable essence* et méditer davantage. Est-ce que je pense trop ? Ma magie doit être aussi *naturelle que de respirer*, comme dit Scott. Tout semble aller de travers si je cogite trop. Grâce à l'entraînement, j'ai découvert que moins je pense, meilleure je suis.

Je me dirige vers la sortie en les saluant.

— Emma, évite la porte d'entrée. Le chien de l'enfer traîne devant. À la façon dont il te flique, on dirait que t'es sa compagne, s'amuse Scott.

Mon cœur fait un bond. *John.*

Je gonfle les joues, tourne les talons et choisis la sortie de secours à l'arrière. John a du mal à me suivre, mais quand je reste au même endroit pendant un moment, il me débusque rapidement. Il a certainement sillonné la ville. Il faut dire que ma salle de gym n'est pas bien difficile à repérer... Cela fait des semaines que je viens ici à la même heure.

— Merci du tuyau, Scott. Salut les gars !

Scott retourne dans son bureau en riant.

— Passe par là, m'indique-t-il.

Ma tête se dévisse quand je le regarde. Quoi, il est au courant ?

— Pas de panique. T'es une démone, je sais que tu as recours à la magie, et puis j'ai compris que tu ne rentres pas chez toi à pied. L'autre jour, j'étais juste derrière toi et tu t'es volatilisée, m'explique-t-il avant de tapoter son nez. Je suis un renard et je n'ai pas pu te traquer. Zéro odeur. Alors je suppose que tu peux *stepper* comme une faë ou créer ton portail temporaire comme une sorcière, présume-t-il en haussant les épaules.

Les faës anciens et puissants peuvent *stepper*, ce qui équivaut à se téléporter. Ils « steppent » d'un endroit à l'autre.

— C'est pas un crime et je n'en parlerai à personne. J'ai compris qu'en tant que démone, tu n'y peux rien. Alors si tu veux *stepper* ou faire ton truc de portail, utilise la porte de mon bureau...

À quoi servirait-il de nier ? Scott est mon coach, et mon

ami. Du moins, je l'espère. Cela ne sert à rien de mentir, mais je ne vais pas me répandre en explications pour autant.

Je lui souris en me dirigeant vers son bureau.

— Merci, Scott. À demain.

J'ouvre sa porte qui donne sur mon chez-moi.

Chapitre Trente

Quand je rentre chez moi, je ressens l'absence de John, ce vide charnel. Son énergie ressemble à ce que je ressentais près de Riddick : une sorte de paix intérieure. Ce qui est complètement dingue. Cette idée m'horripile. Il faut que j'apprenne à reconnaître cette sensation de *paix intérieure* comme étant son énergie, pour savoir quand il est dans les parages et pouvoir l'éviter. J'ai arrêté de répondre à ses appels.

Pourtant, John continue de me suivre... Je ne sais pas quoi en penser.

Tout ça est tellement étrange. Je me sens malgré moi en sécurité quand il est là. Il m'a sauvé la vie, et en retour, j'ai été odieuse avec lui.

Merde, à quel moment être gentille me transforme en paillasson ? Et quand est-ce que vouloir se protéger vire à la méchanceté gratuite ? Je ne veux pas être méchante avec lui, mais je ne veux pas non plus qu'il pense pouvoir me piétiner.

Et puis, je ne veux pas qu'il croie que ses actes sont sans conséquences. Ce qu'il m'a fait, ce n'était pas acceptable. Pas du tout.

Il me terrorise.

Ma raison me hurle de fuir, mais une part de moi aime son attention... et cette part me ramène toujours à lui.

C'est tellement déroutant... Est-ce que c'est un truc de démon ? Ou un truc d'Emma ? Ou peut-être un truc de chien de l'enfer ?

Les mots de Scott me reviennent en tête : *À la façon dont il te flique, on dirait que t'es sa compagne.*

Hein ? Je fronce les sourcils... Les démons n'ont pas de compagne... si ? Je me souviens vaguement que les métamorphes ont des compagnes élues, mais je ne peux pas m'imaginer une seule seconde que John m'ait choisie.

Le concept d'âmes sœurs me semble tellement ridicule. À part dans les romans à l'eau de rose, je n'ai jamais entendu parler d'âmes sœurs dans la vraie vie. Peut-être que ce que je ressens, c'est juste un signal d'alerte de démon. Et pourtant, je ne ressens aucun danger. Juste... une étrange sensation de contentement. Et ça, c'est flippant.

Je traverse la pièce d'un pas vif et prends *le* livre sur l'étagère. Je n'ai pas évité ce bouquin jusque-là... disons plutôt que je n'avais pas très envie d'en apprendre plus sur l'*amour* démoniaque. Beurk.

Ma vie en quelques pages... Toujours à lire de vieux grimoires poussiéreux. On dirait que je passe mon existence à chercher des réponses qui me laissent toujours avec plus de questions. Vive la liberté... Je grimace en montrant les dents. La vie de rêve. *Pas du tout.*

Je m'affale sur le canapé, encore en sueur de ma séance de sport. Je devrais prendre une douche, mais mon cerveau bute sur la phrase de Scott. Je feuillette le livre et tombe sur ce que je cherche.

Je lis, et mes mains commencent à trembler alors que j'enregistre lentement les mots. Quand j'ai terminé, je ferme les yeux très fort.

L'horreur m'envahit.

Oh, non, non, non. Je regrette vraiment d'avoir lu ces mots. Je claque le livre, me lève d'un bond et le remets à sa place sur l'étagère. Je me tortille et frotte les mains sur mon legging.

Non. Hors de question.

Chaque fois que je cligne des yeux, les mots sont gravés sous mes paupières, imprimés sur mes rétines, et ancrés dans mon esprit, impossibles à effacer.

Les démons ont des âmes sœurs.

Non. Pas question.

Des âmes sœurs.

Le destin commence sérieusement à me courir sur le haricot. Un rire étranglé m'échappe, et je tire sur ma queue de cheval. Non, non, non.

John est mon âme sœur. Ha, ha, âme sœur — comme dans les romans à l'eau de rose. L'amour au premier regard. Ma moitié.

Oh, bordel de merde.

Je lève les bras au ciel et regarde vers le plafond.

— Très bien, destin, crié-je comme une cinglée. Qu'est-ce que tu veux de moi ? Je te supplie à genoux. Je me roule par terre en chialant, si c'est ce que tu veux. Qu'est-ce que j'ai fait pour offenser l'univers ? Argh... pourquoi lui ? Pourquoi lui, bordel ? Je suis foutue, foutue...

Un cri rageur jaillit de ma gorge, un cri qui résonne dans toute la pièce. Je tire mes cheveux en arrière et me frotte le visage.

Non, ça n'arrivera pas.

Ce livre. Ce maudit grimoire. Je lève les yeux et le fusille du regard. Il est là, trônant bien sagement sur l'étagère. Innocent. Ce livre qui ose me dire à quel point je suis chanceuse et bénie. Je grince des dents. *Bénie.* Mes narines se dilatent, et mon œil gauche tressaute nerveusement.

— Bénie, ricané-je.

Mon petit mantra, « rien n'arrive par hasard », ne suffira pas à me calmer cette fois.

Tout mon visage se crispe, et je me le frotte énergiquement. Ce bouquin parle de mes symptômes : sentir son énergie au-delà de la normale et éprouver une attirance irrésistible.

L'attirance en soi n'est pas anormale. John est beau. C'est même flippant à quel point il est beau, un fantasme ambulant et parlant. Mais ce que décrit ce livre colle parfaitement à mes sensations étranges.

Mon attirance pour lui n'a jamais été logique. Je suis une fille raisonnable, tout bien considéré, malgré mon enfance et mon passé. Mais là ? Non. Ça n'a jamais eu de sens. Ce type a été horrible, disons-le franchement. Et pourtant, quand j'entends sa voix... quand je suis dans ses bras... je me sens bien. Dans ces moments-là, ma tête me hurle d'arrêter, mais mon cœur... mon âme ? Je déglutis. Eh bien, mon âme voudrait le lécher.

Je souffle, exaspérée. Bordel, le gars m'a interrogée pendant des heures de façon agressive, il m'a poignardée et, pourtant, mon cœur se met à danser la polka dès que je le vois — ça, c'est tout sauf normal.

Ce qui m'inquiète le plus, c'est cette histoire d'énergie, cette capacité à *ressentir nos énergies mutuelles au-delà des sens normaux.* Est-ce qu'il peut sentir mon énergie, comme moi je sens la sienne ? Je ne veux pas savoir. Son énergie sauvage de chien de l'enfer m'accueille ; elle est presque vivante. Maintenant que je la reconnais, je pourrais probablement la repérer dans une foule ou sentir John arriver depuis l'autre bout de la rue.

Et comme si ça ne suffisait pas, le grimoire parle aussi d'une sorte de décharge, un mélange d'énergies au premier contact. Sachant que John m'a assommée d'une tape sur la tête et m'a traînée dans un sous-sol, j'ai peut-être raté cette étape en étant inconsciente. Si je l'ai « zappé », il a probablement pensé que c'était une malédiction démoniaque de ma part.

Je vais dans la salle de bains en martelant le sol et j'ouvre les robinets pour me faire couler un bain *relaxant.* Je bouillonne encore de rage, mais je pue. Alors, bain il y aura.

Pendant que la baignoire se remplit, je grince des dents et retourne au canapé pour lancer un regard assassin au livre sur l'*amour.*

— Par les cornes du Diable... Je devrais le brûler, grogné-je.

Je suis en train de maudire un bouquin à cause de ce qui m'arrive. Merde, ça montre à quel point je suis en colère.

Jamais je ne ferais de mal à un livre intentionnellement : ce serait sacrilège.

Avec précaution, je le reprends sur l'étagère. J'inspire à fond, ignore cette histoire d'âmes sœurs, et cherche le chapitre sur la descendance. C'est la dernière fois que j'ouvre ce foutu bouquin, mais je dois vérifier un dernier truc avant de l'oublier pour de bon.

Il vaut mieux éviter de se reproduire avec des humains. La progéniture issue d'un tel accouplement peut être déséquilibrée et agressive.

Tiens, voilà pourquoi je dois être prudente et m'imposer des règles.

Emma, tout le contenu au sujet de l'amour dans ce livre concerne les relations entre démons. Rien, absolument rien, ne parle d'âmes sœurs entre espèces différentes. Et comme John n'est pas un démon, et que je ne le suis qu'à moitié... il ne devrait pas ressentir la même chose.

Ha, il n'y a aucune chance qu'il ressente la même chose. Il a flirté avec moi dernièrement, mais c'est sûrement une attirance normale, pas ce truc d'âmes sœurs.

Un vague souvenir de l'hôpital me revient. Je plisse les yeux et tapote mes lèvres du bout des doigts pour essayer de me rappeler. Arlo, penché sur mon lit d'hôpital : *C'en est presque poétique : deux âmes brisées, liées par le destin pour l'éternité.* Je ferme les yeux et gémis. Arlo savait. Il avait dû reconnaître les signes.

Je relève le menton et carre les épaules. Je peux me contrôler. Savoir, c'est pouvoir. Ça ne peut être qu'une bonne chose. Maintenant que je comprends ce qui se passe, je peux ignorer le destin.

Je ne suis pas masochiste, et je n'ai pas le syndrome de Stockholm. C'est au moins une petite consolation. Ça explique beaucoup de choses. Je roule mes épaules tendues et prends une profonde inspiration.

J'avale ma peur à l'égard de John et de... ce *truc*. Je ne veux plus y penser.

Je range le grimoire sur l'étagère et retourne dans la salle de bains. Je prends une grande inspiration purificatrice. Tout ira bien si je suis mes règles : rester loin des problèmes, être gentille, *éviter* John. Tout ira bien. Je hoche la tête. Je suis seul maître de mon avenir.

J'ouvre une bouteille de vin. Je ne suis pas une grande buveuse, mais ce soir, j'ai besoin d'un verre. Le vin blanc est doux et frais sur ma langue.

Mon verre à la main, j'entre dans le bain fumant et ferme les yeux.

Quand je suis toute ridée et détendue, je pose mon verre vide sur le sol et me remets à penser aux propos de Malcolm sur les ours et la manière dont ils apprennent à se transformer.

Pense à ta forme naturelle.

Je hausse les épaules. Je ferme les yeux et pense : *Naturelle... naturelle... naturelle... forme naturelle de démon.* Mon esprit fait surgir le visage monstrueux d'Arlo dans le cercle, et un frisson me traverse. Non, pas comme ça. Je puise au plus profond de moi-même, dans ma magie, et je murmure les mots *forme naturelle*.

Je ressens une chaleur inhabituelle sur ma peau, distincte de l'eau tiède du bain. J'ouvre un œil, et ma fumée de protection magique noire entoure mon corps et la baignoire.

Je glapis et bondis, éclaboussant le sol.

Quoi ? Oh mon Dieu... Oh, pas ma barrière. Qu'est-ce

que ça fout là ? Je lève une main tremblante, et la fumée noire glisse doucement entre mes doigts, s'enroule autour d'eux. J'ai envie de me frapper le front.

Cette fumée, c'est *ma* magie.

La vache.

Je retire le bouchon de la baignoire avec mon gros orteil, incapable de détourner les yeux de ma magie. Je fixe la fumée avec fascination tandis que l'eau se vide. Waouh.

— Qu'est-ce que tu peux faire ? chuchoté-je à ma magie, comme une foldingue qui parle toute seule.

La fumée semble s'épaissir en réponse. *Forme naturelle*, je pense avec intention, en projetant l'idée vers ma magie. Elle scintille et, en un souffle, je me retrouve avec... une cape sur les épaules.

Une cape.

Ha. Génial. Totalement inutile. Je lève les yeux au ciel et tourne la tête pour voir du tissu noir. La baignoire vide grince quand je me lève. La cape, très lourde, tombe jusqu'à mi-cuisse. Qu'est-ce que je vais faire avec une foutue cape ? Je sais que le grimoire disait que les démons peuvent créer leurs vêtements, mais une cape, c'est nul.

— Au moins, ça pourrait être une tenue d'équitation haut de gamme, râlé-je en sortant de la baignoire.

Puis je croise mon reflet dans le miroir et un cri d'horreur s'échappe de ma gorge.

Oh non, non, non. Ce n'est pas une cape. Ce n'est pas une cape !

Des ailes.

J'ai des ailes.

Je panique. Je secoue les bras en l'air, et ces fichues ailes suivent le mouvement de mes mains, s'ouvrant et battant dans l'air. Aïe.

OhmonDieuohmonDieuohmonDieu.

Je cours en cercle, et elles me suivent, frappant les murs de la salle de bain, renversant tout sur leur passage.

— Aïe, aïe, aïe, ça fait mal !

Oh mon Dieu, elles sont réelles. Oh mon Dieu, ce n'est pas mon imagination. Ces immenses ailes noires de *chauve-souris* qui sortent de mon dos *sont réelles*.

Je glisse sur le sol mouillé ; seul un battement désespéré des ailes m'empêche de tomber sur les fesses.

Emma, calme-toi.

Je me redresse, haletante. Je baisse les bras, et les... gloups... ailes... se détendent le long de mon dos.

Ça va. Tout va bien.

Oh, bordel de merde.

Je tremble, me cache le visage dans les mains.

Forme naturelle... Oh, putain. Bravo, Emma.

Chapitre Trente-Et-Un

Cela fait deux jours. J'ai dû annuler mon entraînement avec Scott comme je ne peux pas m'y rendre. Je ne peux aller nulle part. Mes ailes refusent de disparaître.

Oh, pour tisser des liens, on tisse des liens, mes ailes et moi. En ce moment, j'apprends l'art de la patience et la zénitude, comme elles se montrent sensibles.

Dormir est devenu une activité inaccessible. Quand j'essaie de m'installer, elles se mettent à faire des trucs bizarres, comme cogner contre le mur. Ce qui est douloureux et cause des hématomes sur la membrane soyeuse qui recouvre les fines articulations. D'ailleurs, je crois que je me suis cassé un os, mais il s'est régénéré avant que j'aie retrouvé mon sang-froid pour l'examiner. Mes ailes ont l'air identiques ; au moins, la guérison s'est bien déroulée. Il ne faut que quelques secondes aux os pour guérir, contrairement aux bleus qui semblent mettre une éternité.

Je dois admettre que la couleur améthyste à la lumière du jour leur donne une allure magnifique. Mais j'aimerais bien qu'elles rentrent au bercail maintenant... Selon Malcolm, les ours pensent à leur moi humain pour se retransformer. Je ferme les yeux — pour la énième fois — et *pense* humain. Rien, comme d'habitude. Un rire amer m'échappe. Un vrai merdier.

Je suis foutue.

J'inspire, expire, m'efforçant de me détendre. Je parie que mon âme sœur pourrait m'aider. Je chasse aussitôt cette pensée indésirable. Tout le côté gauche de mon visage me démange, mais je ne veux pas me gratter de peur que mes ailes me fassent un sale coup. Mieux vaut qu'elles se tiennent tranquilles.

Je ne peux pas me tourner vers Malcolm ou Scott ; c'est trop demander.

Il ne me reste que John. Quelle ironie.

Je n'arrive pas à bannir la pensée qui circule en permanence dans mon cerveau : *j'ai besoin de John*. J'ai besoin de son aide. Son expérience lui permettrait de me filer un coup de main, et je n'ai personne d'autre vers qui me tourner.

Mon âme s... Non. *John*, le monstre, n'a pas cessé de m'écrire en demandant où j'étais. Mon absence à la salle ne l'a pas perturbé. Cependant, lorsque j'ai appelé l'écurie pour qu'ils s'occupent de Bob, c'est là qu'il a commencé à me bombarder de messages. J'ai fait la morte, car je ne savais pas quoi répondre.

Mais au bout de deux jours sans progrès, force est de constater ma défaite. Au fil des heures, j'ai failli enfreindre la règle numéro un : Tu ne seras pas une connasse. J'ai juré à Bob de ne pas l'abandonner trop longtemps et ces ailes vont me faire rompre ma promesse. Mentalement, j'enfile mes gants, j'attrape mon téléphone, puis j'écris à John.

On se donne rendez-vous chez lui.

Je choisis sans problème un jean. C'est pour le haut que ça se corse... Oh, misère. Je passe une main sur mon visage, en veillant à ne pas affoler mes ailes.

Dans les livres, les personnages qui se voient tout à coup pousser des ailes — sans mauvais jeu de mots — trouent leurs T-shirts pour les glisser dedans. Voilà la solution !

Mais ça fonctionne lorsqu'on se fait aider et que les ailes ne luttent pas contre vous. Aucune chance pour que le tissu fin tienne le choc face à mes ailes de géant. Je finis par porter une chemise à l'envers en la boutonnant au cou et à la taille. Ce n'est pas l'idéal, mais si je garde les mains baissées, plaquées à mes flancs, personne ne devrait entrevoir mes seins. Au moins, j'ai un truc sur le dos maintenant.

Puis je me dis que je fais une bêtise en me tournant vers John. Mais ces journées emplies de frustration ne me laissent pas le choix. Je *steppe* par ma porte, en m'imaginant sortir de chez John, pour déboucher devant sa maison. Je pourrais entrer directement, mais ce serait impoli sans autorisation.

Mes doigts glissent dans ma queue de cheval défaite, et je me tourne. Les graviers de l'allée crissent sous mes baskets alors que je m'avance vers la porte rouge puis toque.

Mes ailes s'agitent dans mon dos.

Peu après, John ouvre la porte comme s'il m'attendait. Je trépigne tandis que nous nous observons.

Mon Dieu, il est toujours aussi canon. Je ne l'ai pas *vu*

depuis des semaines et mes yeux le dévorent avec avidité. Il me scanne de haut en bas, passant de mes yeux cernés à mes ailes. Il étudie en inclinant la tête mes nouveaux membres qui se mettent à bruisser. Je fais le choix judicieux de me fixer sur sa poitrine. Il est habillé tout en noir, avec un treillis et un T-shirt de combat qui menacent de céder sous la force des muscles qu'il contient. Je déglutis en tripotant ma chemise.

— Tu as l'air démoniaque, Emma, déclare-t-il en tapotant ses phalanges contre l'embrasure.

Je grince des dents en me demandant pourquoi j'ai cru qu'il m'aiderait.

Je pose mes mains sur mes lèvres noires dont la couleur est le cadet de mes soucis. Avec cette histoire d'ailes, j'ai zappé ce détail. L'avantage, c'est que mes yeux et ma bouche sont assortis.

— Tes ailes sont mignonnes. C'est leur taille maximale ?

Ma main retombe, je reste bouche bée. Mignonnes ? Je le regarde, furibonde et offensée.

— Tu plaisantes ? Elles sont gigantesques.

— Ah d'accord..., dit-il en toussant dans sa main. On dirait que tu as un souci.

Cet abruti me provoque avec son petit sourire à la con et ses yeux verts rieurs. Mes narines frémissent, et mes yeux lui lancent des éclairs. Au bout de quelques minutes, je brise le silence embarrassant en m'éclaircissant la voix.

— Je peux entrer...?

— Je t'en prie.

Il s'efface pour me laisser passer. Alors que je franchis le seuil, une aile décide de se détacher et de le frapper au visage.

Oups, pas fait exprès.

Cela étant, je la féliciterais volontiers si je le pouvais. Je tente de masquer mon rictus.

Dans le salon, John rôde autour de moi et inspecte mes ailes qui frémissent. Je suis certaine que ces petites coquines attendent le bon moment pour le cogner à nouveau.

— C'est pour ça que tu as disparu des radars, conclut-il en se frottant le visage rougi par le battement d'ailes.

Déso pas déso.

— Tu peux m'aider ? demandé-je en me mordillant la lèvre. Je n'arrive pas à m'en débarrasser.

John s'arrête derrière moi, et sa chaleur me procure un frisson. Nos auras se mêlent comme deux tsunamis s'échouant l'un contre l'autre pour fusionner.

Je sens son souffle contre mon oreille lorsqu'il se penche.

— Je peux te toucher ? susurre-t-il.

Je frémis en accueillant son souffle sur ma nuque. Je me mets à saliver, incapable de parler. Je me ronge la lèvre, puis acquiesce.

Malgré ma permission, il semble mettre un temps infini avant de me toucher. Je tressaille quand sa main se pose enfin sur moi afin de se loger délicatement entre mes ailes qui se déploient d'un coup. *Flap flap flap.*

— Elles ont leur propre volonté, expliqué-je, sans savoir où me mettre.

John émet un grognement en évitant probablement leur mouvement.

Je préférerais qu'il ne me touche pas… car j'aime sentir ses mains sur moi. Sauf que c'est mal. Très mal. Je déglutis à nouveau en m'obligeant à me tenir tranquille. Ce contact me plaît, et ça me dérange. Ses mains glissent dans mon dos, entre mes épaules et ma nuque.

— Détends-toi...

— J'essaie, répliqué-je.

Je lève les yeux au ciel, exaspérée. Comme si j'allais me détendre avec les mains de John sur moi. Cause toujours. J'aurais plus de chance avec un massage crânien de Freddy Krueger.

— Ferme les yeux.

Je pousse un soupir.

— Ferme les yeux, Emma. Pense à tes ailes, à la joie qu'elles te procurent, au fait qu'elles sont spéciales...

Je fronce les sourcils, désorientée. C'est quoi le rapport ? Elles me procurent tout sauf de la joie. À contrecœur, je me prête au jeu.

Je suis heureuse d'avoir des ailes... Je serre les dents. Super heureuse. Je gonfle les joues, prête à imploser. Mieux vaut y aller mollo : je suis heureuse de la magie qui vit en moi.

Je peux me défendre, ce qui est fantastique. En réalité, la situation aurait pu être pire au vu des circonstances. J'ai des ailes... J'aurais pu avoir une bouche pleine de dents pointues et les ongles qui vont avec. Au moins, je n'ai pas trop changé d'apparence. La bouche noire et les ailes violettes, c'est plutôt stylé.

C'est dingue de se dire que je peux voler. C'est dément de voler... ou de s'écraser. Oh non.

La redescente suit toujours la montée. Je ne suis probablement pas prête pour cette étape.

— Emma, calme-toi. Tu es en sécurité, détends-toi.

John continue de caresser ma peau qui fourmille au

contact de ses mains. Il touche la membrane de mon aile gauche qui papillonne. Plutôt sensible, dis donc. Un ronronnement discret m'échappe, et je grimace aussitôt.

Clairement, c'était gênant.

John remonte ses mains vers mes épaules et enfonce son pouce dans un point qui me fait mal. Mes ailes sont extrêmement lourdes, mes épaules souffrent de ce nouveau poids. Sentir sa main me fait du bien et je m'autorise à apprécier ce moment. J'ai besoin de son aide et me laisser aller pour cette fois ne peut pas me faire de mal. J'inspire à pleins poumons son parfum où se mêlent forêt et linge propre. Mes épaules se détendent, mes ailes retombent et mon menton touche ma poitrine. Je me laisse aller, abandonnant ma peur. Je me pardonne la terreur que représentent mes ailes.

Intérieurement, je desserre le nœud autour de ma magie, cette boule magique qui s'accrochait inconsciemment en moi. Je lui permets de sortir.

La nébuleuse noire se déverse en moi, effleure ma peau. *Humaine...* Je me fixe sur cette pensée. La magie vacille et mes ailes s'évaporent subitement. Dieu soit loué.

— Bien joué, me félicite John derrière moi.

Il est parvenu à m'aider. Je m'oblige à m'écarter de ses mains qui n'ont pas quitté mes épaules. Dos à lui, je remets ma chemise à l'endroit.

— Merci, dis-je en m'empressant de me reboutonner.

Je me tourne et pose le regard sur lui en le remerciant une nouvelle fois.

— Je t'en prie, répond-il. Emma, pourquoi tu ne me regardes pas ?

Mon cœur s'emballe, mais je donne le change en haussant les épaules, l'air blasé.

— Je dois y aller, encore merci, bredouillé-je.

— Qu'est-ce que tu me caches ?

Mes yeux se rivent aux siens, et je manque de défaillir face à sa beauté. *Des âmes sœurs.* Il ne peut pas m'obliger à parler.

— J'ai deux journées entières à rattraper. Je dois rentrer, me changer et aller voir Bob.

Au fait, on est des âmes sœurs, bye bye ! Je lui lance un grand sourire tordu et lève les pouces pour faire bonne mesure. Puis je lui fais un au revoir un peu gauche.

Il me talonne.

— Parle-moi. Je veux savoir ce que tu ne me dis pas. Je te connais, Emma. Dis-moi ce qui ne va pas, je peux t'aider.

— Je n'ai rien fait de mal, m'écrié-je en me précipitant vers la porte.

Non, je ne veux pas me retrouver en plein interrogatoire avec lui. Je dois rentrer. Mon cœur bat la chamade et mes mains tremblent. L'odeur de la peur va finir par s'infiltrer dans ses narines lupines.

Je manque d'air. C'était une énorme erreur de venir ici.

— Qu'est-ce que tu caches ?

Il m'attrape par l'épaule et me fait pivoter de manière à me plaquer au mur. Son puissant avant-bras me bloque le passage et je m'étrangle en sentant son corps se presser contre le mien. Ma chemise et son T-shirt incarnent des barrières piètrement efficaces. On pourrait tout aussi bien ne rien porter. À chaque inspiration, ma poitrine se soulève contre son torse ; la friction me fait durcir les seins. Je sens mon visage s'empourprer de gêne à mesure que sa silhouette massive contre ma poitrine moelleuse me rappelle que je ne porte pas de soutien-gorge.

J'étouffe un gémissement mortifié.

Il relève mon menton pour se retrouver nez à nez avec moi et plonger son regard dans le mien.

— Qu'est-ce que tu me caches, Emma ? grogne-t-il.

Quelque chose vacille dans ses pupilles, une flamme.

Le cliquetis des chaînes.

Une vague de peur chasse brusquement la salve de désir qui m'emportait. Et tout à coup, il n'y a plus que la terreur... Elle vibre jusque dans ses doigts.

Je chancelle quand ses phalanges effleurent ma joue.

— Dis-moi ce que tu caches.

Je déglutis.

— Tu... tu me fais peur..., réussis-je à dire.

— Ce n'est pas ça.

Ses doigts descendent le long de ma gorge et se glissent derrière ma nuque pour envelopper ma gorge. Mon rythme cardiaque pulse sous ses doigts. Je suis incapable de dissimuler la crainte qu'il m'inspire.

— Tu es mon âme sœur.

Oh bordel de merde.

Mes yeux s'ouvrent en grand. Non, non, non... *Boucle-la Emma, pas un mot de plus*, me hurlé-je.

— Tu es mon âme sœur, répété-je, puisqu'une fois ne suffit pas. Tu le savais toi que les démons avaient des âmes sœurs ? Hilarant...

Un rire empreint de nervosité et d'embarras m'échappe.

— Enfin, si on en croit ce vieux bouquin poussiéreux... Personnellement, je ne suis pas convaincue.

Je tente de m'éloigner, mais John se rapproche davantage. Son regard devient lourd, intense, tandis qu'il incline la tête.

— Âme sœur...

— Non.

Seigneur, non. Je tourne la tête alors que John dégage une mèche de cheveux de mon visage et frotte son nez contre la veine qui bat à la base de mon cou, en humant mon parfum.

— Tu m'aimes sous ma forme animale... tu aimes Riddick, déduit-il doucement d'une voix basse, chaude.

Mes mains s'agitent lorsque j'essaie de le repousser en secouant la tête dans l'espoir de le faire taire.

— Ça ne peut pas être vrai..., dis-je tout haut en secouant frénétiquement la tête. Ce truc d'âme sœur...

John ne m'a pas contredite, alors lui aussi doit le sentir. La lueur admirative dans ses yeux me tétanise.

— Tu n'es pas assez bien... *on* n'est pas assez bien l'un pour l'autre. Le destin s'est trompé.

Règle numéro deux : Sois gentille.

— J'aime Riddick, en tant qu'ami. Et j'aurais pu t'aimer aussi, John, avoué-je d'une voix qui se brise.

Jouer franc jeu, ça craint.

— Tout en moi me pousse à t'aimer, pourtant je ne peux pas m'empêcher de questionner tes intentions dès que je suis avec toi. Même là, j'ai *peur* de toi.

J'ai touché un point sensible ; avec un profond soupir, il me laisse m'éloigner. Une ombre de mépris prend possession de son visage, mon cerveau pétrifié enregistre les moindres détails. La pulsation rythmique, presque imperceptible, dans sa jugulaire ; la raideur dans ses bras et ses épaules ; ses poings qui se serrent et se desserrent. Mon menton frémit et je garde la bouche fermée. Je ne peux pas le regarder dans les yeux ; ils sont d'une tristesse…

— Je ne veux pas te faire peur, Emma.

— Pourtant, c'est le cas, John. Qu'est-ce que l'amour sans confiance ?

Il ne m'aime pas, comment le pourrait-il ?

— Dans une autre vie peut-être, mais pas dans celle-ci. Je suis désolée, mais il y a trop de choses entre nous.

Je prie pour qu'il comprenne. Mes yeux embués cherchent son regard désormais vitreux.

— Je ne voulais pas t'imposer ça, ça m'a échappé. Je suis vraiment désolée. Oublie ce que j'ai dit, oublie-moi.

— Je ne vais pas renoncer à toi. Je vais te prouver qu'on peut être heureux, que je peux te rendre heureuse, murmure-t-il.

Il restreint l'espace qui nous sépare et ses grandes mains me caressent le visage. Je sonde son sublime regard vert.

— J'ai la guerre dans le sang, c'est elle qui m'a façonné. Les temps changent pour certains, mais pas pour moi. Je suis un guerrier dans l'âme, je ne suis pas indispensable ; j'ai fait la paix avec cette idée depuis longtemps. Mais je peux essayer de changer, pour toi.

Son pouce effleure ma lèvre inférieure, puis s'insinue dans ma bouche. Un goût salé envahit mon palais. Je me retiens difficilement de lécher la pulpe de son doigt.

— Tu es la première chose qui m'appartient.

Ses mots me brisent de l'intérieur et mon ventre se crispe. Ma tête retombe sur sa poitrine pendant que j'encaisse la douleur.

Merde, ça fait mal.

— Chose…, dis-je en posant la main sur son cœur.

Je me cale contre le mur pour m'écarter de lui. Le lien qui nous unit s'étiole. Les larmes que je retenais vaillamment me submergent.

— ... c'est exactement pour ça que ça ne peut pas marcher. Je ne suis pas ta *chose*, John.

J'essaie de relever le menton, mais ma tête est trop lourde. Mes lèvres s'étirent faiblement en un sourire. Un sourire brisé.

Je n'ai pas les épaules pour cet homme.

J'ai un mouvement de recul en voyant la lueur orangée se rallumer dans ses yeux.

Il me terrorise.

Règle numéro trois : Tu ne te mentiras pas à toi-même. Je ne suis pas assez forte. Je sais qu'il va me détruire, sans même essayer, sans même le vouloir.

Alors je pars.

Rien n'arrive par hasard. La douleur me transperce et je n'arrive plus à retenir les pleurs qui me déchirent.

Chapitre Trente-Deux

Je fais ce que j'ai l'habitude de faire quand je me sens mal :
je vais voir mon meilleur ami.

Bob-cob est grincheux. Il ne semble pas ravi de revoir
son humaine après des jours d'absence. Pour le calmer, je lui
donne un sachet entier de friandises à la menthe et passe
une bonne heure à le panser en m'attardant sur ses zones
préférées. Je l'emmène même en balade dans les chemins de
l'écurie au lieu de le monter au manège.

Quand nous rentrons de notre promenade, je le détache
et vais chercher une étrille. Je le laisse attaché à son box, la
selle perchée sur sa porte. Je reviens, brosse en main, en
flânant dans la cour, puis plisse les yeux quand Bob s'approche de sa selle.

— Bob..., l'avertis-je.

Il me lance un regard, puis il pousse du bout du museau la selle qui vacille. Je presse le pas.

— T'as pas intérêt...

Ses naseaux frémissent à nouveau et, cette fois, le coup est plus déterminé.

— Petit con, m'écrié-je lorsque la selle tombe par terre. Elle est faite sur mesure... pourquoi t'as fait ça ?

Je la ramasse et analyse les dégâts. Heureusement, elle s'en est sortie sans une égratignure.

Je le fixe d'un œil mécontent tandis qu'il me regarde à la manière d'un cheval innocent. Ceux qui disent que les chevaux ignorent la rancune n'y connaissent rien du tout. Bob semble se réjouir d'avoir remis les compteurs à zéro.

JE M'EMPARE de ma selle et de mon matériel de pansage, puis je vais m'asseoir sur une botte de foin dans la grange. Un rai de lumière réchauffe mon visage et la paille sèche s'enfonce derrière mes cuisses. J'ai nettoyé le box de Bob, qui a rejoint ses copains dans le pré. Le visage baigné de soleil, mon esprit s'évade pendant que je cire la selle sur mes genoux avec un chiffon.

— T'es vraiment passée à autre chose, hein ? demande une voix familière.

Je mets ma main en visière et plisse les yeux devant la lumière aveuglante.

— Sympa l'endroit... ça coûte la peau des fesses. Bob est trop gâté.

Enfin, je la discerne. Sam s'avance dans la grange.

Mes lèvres s'entrouvrent en la voyant. Elle fait tourner sa bombe dans ses mains en me regardant d'un air penaud.

— On peut dire ça, oui, fais-je pour répondre à ses questions.

Je baisse les yeux sur ma selle puis prends mon courage à deux mains.

— Tu m'as manqué, chuchoté-je.

— Sérieux ?

Elle fait un pas en avant.

— Je suis désolée, tu sais. À propos de tout ce truc de...

Elle grimace avant de mimer le coup de poignard dans *Psychose* avec la musique stridente culte.

— ... couteau dans le dos.

Fidèle à elle-même avec ses pitreries. Elle s'installe à côté de moi et me donne un petit coup dans l'épaule.

— Toi aussi, tu m'as manqué, marmonne-t-elle avec un sourire chagriné.

— C'est lui qui t'envoie ?

— Qui... le chien de l'enfer ? Oh non, je ne bosse pas pour lui, plus maintenant. Je viens de finir une séance avec le cheval d'un client et je t'ai vue ici toute seule, révèle-t-elle en jouant avec sa bombe. Qu'est-ce que t'a fait le chien de l'enfer ?

Je hausse les épaules.

— Ça va ?

— Ouais, ouais. Et toi ?

Sam hausse les épaules à son tour.

— Comment se porte Munchkin ? demandé-je.

— Comme un charme. La teigne apprend aux enfants à monter... C'est à mourir de rire.

Je roule des yeux. Saleté de vampire. Je parie que les

parents ne partagent pas son avis. J'imagine les pauvres grosses en train de s'agripper à Munchkin, par terre, en larmes, pendant que cette terreur essaie de les piétiner. Sympa le cours d'équitation.

Un silence naturel s'installe. Je passe un autre coup de chiffon sur ma selle tandis que Sam gratte un peu de boue incrustée dans son pantalon.

— Tu sais, tu ne peux pas me faire confiance. Je ne peux pas garder tes secrets.

Je tourne la tête pour la dévisager, étonnée. Waouh, plutôt direct.

— Tu sais quoi ? J'en ai marre d'avoir peur.

Je souris tristement et lui saisis la main en nouant mes doigts aux siens.

— J'en ai ras-le-cul de ce monde qui nous utilise et nous recrache. Pour survivre, les amis se retournent les uns contre les autres, les parents contre leurs enfants..., je m'interromps en lui serrant la main. Je ne veux plus avoir peur, mais je ne resterai pas sans rien faire. Je ne resterai plus sur le banc de touche... à pleurnicher.

J'affiche une mine dégoûtée. Emma la victime, c'est fini.

— J'aurais aimé que tu ne me balances pas, Sam. Mais tu as fait ce qu'il fallait pour survivre. Je te fais confiance pour jouer les mouchardes au minimum.

Je me trompe peut-être, mais c'est ce que me dicte mon instinct.

Je me demande si je dois lui parler de John, qu'on est des âmes sœurs... Mais je pense qu'il vaut mieux éviter. C'est intime. Et même si je dois en parler à quelqu'un, je ne manquerai pas de respect à John en déballant ça.

— J'ai des ailes, dis-je pour changer de sujet.

— Des ailes ? Putain... de quel style ?

Elle écarquille les yeux et, dans sa hâte, manque de me faire tomber en examinant mon dos.

— Du style démoniaque. Comme celles des chauves-souris, mais en pourpre.

— Tu me montres ?

Je souris en la voyant onduler les sourcils. Ça, c'est un truc que je peux partager avec elle. Je me lève en déposant ma selle contre la botte. Je desserre l'étau autour de ma magie qui répond ardemment à mon appel. La nuée noire se matérialise.

— C'est ta magie ? lâche-t-elle, les yeux exorbités. Bordel, j'ai jamais rien vu de pareil. Tu peux faire quoi ?

— Je suis comme toi : j'en sais rien.

Sam tente de capturer ma magie qui se dissipe chaque fois qu'elle s'en approche.

J'invoque mentalement mes ailes, et elle pousse un cri de surprise en se rattrapant de justesse à la botte grâce à ses réflexes de vampire.

Je glousse en m'autorisant un brin de fierté. Comme pour mes yeux, je me suis exercée à rentrer et faire sortir mes ailes avant de venir à l'écurie. Une fois que j'ai compris le système et que j'ai cessé de paniquer, c'est devenu aussi simple que de respirer.

Sam bondit sur ses pieds.

— Emma, elles sont incroyables, s'émerveille-t-elle. Oh...

Elle lève un doigt, puis fouille dans la poche de sa veste. Elle m'agite une boule de potion sous le nez.

— ... c'est une potion d'invisibilité instantanée pour qu'on passe inaperçues, explique-t-elle en tapotant ensuite son oreille. Si quelqu'un vient, ma super ouïe de vampire me le fera savoir.

Elle jette la potion par terre qui s'active en scintillant. Tant que je ne m'en approche pas, ça devrait aller.

— Les ailes ne bousillent pas tes fringues ?

— Oh ça ? Non, j'ai carrément oublié, grogné-je en me frottant le front. Je ne les ai jamais déployées en étant habillée.

Bon sang.

— Je dis pas non à une paire d'ailes, même si ça implique de se trimballer les nichons à l'air. Lance-toi.

Elle indique du menton un escalier bringuebalant qui mène à une sorte de mezzanine où on conserve le foin.

— Attends, une seconde...

Elle attrape sa bombe et me l'enfonce sur la tête.

— Allez vole, poulette, m'encourage-t-elle en me donnant une claque sur les fesses.

— Hein, voler ? Hors de question que je vole. T'as pété les plombs ?

Je secoue la tête tellement fort que la bombe tangue.

— Emma, t'as des ailes... À ton avis, elles servent à quoi d'autre ?

Elle me lance un regard entendu, puis me pousse vers l'escalier.

— T'es une démone, tu vas pas mourir.

J'avance vers l'escalier poussiéreux et, grâce à la main insistante dans mon dos, je commence à monter les marches. Le vieux bois grince, faisant vaciller tout l'escalier. Je jette un regard en arrière, ce qui me déséquilibre à cause du poids de mes ailes.

— Bon, je dois ranger ces machins avant de monter.

Ma magie obéit et mes ailes disparaissent.

Jusqu'ici tout va bien. Je progresse dans l'escalier en faisant attention.

— Ben ça alors, lance Sam derrière moi. On dirait que tu viens d'acheter ton haut, pas une déchirure. Visiblement, ta magie a raccommodé les trous laissés par tes ailes.

— Tant mieux, j'adore ce haut, m'écrié-je en poursuivant mon ascension hasardeuse.

Je pose un pied sur la mezzanine qui ne semble pas avoir vu un balai depuis des lustres. Des tas de poussière et des poignées de foin et de paille pourries crissent sous mes pas. Je fronce le nez en apercevant un rat mort. La pauvre petite bête est si raplapla qu'on dirait qu'elle a été passée au rouleau compresseur. Beurk.

Je me rapproche du bord et scanne la grange. Le sol semble à des kilomètres et l'angoisse me creuse le ventre. Jusque-là je n'ai guéri que des égratignures... mais des fractures ? Je ravale ma peur, doutant de pouvoir guérir une nuque brisée.

— Ça va mal se terminer, maugréé-je.

En réponse, Sam hausse les épaules en se frottant les mains, un sourire diabolique aux lèvres. Je lève les yeux au plafond.

— Je vais me casser la gueule, Sam, je crois pas que ce soit une bonne idée.

J'essuie mes mains moites sur mon jogging.

— Hé, j'ai une idée !

Elle disparaît puis revient avec une demi-douzaine de bottes de foin qu'elle défait pour les disposer afin de créer une piste d'atterrissage d'urgence : un crash mat. Très rassurant.

— T'as intérêt à tout ramasser et à les remettre en place après. Je veux pas me faire virer de l'écurie, la menacé-je.

J'ai droit à un majeur condescendant en guise de réponse.

— Faut toujours que t'en fasses tout un plat, madame Sainte-Nitouche. Vis un peu, merde !

Ou crève. Saleté de vampire, ce n'est pas elle qui va voler.

Mes ailes reparaissent en un instant. Je roule des épaules et m'échauffe avec quelques battements. Le mouvement crée un tourbillon d'air et la poussière de la mezzanine voltige autour de moi. Je ferme les paupières une seconde trop tard sur le grain de poussière qui me rentre dans l'œil. Je me mets à larmoyer en me demandant s'il me faut aussi des lunettes de protection. Je me frotte l'œil en papillotant à outrance.

— Vas-y, vole, beugle Sam.

Merci, Sam, tu m'aides vachement. Je réajuste sa bombe trop grande sur ma tête.

J'aimerais qu'on me rappelle pourquoi je suis montée ici déjà...

C'est exactement comme à l'époque où elle me poussait au saut d'obstacles. Un désastre, soit dit en passant. On comprend mieux ma préférence pour le dressage.

Pourquoi je m'inflige cette épreuve ?

Encore un truc à ajouter à ma liste intitulée « plus jamais » ?

— Attends, attends !

Mon cœur loupe un battement en entendant son ton urgent. Mes mains et mes ailes tremblent.

— Oh bon sang, quoi ? gueulé-je. Quelqu'un arrive ?

Sam cherche dans sa veste et dégaine son téléphone. Elle n'a pas intérêt à me filmer.

Elle touche l'écran de son téléphone, puis une musique part.

— Mais... c'est Top Gun ? lâché-je, incrédule.

Elle confirme avec deux pouces en l'air.

— Tu peux y aller. Décolle.

— Top Gun de mes deux, râlé-je en reculant le plus loin possible.

Parfois, le meilleur moyen d'apprendre est en se jetant à l'eau...

Je fais taire mon esprit, prends une grande inspiration et bats des ailes de toutes mes forces en fonçant droit devant moi.

— AAAAAH !

On peut dire que la chute a été plus rapide que la montée. J'atterris sur les fesses avec un craquement et une explosion de foin.

Aïe.

Sam se tient au-dessus de moi, avec un sourire idiot, et elle applaudit en sautillant.

— Parfait. Recommence.

— C'est vraiment nécessaire ? pleurniché-je.

Elle baisse le menton et prononce d'une voix de stentor :

— Pourquoi tombons-nous, Bruce ?

Une pause théâtrale.

— C'est pour mieux apprendre à nous relever.

— Batman ? grommelé-je.

Pourquoi je l'écoute encore ?

— J'adore cette réplique. Bon, encore... mais mets-y

plus d'ailes et moins de cordes vocales. Tu vas me filer la migraine.

— Menteuse. Les vampires n'ont pas de migraine, rouspété-je en me relevant péniblement.

Et c'est reparti. Mes ailes s'activent avec une frénésie délirante. Je suis incapable de dire si mes efforts me tiennent en l'air plus longtemps, mais je retombe aussi sec. J'atterris face contre paille, ce qui n'amortit absolument pas ma chute.

Je hais le béton.

Cerise sur le gâteau : la bombe se fiche sur mon nez et du sang se met à couler.

— Les ailes, les ailes, me commande-t-elle en imitant le papillon. Essuie-toi le visage et retournes-y.

Après une autre tentative infructueuse, je cesse de courir et reste immobile au bord de la plateforme. Ma respiration est difficile et même si mon nez n'est plus cassé, je sens qu'il est gonflé et bouché par le sang qui a séché. Je suis un hématome ambulant.

D'une certaine façon, rester au bord est pire que de courir pour sauter. Je ferme les yeux, bats des ailes en implorant l'aide de ma magie.

D'abord, j'essaie d'accélérer le battement, et quand je le sens, je donne de l'ampleur au mouvement. Je me concentre sur l'air que je brasse comme si j'étais dans l'eau en engageant chaque pli de mes ailes. Je m'imagine en train de nager.

Les yeux résolument fermés, je sens que... mes orteils décollent du bois.

Je flotte pendant une vingtaine de secondes en me servant de muscles dont j'ignorais jusqu'alors l'existence.

Mes ailes me font un mal de chien, puis mon corps retombe comme une pierre. Je pousse un cri victorieux.

Sam saute de joie, le visage étiré par un grand sourire.

— T'as réussi ! chantonne-t-elle.

— Putain, je l'ai fait. Je peux voler !

Radieuse, je retire la bombe de Sam et les brins de foin de mon visage et de mes cheveux.

— Bon, ça suffit pour aujourd'hui. Je dois y aller.

Elle me reprend la bombe de mes mains et s'en va, guillerette.

— On se refait ça, semaine prochaine ?

— Hé, et les bottes de foin ! lui rappelé-je.

Elle me fait un signe d'au revoir.

— Ouais, vaut mieux que tu les remettes en place. Je dois filer, un autre canasson m'attend. Je t'enverrai la facture pour le cours de voltige, glousse-t-elle.

Je retombe dans le foin en grognant.

— Au fait, Em, tu gères.

— N'importe quoi…, dis-je en me marrant.

Puis plus bas :

— … mais ça va venir.

CHAPITRE TRENTE-TROIS

Dix-huit ans plus tard

LES ANNÉES PASSENT en un clin d'œil.

Je claque la porte du taxi et fais un signe à la fille recroquevillée à l'intérieur. Elle semble encore sous le choc. Je hoche la tête en direction du chauffeur, le remercie de la main. Il me répond par un sourire avant de s'éloigner du quai de chargement. Quand le taxi disparaît au coin de la rue, je vérifie rapidement que je suis seule, puis je me transforme en *cette fille*.

Je l'imite à la perfection, de ses vêtements à ses cheveux. Ma magie est impressionnante. Même si j'enlève un vêtement, il restera réel pendant quelques heures avant de disparaître ; mon pouvoir est sophistiqué à ce point.

Pas étonnant que John en ait chié avec moi, au début.

Avec ce que je peux faire aujourd'hui grâce à la magie... pParfois, je me fais peur à moi-même.

C'est franchement flippant.

John... je soupire. Il est hors-monde depuis plus d'un an avec une escouade de chiens de l'enfer, et je ne l'ai pas revu depuis. Il s'est jeté dans le travail, multipliant les missions de plus en plus risquées, se mettant constamment en danger. John est devenu plus célèbre, plus redoutable que jamais. Je ne peux m'empêcher de penser que j'ai eu de la chance d'échapper à tout ça, mais au fond, une petite voix me souffle que c'est ma faute. Que j'ai étouffé la part de bonté qu'il avait en lui.

Et pourtant, chaque fois que je reste un moment sans avoir des nouvelles de ses frasques, j'éprouve malgré moi de la peur et de l'inquiétude. Je sais qu'il est un homme adulte, *un homme que j'ai repoussé*. Mais même si on ne parle jamais de « l'éléphant dans la pièce », il reste mon âme sœur. On est comme des aimants. Parfois, je surprends une lueur de douleur dans ses yeux verts, qui se reflète sans aucun doute dans les miens.

Ha, je suis mal placée pour lui jeter la pierre. Quand on n'est pas irréprochable, on évite de critiquer les autres. Or mes actions ne sont pas jolies-jolies. John n'est pas le seul à s'être jeté dans le travail. Tous les jours, je joue avec la vie des gens, et il n'y a rien de plus dangereux.

Sur cette joyeuse pensée... je me tourne et me faufile par la porte de secours dans l'arrière-boutique du magasin. La vendeuse, Penny, m'attend devant les cabines d'essayage comme une sentinelle vigilante. Elle a été ma complice ce soir, le temps que Jessica puisse s'échapper.

— Ils commencent à s'impatienter, chuchote-t-elle en tordant ses doigts.

Je lui offre un sourire rassurant et pose doucement une main sur son épaule.

— Ça va aller. Merci mille fois, Penny. Tu as été géniale. Je ne devrais plus avoir besoin de ton aide.

Je dispose d'un réseau de personnes que j'ai aidées au fil des ans et qui me doivent des faveurs. Je ne demande jamais grand-chose. Parfois, comme aujourd'hui, je demande simplement à utiliser l'issue de secours du magasin pour mettre quelqu'un en sécurité. D'autres fois, il s'agit de retarder un bus de deux minutes. De petites choses qui, ajoutées ensemble, constituent les pièces d'un puzzle complexe. Tout ça pour aider les autres.

Dans un monde rempli de monstres, je suis la lumière dans l'obscurité.

Mentalement, je pouffe et roule des yeux. Ha, quelle prétention ! *Je suis la lumière dans l'obscurité.* Heureusement que je n'ai pas dit ça à voix haute. Je récupère les fringues que Jessica a soi-disant essayées, ainsi que son sac à main.

— Oh, non, chuchote Penny à regret. Si jamais tu as besoin d'aide, demande-moi, d'accord ? Je suis ton alliée.

Ses grands yeux marron se remplissent de larmes et sa lèvre inférieure tremble.

— Ce que tu fais... ce que tu as fait... pour mon frère, pour moi... Je ne pourrai jamais te rendre la pareille. Alors tout ce que je peux faire pour toi...

Sa voix s'éteint dans un murmure tandis qu'elle hausse les épaules et essuie une larme rebelle d'un geste rapide. Impulsivement, je la serre dans mes bras.

— Je n'ai jamais rencontré une sorcière comme toi. Ta magie d'illusion est incroyable.

— Merci.

Je lui souris, sans corriger son hypothèse sur ma sorcellerie. Je laisse les gens penser que je suis une sorcière. Certains imaginent même que je suis une faë de haut niveau. Mais personne ne soupçonne la vérité : je suis une démone. Et je préfère que ça reste ainsi. Je ramasse la boule de potion d'insonorisation déposée par Penny. Elle s'effrite pour devenir de la poussière entre mes doigts et je me frotte les mains sur mon jean.

En sortant des cabines d'essayage, je manque de percuter le colosse métamorphe qui garde la porte.

— Madame Phillips, il est temps d'y aller, dit-il sèchement.

— Bien sûr. Merci, Briggs.

La voix qui sort de ma bouche n'est pas la mienne. Non, j'ai l'apparence et la voix de Jessica Phillips. Jusqu'à son odeur. Le métamorphe devant moi serait incapable de nous différencier.

Il m'a fallu du temps pour comprendre et maîtriser ma magie démoniaque. Se transformer en une autre personne exige de la finesse. Au début, si je n'y faisais pas attention, le résultat pouvait sonner faux, comme une illusion ratée. J'ai passé des jours à observer les gens, leur visage, leurs vêtements, leur gestuelle. Avec le temps, je suis devenue experte en imitation. Et quand j'ai découvert que je pouvais changer non seulement ma voix, mais aussi mon odeur, je suis devenue accro.

La satisfaction que je ressens en sachant que la vraie Jessica se trouve en sécurité et en route vers une toute nouvelle vie est addictive. C'est pour ça que je fais ce que je fais. Tout a commencé avec ma petite louve, puis il y a eu ma mère et la frustration de ne pas pouvoir l'aider. On n'a pas besoin de cogner ou de tuer pour être un héros. Parfois, il suffit d'utiliser ses dons de manière subtile et ingénieuse. Je suis une héroïne discrète et je me fiche que personne ne le sache. C'est même mieux ainsi. Chaque fois que j'agis, mon âme se sent plus légère.

Jessica, une demi-faë, avait attiré l'attention d'un sale type : Henry Phillips. Ce métamorphe félin, ancien membre du vieux conseil corrompu, ne supportait pas qu'on lui dise non. Depuis six ans, il entretenait une rela- tion forcée avec Jessica.

Personne ne sait ce qui se passe derrière les portes closes. Et quand il s'agit de créatures puissantes, surtout de méta- morphes influents, même si les gens soupçonnent que quelque chose ne va pas, ils ferment les yeux. Par peur. Ils se disent sûrement que ce n'est pas leur combat.

Quand un contact m'a informée de la situation de Jessica et m'a dit qu'elle avait besoin de mon aide de toute urgence, je n'ai pas hésité une seconde.

Je dois jouer le rôle de Jessica jusqu'à ce que je puisse disparaître sans la mettre en danger. Le temps presse, et Jessica s'apprête à franchir un portail pour l'Irlande dans moins de vingt-cinq minutes. Les métamorphes n'ont pas le droit d'entrer en Irlande. Ce pays est un sanctuaire pour les humains et les faës avec des règles strictes. Je suis donc confiante : Henry Phillips ne pourra pas la retrouver.

Et je ne me contente pas de lui faire franchir le portail. Je lui ai trouvé une nouvelle identité, un logement, un travail. Une fois qu'elle aura pris ses marques, elle pourra décider de ce qu'elle veut faire de sa vie. Pour la première fois depuis six ans, Jessica est libre.

Maintenant, à moi de jouer. Je dois distraire les gardes du corps de Jessica et Henry Phillips suffisamment longtemps pour qu'ils ne puissent pas incriminer ceux qui m'ont apporté leur aide aujourd'hui. C'est mon jeu préféré : « On me voit... on me voit plus. ».

Je suis le garde du corps, le dos bien droit, le menton levé, mais les yeux fixés sagement sur le sol, comme Jessica le ferait.

Je rends docilement les vêtements à une autre vendeuse.

— Juste le haut blanc, s'il vous plaît, dis-je, empruntant la voix douce de Jessica.

Henry Phillips adore le blanc. Grâce à mon amie hackeuse Ava, j'ai des yeux dans toute la ville et je m'en sers. La vendeuse acquiesce, et un autre garde s'avance pour payer en caisse. Jessica n'a pas le droit d'avoir son propre argent.

Une fois le paiement effectué, nous sortons. La clochette au-dessus de la porte tinte et nous nous retrouvons dans la rue piétonne bondée. Briggs me tient par le coude, et trois autres gardes, qui attendaient devant le magasin, rejoignent notre petit groupe.

Même si je passe la majorité de mon temps avec un autre visage que le mien, je sursaute toujours lorsque j'aperçois mon reflet dans la vitrine d'un magasin.

Comme une muraille vivante de muscles métamorphes, les cinq gardes m'entourent pendant que nous nous dirigeons vers la voiture garée plus loin. J'ai choisi ce magasin précisément parce qu'il est situé dans une zone piétonne où les voitures ne sont pas autorisées, et le quai de chargement à l'arrière du bâtiment constituait une échappatoire parfaite.

Quand nous atteignons l'avenue, où le trafic est dense et rapide, j'entre en scène.

— Oh, dis-je, me hissant sur la pointe des pieds pour regarder autour des gardes.

Je fais semblant de reconnaître quelqu'un de l'autre côté de la rue.

— C'est une amie d'école !

Je donne un coup de coude dans les côtes de Briggs, me faufile entre les gardes et m'élance dans la circulation. Le chaos s'ensuit, les voitures font une embardée pour m'éviter, les pneus crissent, les klaxons retentissent. Heureusement, il n'y a pas d'accident.

Le comportement erratique très inhabituel de Jessica laisse les gardes figés pendant une poignée de secondes précieuses. Je n'ai pas besoin de plus. Mes pieds touchent le trottoir de l'autre côté de la rue et je souris en me fondant dans la masse.

Je me précipite dans un grand magasin et traverse les rayons d'un pas rapide. Je fais un clin d'œil à une autre vendeuse complice, récupère mon oreillette sur une étagère et me l'enfonce dans l'oreille. Je peste intérieurement — ce serait tellement plus simple si la magie fonctionnait sur moi. Un sortilège de communication serait une aubaine. Je hausse les épaules. Malheureusement, utiliser la magie des autres n'est toujours pas dans mes cordes.

— Ils te cherchent à l'extérieur. Tourne à gauche, souffle Ava dans mon oreillette en me suivant grâce aux caméras de sécurité.

J'adore ce magasin, avec ses multiples sorties qui débouchent sur des zones commerçantes animées.

— Regarde en haut, sur ta gauche. Fais mine de te recoiffer... parfait... Jje t'ai sur cette caméra. Le bus est à l'arrêt, il partira dans trois...

Je monte dans le bus en montrant mon pass au conducteur.

— ... Deux...

Je m'éloigne des portes et me dirige vers le fond.

— ... Un.

J'empoigne la barre de sécurité alors que le bus s'insère dans la circulation.

— C'est bon, ils t'ont vue et te suivent.

Je m'installe sur une banquette et regarde discrètement autour de moi pour m'assurer que personne ne fait attention à moi. Une fois certaine que la voie est libre, je me penche sur le siège devant moi et glisse soigneusement le petit sac de Jessica, qui contient son téléphone, sous le siège. J'y laisse aussi le pass bus — daté d'aujourd'hui, sali, avec une empreinte de chaussure dessus. Comme si Jessica l'avait trouvé par terre. Quelle chance, n'est-ce pas ?

— Ils suivent toujours, deux voitures derrière, m'informe Ava alors que le bus passe sous le pont. L'arrêt de la gare est dans une minute. Tiens-toi prête.

Je me lève et marche lentement vers l'avant du bus.

Il est impératif de leur laisser une piste à suivre. Dans les jours et semaines à venir, l'ex-conseiller Phillips remuera ciel et terre pour retrouver Jessica. Il voudra mettre la main sur tous les indices de sa fuite. Personne ne doit être soupçonné de complicité. Le bus s'arrête et, après avoir poliment remercié le chauffeur, je m'empresse de descendre.

Je me faufile dans la foule qui s'agglutine autour des écrans d'affichage de la gare.

— Reste là... parfait, trois caméras t'ont captée... nickel. Regarde l'horaire. Le prochain train pour Londres part du quai six. Vas-y, vite, il te reste trois minutes, patronne.

Je traverse la gare en zigzaguant parmi les voyageurs. Certains traînent leurs bagages, d'autres discutent en tapotant sur leur téléphone. Quelques-uns, comme moi, filent à toute vitesse vers leur quai. Je grimpe un escalier qui surplombe les voies ferrées, puis redescends de l'autre côté.

Heureusement que Jessica a suivi mes instructions et porte des chaussures plates : courir en talons n'est clairement pas mon fort.

J'arrive sur le quai six au moment où le train entre en gare. Les portes s'ouvrent devant moi. Je me dirige vers le wagon le plus proche et monte à bord.

— C'est bon, la caméra du train t'a captée. À toi de jouer.

Je me glisse derrière une cloison, et lorsque je suis sûre que personne ne me regarde... je change d'apparence et descends du train.

Appuyée sur une canne, je tapote le quai en béton à chaque pas en marchant d'un pas traînant. Derrière moi, j'entends le bip-bip des portes du train qui se ferment, suivi d'un coup de sifflet du contrôleur sur le quai. Je tourne la tête juste à temps pour le voir faire signe au conducteur. Avec un sifflement, un cliquetis, et le grincement des roues, le train s'ébranle.

Trois immenses métamorphes dévalent l'escalier, juste à temps pour voir le train disparaître au loin. L'un d'eux attrape une poubelle et la lance contre le dernier wagon en poussant un rugissement de frustration. Les deux autres restent plantés là comme des abrutis. Les ordures s'éparpillent sur le quai et les rails. Je fronce les sourcils. Putain, je déteste qu'on jette des trucs par terre.

— C'est un train express pour Londres. Pas d'arrêt. Elle est coincée, grogne Briggs. On a trois heures pour aller la récupérer à l'autre gare.

Il se retourne et manque de me renverser.

— Regarde où tu vas, vieille bique, crache-t-il.

Il me dépasse à toute vitesse et fonce vers l'escalier, suivi de ses deux acolytes qui ne m'accordent pas un regard.

Je fredonne en continuant ma route vers l'ascenseur, ma canne tapotant le sol. Personne ne remarque la vieille dame qui clopine.

— Jessica a réussi, patronne, m'annonce Ava.

Un petit rire m'échappe. Boum, je brandis mentalement le poing de la victoire. Encore une journée qui finit bien.

Chapitre Trente-Quatre

Paniqué, Stuart me fait signe quand je sors du box vide de Bob.

— Emma, mille excuses ! On aurait déjà dû rentrer Bob pour le panser et le nourrir, mais il continue de nous filer entre les doigts. J'ai moi-même tenté de l'attraper, sauf qu'il refuse de me suivre...

Il se tord les mains en m'observant d'un air contrit. Je pince les lèvres pour ne pas éclater de rire. Bob a beau avoir vingt-huit ans, il est le même chenapan qu'à ses trois ans. Il devrait être plus facile à gérer en vieillissant, pourtant il semble devenir de plus en plus filou.

— Pas de problème, Stuart, je vais le chercher.

J'attrape son licol accroché à son box et me dirige vers le pré, suivie de Stuart.

— Comment va monsieur Brown ? souffle-t-il.

Mmh, monsieur Brown... Mon avocat maléfique et propriétaire de Bob. Voilà pourquoi je ne devrais pas mentir. Cela fait dix-huit ans que je suis obligée de jouer la comédie. À mon avis, l'absence de rides et mes apparitions intempestives ont permis à Stuart de déduire que je ne suis pas totalement humaine. J'ai inventé monsieur Brown dans le feu de l'action : un éminent avocat qui travaille d'arrache-pied pour aider autrui dans des procès contre la guilde.

Honnêtement, c'est mon préféré. Je raffole du bazar que je peux causer, du positif que je peux tirer en portant le visage de monsieur Brown. D'autres personnes gèrent la paperasse juridique ; après tout, je n'y connais rien, quoi-qu'en disent mes papiers d'identité. Cependant, je peux me la jouer grand leader quand le besoin se présente, un défen-seur des droits qui œuvre pour les faibles et les causes perdues.

— Les nouvelles lois vous causent-elle des problèmes ? continue-t-il, le regard pétillant.

Quelle commère. Je ris en secouant la tête et réponds avec sincérité :

— Oh, les législateurs se chargent de tout ça. Ma société fait ce qu'elle peut pour aider. En toute honnêteté, je veille à rester en dehors... c'est bien au-delà de mes compétences.

En tant qu'Emma, je travaille officiellement pour monsieur Brown comme assistante de direction et palefre-nière de Bob. Je vois ça comme une identité secrète à la Clark Kent. Je me rends tous les jours dans le bureau d'un avocat où je disparais pendant trois heures.

En réalité, je m'occupe de l'aspect pratique, épaulée des

meilleurs cerveaux pour aider le monde. Ils ne savent rien de mes pouvoirs ; à leurs yeux, monsieur Brown est leur patron et je suis son bras droit respecté de tous. Ils font leur boulot pendant que je passe mon temps à organiser le sauvetage de gens impossibles à aider par voie légale.

Je me tiens seulement au fait des diverses situations juridiques entre les espèces, car en cas de gros changements, les innocents peuvent être coincés.

D'ailleurs, il y a un chien de l'enfer sur lequel je dois garder un œil... C'est plus fort que moi.

Je souris, opinant de temps en temps, tandis que Stuart continue de piailler. En arrivant à la barrière du pré, j'appelle Bob. Aussitôt, il relève la tête et pousse un hennissement adorable que j'interprète comme « *Mon humaine est là* ». Il traverse le pré au galop pour me rejoindre. Le grand amour de ma vie.

— Alors Bob-cob, on a été vilain ?

Il effectue un dérapage en s'arrêtant devant moi, puis gobe deux friandises à la menthe dans ma paume. Je souris quand ses moustaches me chatouillent la main, et fronce les sourcils en apercevant de la boue incrustée sur son profil. Je lui frotte énergiquement la tête et l'oreille gauche pour enlever le plus gros, mais je suis récompensée en recevant un tas de boue en plein visage. Satisfaite, je lui passe son licol puis le conduis hors du pré.

Je glousse quand Stuart réprimande Bob qui baisse les oreilles en lui lançant un regard mauvais.

Je me retrousse les manches. Mon téléphone diffuse la radio locale et je me trémousse dans le salon. Je me trouve dans mon appartement au centre, une de mes planques. Hormis Ava et moi, et le peu de personnes qui utilise un refuge, personne ne connaît l'existence de ces lieux.

Arlo m'a légué un sacré pactole, et la façon dont je le dépense me fait doucement rire. S'il voyait ça, il serait hors de lui. En règle générale, je choisis d'investir dans des immeubles pleins de jeunes, de gens de passage qui ne remarqueront pas les nouveaux arrivants. Il est rare que j'utilise des maisons ; une maison vide se repère plus aisément. J'ai une douzaine d'appartements de ce genre dispatchés dans tout le pays, et je fais en sorte de ne pas utiliser le même plus de deux fois par an. Parfois, quelqu'un y emménage et cela devient sa résidence. Grâce aux compétences de hackeuse d'Ava, il faut quelques secondes pour dissimuler toute trace administrative et garder l'appartement secret.

J'accède aux refuges par ma porte d'entrée afin d'éviter d'être suivie et qu'on les relie à moi.

Je suis ravie, l'appartement est impeccable. Je l'ai meublé pour qu'on s'y sente bien. Une garde-robe unisexe — comme je ne viens pas uniquement en aide aux femmes — proposant plusieurs tailles, des provisions et des produits de toilette. Je ne crois pas qu'on occupera cet endroit dans l'immédiat, mais au moins il est opérationnel.

Un gros boum retentit derrière moi et la porte tremble. J'ai le temps d'arrêter la musique, envoyer un texto à Ava, mettre mon téléphone sur silencieux et le fourrer dans ma poche avant que le verrou saute.

Je penche la tête alors que trois vampires s'engouffrent

dans l'appartement. Je lève un sourcil interrogateur. Que veulent ces nigauds ?

— Ma porte, m'écrié-je en agitant les mains vers ma porte qui gondole. On vous a jamais appris à frapper ? Pourquoi vous l'avez défoncée ?

Au moins, la porte en elle-même n'est pas endommagée. C'est quoi ce bordel ?

Sans rien dire, l'un d'eux se jette sur moi. Ses mouvements sont imprécis quand il cherche à me frapper au visage. Quel manque de classe. Scott serait mortifié par cette technique et cette allure affreuses. Je fais un pas de côté et lui colle un direct dans le rein. Vampire ou non, ça a dû faire mal. Je lui fous une béquille dans les genoux et il s'écroule dans un bruit sourd.

Je recule en l'observant d'un œil désapprobateur tandis qu'il se tortille au sol. Je rive mes yeux sur ses amis qui, heureusement pour eux, ne sont pas aussi téméraires. Je hausse un sourcil, croise les bras et tape du pied, attendant une explication, qui a intérêt à être bonne.

— C'est elle ? dit un grand blond dégingandé coiffé avec la raie de côté.

— Ouais, c'est cette garce diabolique. Notre patron voudrait te parler. Suis-nous, répond son acolyte.

Mon front se plisse. Si je n'avais aucune empathie et que j'étais un démon normal, je lui ferais sauter la cervelle pour son langage de charretier.

Le mufle est plus costaud, il a une carrure d'athlète et les cheveux coupés ras. Les trois affreux portent des tenues de combat bas de gamme. Le pantalon du grand s'arrête à mi-mollet, dévoilant ses chevilles ; j'entrevois un éclat de peau entre son pantalon et ses rangers. Il me lance un regard mauvais quand il remarque que je le détaille. Je lui adresse un rictus narquois, puis reporte mon attention sur le mufle porte-parole.

— Pour commencer, je ne *parle* pas à ceux qui envoient leurs sbires dégommer ma porte. Sans moi, merci.

Ces abrutis vont payer la serrure.

— T'as pas le choix, petite conne.

Le mufle enfonce sa main dans sa poche et sort un taser magique.

— Viens sans faire d'histoires. Ça peut se passer en douceur, comme à la dure.

Il agite le taser et je lève les mains.

Je n'ai pas franchement envie de me prendre une décharge aujourd'hui. Parfois, ils sont simplement magiques et leur effet me glisse dessus ; d'autres fois, ils peuvent envoyer une décharge d'électricité. Un peu comme dans les dessins animés où l'on voit le squelette d'un personnage se faire électrocuter... Un squelette éclair. C'est comme ça que je m'imagine chaque fois qu'on me tase. Ça fait mal aux dents.

— Avant de partir, on doit confirmer ton identité, déclare le grand en faisant un pas en avant. Pose ta main sur la tablette. On va prélever ton empreinte digitale et une goutte de sang pour le référencement ADN, explique-t-il d'une voix neutre.

— Je peux pas toucher à ça, dis-je en levant davantage les mains.

Si je la touche, elle va imploser.

Je sens la magie qui émane de l'appareil. Un savant mélange de magie et de technologie. Ça ressemble aux tablettes de l'hôpital, une contrefaçon de celles de la guilde.

Le vampire qui tient la tablette ignore mes protestations et m'attrape la main. Sa poigne ferme m'arrache presque le bras, mes pauvres petits os s'entrechoquent douloureusement.

Je grimace lorsqu'il plaque violemment ma main sur l'écran. Au bout de quelques secondes, on entend un bip, puis une odeur de roussi. Une volute de fumée s'échappe de la tablette et un bip pitoyable signale que celle-ci est morte.

— Hein ? Tu l'as fait exprès.

— Mais non. Je vous avais prévenus, je me défends en lui faisant un grand sourire, l'air innocente. C'est vous qui avez collé ma main sur ce machin.

Petit à petit, son visage affiche une mine horrifiée et sa main qui tient encore la tablette cassée commence à trembler. Manifestement, la réalité a fini par le rattraper ; il a compris que je suis un démon.

Le vampire K.O. — que je surnomme ironiquement « le Maître du Kung Fu » — grommelle et se remet debout.

Oh, il veut encore en découdre.

Il se secoue comme un chien mouillé, puis un éclair féroce traverse son visage. Avec un cri de guerre peu convaincant, cet imbécile tente de me charger.

Je lève les yeux au ciel en l'esquivant, puis le cogne cette fois à la glotte. Les yeux comme des billes, il porte les mains à sa gorge en s'étranglant et retombe au sol, tout rouge. Je grimace en entendant le craquement de ses genoux.

— Vous l'avez déniché où cet empoté ? demandé-je en le fixant, perplexe.

Malgré les années de pratique, je ne dirais pas que je suis un génie au corps-à-corps, mais je suis assez efficace. Je passe une main dans mes cheveux. En fait, je n'apprécie pas de blesser les autres. Mais si j'y suis forcée, je le fais. À côté de notre Maître du Kung Fu qui se tortille à nos pieds, je suis carrément une ninja.

— C'est un homme de main lamentable.

Je me retourne et grimace en voyant le regard que le Taseur me lance. J'espère qu'il n'a pas la détente facile. Je lui adresse un sourire désolé en levant les mains.

— Hé, vous ne pouvez pas me punir parce que je me suis défendue.

— C'est mon frère, grince-t-il.

— Ah, ça craint, constaté-je en regardant à nouveau la porte.

Il fait un signe de tête à l'autre vampire, qui me contourne soigneusement et dégaine un bracelet anti-magie en plastique utilisé par la guilde. Eh ben, on a amené tout l'attirail aujourd'hui. Je lui tends mes mains sur lesquelles il fait claquer, d'un geste tremblant, le bracelet qui se serre autour de mes poignets. En principe, cela devrait affaiblir ma magie, la drainer. Ce joujou est très utile quand on doit arrêter une créature magique.

Je n'ai pas le cœur à leur avouer que cela ne fonctionne pas sur moi. Oups.

Les deux affreux reculent et m'observent attentivement. Apparemment, ils s'attendent à ce que quelque chose de terrible se produise. Pourquoi pas un bon vieux coup de boule ? Le troisième est encore en train de geindre comme un vermisseau par terre. Je leur souris de toutes mes dents en tapant du pied. Le temps passe, il va falloir enclencher la vitesse supérieure. Je ne vais pas passer la journée à me faire kidnapper.

— Pourquoi ne s'est-elle pas transformée ? souffle le grand du coin de la bouche.

Son pote me fixe, désemparé.

— J'en sais rien, répond-il avec un haussement d'épaules.

Je cale une mèche derrière mon oreille.

— C'est ça, mon apparence, dis-je en écartant les mains pour souligner l'évidence.

Je me frotte la bouche pour cesser de sourire. Ils sont déboussolés, c'est trop mignon.

— Vous vous attendiez à autre chose ?

— Je ne pensais pas que t'étais si mignonne, marmonne le grand.

— Ah, merci.

Je le prends comme un compliment. Au moins, il ne cherche pas à être flippant.

— C'est toi le chef ? questionné-je pour les remettre sur les rails.

Leur expression d'ahuris commence à me mettre mal à l'aise. J'ai déjà décidé d'aller avec eux. J'ai besoin de réponses… Comment ont-ils trouvé cette planque ? Comment savaient-ils que je serais là ? Cela n'aurait jamais dû se produire et je dois boucher la fuite. Pas seulement pour moi, mais pour les personnes qui comptent sur moi.

Et quelque part, tout ça me fascine, alors je joue le jeu. Je dois savoir *qui* s'est dit que venir me kidnapper était une bonne idée…

— Oui, ça fait un moment que notre patron est à ta recherche, révèle le Taseur.

J'aime bien les combats gentils contre méchants, et leur patron n'a aucune idée du bourbier dans lequel il s'est fourré. D'ailleurs, je n'ai jamais combattu sous ma véritable apparence. Je suis un piège ambulant. On pourrait croire que je suis une proie facile... Ce qui est loin d'être le cas.

— Terry, les caméras, ordonne-t-il au grand qui court exécuter ses ordres.

Un malaise m'envahit lorsqu'il récupère de minuscules caméras disposées aux quatre recoins de l'appartement. Il y en a partout. Fais chier. Ça veut dire que quelqu'un m'a vue essayer de twerker. C'est la faute de Sam, c'est elle qui m'a appris !

Je doute que ce soit le seul endroit compromettant... Merde, j'avais vraiment pas besoin de boulot en plus. Au moins, je sais comment ils ont su que j'étais ici.

Le Taseur m'escorte sans cérémonie hors de l'appartement.

Ces types ont regardé trop de films.

Le Maître du Kung Fu tente désespérément de m'intimider en me bousculant sans cesse, la mine patibulaire. Quand il me pousse contre la voiture et que je me cogne la hanche, je perds mon sang-froid. Je pivote et lui envoie une calotte sur le crâne.

— Arrête ça de suite, espèce de crétin. La prochaine fois, je t'arrache le bras, le menacé-je en le pointant du doigt.

Il a le malheur de me grogner dessus. S'il me remontre les crocs, je les lui fais sauter un à un.

Il l'aura voulu. Mes yeux virent au noir.

Les siens s'écarquillent de stupeur, puis il regarde mes poignets et le bracelet anti-magie.

Il titube en arrière, hagard, et me fixe comme un poisson rouge. Son corps tout entier tremble et il baisse les yeux en signe de soumission.

— Tu vas te faire tuer comme ça, sifflé-je. Réfléchis avant d'agir. Maintenant, monte en voiture.

Je le pousse pour faire bonne mesure et il se dépêche de monter à l'avant.

Je glisse à l'arrière de la voiture en levant le nez vers la caméra de surveillance en hochant la tête.

— Retrouve-moi, articulé-je.

Chapitre Trente-Cinq

— Ses pupilles… elles sont noires, c'est pas bon… elle va nous faire la peau, panique le Maître du Kung Fu en se balançant d'avant en arrière sur le siège passager.

— La ferme, Matthew, tu me fais mal au crâne, le rabroue son frère Taseur.

Assise à l'arrière de la voiture de Terry, j'ai le sentiment d'être une brute épaisse. Je n'ai pas voulu le terroriser.

Je gigote un peu. Bon, en fait, si… mais pas à ce point.

Le voyage se déroule dans un silence bienvenu pendant trente minutes au cours desquelles le Maître du Kung Fu ne parvient pas à rester en place. Au moindre de mes gestes, tout son corps tremble nerveusement, en particulier ses jambes.

Je lève les yeux lorsqu'on arrive devant une boîte de nuit qui m'est familière. Cet endroit a subi de nombreuses rénovations au cours des années. Son propriétaire s'est fait plutôt discret. Je savais que ce n'était qu'une question de temps avant que le sang-pur ne parte à ma recherche.

Toutes mes tentatives pour extraire ma mère de ses griffes ont échoué. Résultat des courses ? Ma relation avec elle n'a jamais franchi le stade du rapport courtois. Je ferme les yeux une seconde, souffrant encore du rôle qu'elle a joué dans ma vie. Le mystère entourant le fait qu'elle m'a vendue au démon entrave notre relation mère-fille inexistante.

Ma nature méfiante et les mots de John, qui trottent dans un coin de ma tête, ne m'ont sans doute pas aidée à lui accorder le bénéfice du doute. Je lui ai posé des questions ; j'ai mis le sujet sur le tapis une paire de fois au fil des années, mais elle ne m'a jamais répondu. Soit elle changeait de sujet en vitesse, soit elle fondait en larmes. Au final, c'est moi qui me coltinais le rôle de la méchante. Personne ne souhaite faire pleurer sa mère. Alors j'ai lâché l'affaire.

Je présume que j'aurais pu la forcer à le quitter. Mais dans ce cas, je n'aurais pas valu mieux que les tarés contre lesquels j'ai combattu. Il y a une leçon que la vie m'a rapidement apprise : on ne peut pas aider quelqu'un contre son gré. On ne peut aider que les personnes qui désirent aller de l'avant. Sinon, c'est une perte de temps, pour tout le monde.

La boîte de nuit est fermée, c'est lundi. Je descends de la voiture en bâillant et en m'étirant. Le Taseur me fait traverser la rue avec une main sur mon épaule alors que son frère, traumatisé, disparaît.

On dépasse un groupe de vampires désœuvrés qui font le guet à l'extérieur. Ils ont le regard de combattants d'élite, sans dégager l'aura menaçante des professionnels. Il faut dire que leur uniforme rouge flashy ne joue pas en leur faveur. Je les compte en silence, puis abandonne en arrivant à douze. Accepter de rendre visite à Lord Luther Gilbert n'était peut-être pas l'idée du siècle...

Nous montons des escaliers puis arrivons devant une porte estampillée PRIVÉ. Le Taseur l'ouvre en grand sans frapper et me pousse à l'intérieur.

Je suis aveuglée par la couleur rouge omniprésente. Le carrelage rouge luisant me renvoie un reflet peu flatteur — différentes versions de moi-même déformées et flippantes. Je me retiens de faire la grimace ou de tirer la langue.

Je détache le regard du sol pour examiner le reste de la pièce. Je plisse le nez devant le manque de goût de la déco. Tout est rouge : les rideaux, les murs, les stores, les meubles. Tout sauf sensuel et naturel, ça fait kitsch. Ringard, quoi. C'est comme si le décorateur d'intérieur braillait « les vampires sont dans la place ». Ouais, on dirait qu'un vampire a dégobillé partout.

Mes pieds crissent sur les carreaux, et après un coup de Taseur dans le dos, nous continuons vers le coin salon situé au centre de la pièce.

— Il ne manque plus que la fontaine de sang, marmonné-je.

Le Taseur grogne pour signifier qu'il m'a entendue.

La baie vitrée intérieure qui donne sur la discothèque est le seul point de rupture avec le rouge oppressant. Ce sont sûrement des vitres teintées, ou un miroir sans tain. Je ne me souviens pas de ces miroirs lorsque j'étais venue dans le club... Mais c'était il y a plus de dix-huit ans.

Le Taseur me garde à l'œil, puis se met à paniquer lorsque je décide de prendre place sur un fauteuil en cuir rouge inconfortable. Hors de question que je reste debout comme les autres ; on peut très bien attendre l'arrivée du sang-pur en étant assis.

Quand le maître de maison — enfin, de la boîte — daigne nous honorer de sa présence, je l'accueille avec un sourire las. Les vampires appellent leurs collectifs des *Maisons* dirigées par un chef de sang pur ; la Maison règne sur les petits clans de la région. Finalement, j'avais peut-être vu juste avec le « maître de maison ».

— Bonjour, Luther, salué-je avec un signe de main.

Je me lève et cherche par-dessus son épaule ma mère qui est absente. Il est venu seul, flanqué de trois gardes et du Taseur.

— Ma mère n'est pas dans le coin ? dis-je gaiement en me laissant retomber sur le siège.

Je me cogne le coude contre le bras du fauteuil. Je fronce les sourcils en le frottant avant de donner un petit coup au mobilier. Ce serait pareil si j'étais assise sur du bitume. À quoi pensait le décorateur, sérieux ? Les vampires n'ont sans doute aucune sensibilité au niveau de leur posté-rieur ou du bas du corps. Une telle dureté relève de l'exploit pour un objet sur lequel on est censé s'asseoir. Clairement, on a négligé le côté moelleux — et esthétique — lors de la conception.

— Emma, répond sèchement Luther.

Je lève les yeux pour rencontrer son regard courroucé. Il analyse ma position avachie qui trahit mon indifférence. À quoi s'attendait-il ? De la peur, des sanglots ? Ça fait long-temps que ce n'est plus pour moi.

— Pourquoi suis-je là ? demandé-je en bâillant sans vergogne.

Il faut vraiment une fenêtre pour permettre à l'air de

circuler. L'odeur de renfermé et de pourriture émanant des vampires engendrés me donne mal à la tête. Je me frotte les tempes.

Les vampires engendrés empestent le cadavre. Je ne l'avais pas remarqué autrefois, mais au fil des années, mes sens se sont aiguisés. Pas étonnant que les métamorphes à l'odorat délicat retiennent leur respiration en présence des vampires ; ils schlinguent.

— J'ai pris mon mal en patience, attendant le moment où tu serais la plus vulnérable. Je suis un homme patient. Comme il est bon d'avoir l'éternité à portée de main...

Ouais, t'es immortel, comme nous tous. Ça me fait une belle jambe.

Avec un soupir exagéré et une moue forcée, il inspecte ses ongles. Mon cœur se serre, car en cet instant, il me rappelle Arlo. Ou du moins, une piètre version de lui. Arlo aurait eu plus de panache dans son discours de méchant. Luther sourit, mésinterprétant l'accélération de mon rythme cardiaque.

— Une opportunité s'est présentée et j'en ai profité. J'ai opté pour une approche plus directe aujourd'hui, comme ton toutou de l'enfer est hors-monde et n'est pas là pour te sauver.

Je pince les lèvres puis me renfonce dans le fauteuil.

Jamais, au grand jamais, je n'ai été une damoiselle en détresse. Je suis une combattante, pas nécessairement physique, mais cérébrale. L'esprit est la meilleure arme. Je ne suis pas une princesse qui attend le prince charmant. Pense-t-il que j'aie besoin de John pour me sauver ? Quelle question... Évidemment.

Je toussote pour masquer mon rire.

— Tu as décliné mon offre et essayé de me voler mon jouet favori.

Il interrompt son inspection manucure et me fusille du regard. On dirait que quelqu'un est piqué.

Je lève un sourcil circonspect et hoche légèrement la tête.

— Comment va ma mère ? demandé-je sur le ton de la conversation. Je ne lui ai pas parlé depuis un moment.

— Elle veut que tu rejoignes le clan. Ma Maison t'a offert protection et tu as dédaigné mon offre généreuse.

Je lève les yeux au ciel tandis qu'il se lance dans une diatribe.

— Sais-tu combien de fois j'ai offert protection dans ma vie ? Pourtant, tu l'as balayée d'un revers de main.

Ses chaussures cirées claquent devant moi sur le carrelage et sa voix devient plus forte.

Je l'agace apparemment. Je considère cet effet que j'ai sur certaines personnes comme un don.

— Ta place est avec moi. Tu fais désormais partie de ma Maison, décrète-t-il en pivotant pour marcher droit sur moi.

— Comment m'avez-vous trouvée ? demandé-je nonchalamment en caressant le cuir du fauteuil.

Mon pouls est stable, mon corps détendu. J'ignore ses mots accusateurs ainsi que ses déplacements. Il n'y a rien de plus horripilant pour un sang-pur que l'absence de peur ou une attitude décontractée. Ils adorent le tralala des courbettes et vrillent si on ne leur lèche pas les bottes.

— Notre système informatique nous a appris que ton appartement avait été acheté anonymement. Nous avons placé les résidents de l'immeuble sous surveillance, puisque certains du clan sont devenus...

Ses yeux rétrécissent et ses lèvres se retroussent.

— ... difficiles. Il y a une cheffe des rebelles dans le lot qu'on garde à l'œil. Mon équipe de sécurité m'a signalé la vente de ton appartement et placé des caméras partout. J'ai été agréablement surpris de te voir franchir le seuil aujourd'-hui ; mon équipe m'a immédiatement informé. J'ai pris ça comme une opportunité de l'univers et j'ai envoyé mes hommes les plus fidèles te chercher.

De toute évidence, Ava et moi sommes passées à côté de ce problème vampirique. Un oubli de taille, mais compré-hensible, étant donné que la politique entre créatures magiques est extrêmement compliquée ; ce n'est qu'une petite affaire de vampire. À l'écouter, je n'ai aucune raison de m'inquiéter pour les autres refuges...

Il va falloir que j'aie un petit mot avec cette cheffe des rebelles... Quiconque est disposé à mettre un sang-pur en rogne a sûrement besoin de mon aide. Comme on dit dans le jargon : les ennemis de mes ennemis sont mes amis.

— Un coup de fil aurait suffi. Stalker et kidnapper, c'est franchement cliché, Luther.

Paf. Mon visage encaisse un revers du sang-pur. Le coup résonne dans toute la pièce.

— C'est *Lord Gilbert*. Je ne t'ai pas autorisée à m'appeler par mon prénom. Apprends le respect, siffle-t-il.

Ma bouche se remplit de sang. Je ne l'avais pas vu venir... Plutôt rapide.

Je le regarde en clignant lentement des yeux, lève la main pour essuyer le sang sur ma bouche et mes dents. Je jette un œil à ma main maculée de la preuve de sa colère à mon égard. Je penche la tête jusqu'à ce que la teinte vert foncé de mon sang capte la lumière.

Lord Gilbert recule et les gardes présents marmonnent. Il me lance un regard soupçonneux.

— Vert ? lâche-t-il, stupéfait.

J'incline la tête, amusée. Je l'observe tandis qu'il essuie sur son pantalon de costume la main avec laquelle il m'a giflée.

— Démon, grogné-je.

Il sait que je suis à moitié démon. Pourquoi feindre la surprise ?

Je lèche ouvertement le sang sur mes lèvres, et les siennes se retroussent dans une mine dégoûtée à peine contenue. Un frisson le parcourt, incapable de dissimuler sa répulsion.

La rumeur au sein des gardes enfle. Mon sang n'a pas de goût particulier pour moi. En revanche, pour un vampire, mon sang verdâtre de démone a un goût de chiotte.

Cette couleur n'est pas apparue du jour au lendemain. Mon sang s'est tacheté de paillettes vertes, puis la couleur s'est assombrie au fil du temps... Mais je fais avec. J'ai des ailes, je peux voler et même me transformer en mouche... J'en ai déduit que cela ne servait à rien de paniquer sous prétexte que mon sang n'était pas rouge.

Ma langue glisse sur ma lèvre ; la blessure est maintenant refermée. C'est comme s'il ne m'avait jamais frappée. Dommage que je ne puisse pas en dire autant des hématomes ; il va falloir un moment avant que ma joue dégonfle. Il ne sait pas à qui il s'en est pris.

La confusion grandit à vue d'œil sur ses traits alors qu'il épingle son regard à mes lèvres, à la recherche des traces de la gifle. Puis il secoue sa tête blonde avec dédain, choisissant d'ignorer son instinct qui doit certainement le ronger.

Tout ce qu'il voit, c'est la petite fille qu'il a vendue.

— Tes petits tours démoniaques me laissent froid, lance-t-il avec mépris. Cela fait des années que je t'observe. Je voulais découvrir ce que tu étais capable de faire à la seule force de ta volonté. Et pour être honnête, Emma, je ne suis pas impressionné. Un poste dans un cabinet d'avocats ? Quelle déception, ricane-t-il en se mettant à marcher.

Je lis en lui comme dans un livre ouvert ; il se met en mouvement pour s'éloigner de moi. Mon attitude désabusée et la couleur de mon sang l'ont déstabilisé. Je m'efforce de ne pas sourire lorsqu'il entame un grand discours sur mes échecs. Je passe à côté de la moitié de son speech, mais on s'en fiche. On dirait un papa qui me fait la morale, à côté de la plaque.

Pour la énième fois, je me demande quel genre de personne je serais devenue si cet homme s'était chargé de mon éducation ; si j'étais restée auprès de ma mère ; si j'avais vécu au milieu des vampires... Les paroles de John me reviennent en mémoire : *Les vampires détruisent la faiblesse, Emma.* Mon ventre se noue lorsque je prends conscience qu'ils auraient pu me tuer ou me transformer en une personne méconnaissable.

— Gardes, crie-t-il.

Pourquoi ne parle-t-il pas d'une voix suave typique des vampires ? C'est un sang-pur, il devrait savoir qu'il est inutile de hurler pour que les siens l'entendent.

Je me suis renseignée sur lui. Il est censé se situer en haut de l'échelle, le sommet hiérarchique — dans ce domaine en tout cas. Pourtant, il se comporte comme un abruti. On comprend mieux pourquoi ses hommes sont aussi impulsifs et mal entraînés : toute sa Maison part à vau-l'eau.

L'un des vampires d'élite s'avance. Sans l'odeur et les murmures choqués de tout à l'heure, j'aurais oublié que je n'étais pas seule avec Luther. C'est à cause de cet uniforme rouge criard, tout ce ton sur ton, qu'ils se fondent dans le décor.

— Dominic, conduis Emma à la salle blanche.

Je soupire en comprenant qu'on me congédie.

Un garde vêtu d'un uniforme poli rouge — Dominic donc — s'incline respectueusement face à lui. Lorsqu'il se tourne vers moi, je me dis qu'il a plutôt l'air d'un zombie. Ses yeux sont vides et dépourvus d'expression. Ça fait froid dans le dos. Il me signifie d'un geste sec de le précéder.

Je me lève de ma chaise de torture en cuir en m'étirant pour me dégourdir. J'ai l'impression qu'on me transperce les cuisses avec des aiguilles. Je fusille le fauteuil du regard et me frotte le derrière qui reprend sa forme normale. Bon sang, j'ai l'impression que tout le bas de mon corps se remet en place.

— Nous parlerons demain. En attendant, tu peux passer le reste de la journée à réfléchir sur ton attitude. Demain, nous parlerons de ton nouveau rôle au sein de ma Maison.

Je hausse les épaules sans grande conviction.

Cela ne me concerne pas, je compte avoir levé les voiles d'ici une heure. J'ai toutes les informations qu'il me faut.

Chapitre Trente-Six

La salle porte bien son nom, tout est blanc. Jusqu'à l'étouffement. Je passe une main sur mon visage en grommelant. Génial, je vais foutre des traces partout. Plus j'essaierai d'éviter de tacher, pire ce sera. C'est mon karma ; dites-moi de manger proprement, et je deviens un désastre ambulant. Mon visage se crispe, je rate ma bouche et je finis par éparpiller des miettes partout ou renverser mon verre. Pas exprès, bien sûr. Mais plus j'essaie de me contrôler, plus ça part en sucette.

Argh. J'ai nettoyé mon appart dans cette tenue. Un démon comme moi, forcé de rester dans une pièce entièrement blanche ? C'est de la torture. Pas très loin du supplice de ce foutu fauteuil rouge. Je retire mes bottes et les laisse près de la porte. Même si je suis enfermée ici, je ne vais pas oublier mes bonnes manières. Je pense au pauvre bougre qui devra nettoyer derrière moi.

En chaussettes, je traverse l'épaisse moquette blanche et observe la pièce. Pas de fenêtres. La porte, elle, est un bijou de sécurité : un mélange de haute technologie et de magie infusée, avec une barrière protectrice qui bourdonne dangereusement au-dessus. Je tapote le mur le plus proche. Ça résonne métallique. Ah, des murs blindés, charmant. Il y a un grand lit blanc et une autre porte qui mène à une salle de bains attenante.

Je bâille. Aucune idée de ce que je vais faire au sujet de ce foutu sang-pur. Je ne peux pas le laisser s'en tirer comme ça, mais je ne peux pas non plus le tuer. Ce serait signer mon arrêt de mort. Surtout dans leurs jeux politiques à la con. Tuer un sang-pur, c'est comme tuer un roi.

Flash-flash. Flash-flash. Je lève la tête et repère la lumière rouge qui clignote sous la caméra de sécurité. Un petit rire me monte dans la gorge. Je me détourne rapidement pour éviter que le planton qui surveille la caméra n'aperçoive mon grand sourire.

Avec un soupir théâtral, je me laisse tomber sur le lit et j'enfouis ma tronche dans les oreillers. Et là, ça me prend. Un fou rire irrépressible. La situation est tellement ridicule.

Quiconque regarde le flux vidéo verra mes épaules trembler et pensera que je pleure.

Je laisse quelques minutes à Ava pour désactiver le bazar. Quand suffisamment de temps s'est écoulé, je me retourne et m'assois. Je soulève le bassin et récupère mon téléphone dans la poche arrière de mon jean.

Ces abrutis de vampires auraient dû me fouiller.

L'appareil vibre aussitôt dans ma main. Je m'installe au centre du lit, en tailleur, et décroche.

— Salut, Ava.

— Salut, patronne. Je navigue dans leurs systèmes depuis que tu m'as envoyé ton message. Je te vois sur l'écran, là.

J'agite la main en direction de la caméra.

— J'ai bouclé le flux vidéo, ils ne peuvent pas te voir parler avec moi. J'ai passé leurs systèmes au peigne fin, et je n'ai trouvé aucune preuve que d'autres planques aient été compromises. Pas d'autres caméras cachées. J'ai trouvé celle de l'appart et je l'ai supprimée. Mais, par précaution, je lance un contrôle complet de sécurité. Je...

Un bruit de froissement me parvient à travers le téléphone, suivi d'un soupir lourd. Ava reprend, la voix un peu cassée :

— ... putain, je suis désolée, patronne. J'ai merdé.

Je secoue vivement la tête en direction de la caméra.

— Non, non, arrête. T'as pas merdé, sois pas bête. Ce genre de boulette arrive...

Je repousse une mèche de cheveux derrière mon oreille et ajoute doucement :

— Et j'apprécie tout ce que tu fais pour moi. Merci de veiller sur moi.

— J'ai vu le bracelet anti-magie. Tu peux quand même utiliser les passages ?

Je baisse les yeux sur le bracelet enroulé autour de mon poignet. J'avais oublié ce truc.

— Ouais, je peux utiliser les passages sans problème, ma magie est toujours active. Ces machins ne fonctionnent pas sur moi. J'ai une pince à la maison pour me débarrasser de cette saloperie. Je ne compte pas m'éterniser ici. Il faut que je me casse.

— Je laisse la vidéo en boucle pour que tu puisses te tirer quand tu veux. Tu comptes utiliser ton passage ?

Je souris à la caméra et pointe la porte bardée de protections de ma main libre. Je me lève du lit en roulant des épaules.

— Dis, c'est mal si j'ai envie de sortir par la grande porte ?

— Oui, répond Ava, ma voix de la raison. Je vois sur les caméras qu'il y a pas mal de vampires qui traînent dans le coin.

Je grogne en réponse.

Je m'avance vers la porte, cette fameuse porte avec sa barrière bidon et son verrou bardé de magie. Sortir de cette pièce serait d'une facilité déconcertante. Je pourrais franchir la porte et m'amuser à terroriser ou cogner les vampires... Ce serait cool, franchement.

Dans cette horrible pièce rouge, avec ces carreaux brillants qui reflétaient mon visage déformé et écarlate, une idée géniale m'était venue : me transformer en démon, un monstre rouge, gigantesque, terrifiant, et leur foutre une peur bleue. Une humaine contre des vampires, c'est perdu d'avance, mais un démon...

Partir discrètement ou semer la pagaille ? À part un bleu sur la joue, je suis en bon état. Je les ai laissés m'attraper. J'étais venue chercher des réponses, et je les ai obtenues.

Mais Ava a raison, ce n'est pas une bonne idée. Je ne suis pas une méchante ; ce n'est pas la faute des vampires si leur boss est un gros connard.

Je pivote sur mes talons et lance un regard moqueur à la

caméra, avant de me tourner vers la porte de la salle de bains. Avec un soupir déçu, je ramasse mes bottes et traîne des pieds comme une ado contrariée jusqu'à l'entrée de la salle de bains.

— Non, c'est pas une bonne idée, je marmonne.

Une fois sur les carreaux froids de la salle de bain, loin de la moquette blanche hideuse, je cale mon téléphone entre mon épaule et mon oreille et enfile mes bottes d'une main.

— Pas une bonne idée du tout. Je te déteste, Ava. C'est pas ton genre d'être la voix de la sagesse.

Ava rigole.

— Ouais, je sais. T'as dû déteindre sur moi.

C'est la bonne décision. Luther a une armée de gardes… pas très compétents, mais nombreux. Peut-être qu'on peut le faire tomber autrement.

— Bon, et toi ? Tu as trouvé quelque chose d'intéressant ? Des trucs croustillants ?

J'adresse un sourire espiègle à la caméra.

Ava pouffe.

— Patronne, j'ai accès à tellement de saloperies sur ce type que ça m'étonne qu'il n'ait pas une équipe de fossoyeurs qui le suivent partout. D'après ce que j'ai vu sur son réseau informatique, il aurait dû être sur notre radar depuis longtemps. Il y a une fille dans l'immeuble où ils t'ont chopée. Dans leurs communications, ils l'appellent *la cheffe des rebelles*, s'esclaffe Ava. La meuf a vingt ans. Et ces couillons de vampires la prennent pour une meneuse de rébellion. Si je diffuse ces infos au conseil des vampires, ça devrait l'aider, tout en créant une diversion qui les éloignera de toi. Luther aura du pain sur la planche pour des années.

Je peux transformer toute sa Maison en cible prioritaire pour les guildes. Il va devenir un paria dans leur petit monde. C'est du gagnant-gagnant.

Je réfléchis un instant. J'aimerais voir ces informations de mes propres yeux, planifier les choses à ma manière. Mais... on a déjà fait ce genre de choses tellement de fois, et je fais confiance à Ava. Ce cas mérite un traitement différent. Et puis, il a franchi la ligne en envoyant ses sbires m'enlever directement dans mon refuge. Et il m'a giflée.

Comme s'il ne m'avait pas déjà assez emmerdée, il m'a vendue à un démon. Je passe une main sur ma joue endolorie et acquiesce.

— Parfait. Vas-y, balance tout.

— C'est fait. J'ai envoyé les infos à la guilde, au conseil des vampires, et à quelques Maisons stratégiques. Je vais prévenir la fille et la mettre à l'abri.

— Tu as encore besoin de moi ?

— Non, j'ai juste à appeler la *cheffe des rebelles*, s'esclaffe à nouveau Ava. Lord Gilbert, ton ravisseur sang-pur va passer une très, très mauvaise journée.

Chapitre Trente-Sept

Il y a un gros coup contre ma porte, puis le ton monte de l'autre côté.

— Vous ne pouvez pas la voir sans rendez-vous…

Soudain, la porte s'ouvre à la volée. Le mur l'arrête et un nuage de poussière obstrue l'embrasure.

— J'ignore comment tu as fait, enrage-t-il en entrant en trombe dans mon bureau, le souffle court.

Il marque une pause lorsqu'il arrive à mon bureau en pointant un doigt accusateur sur moi, hors de lui.

Avec nonchalance, je rassemble les documents éparpillés et les range soigneusement dans le tiroir du haut. Je fais signe à mes collaborateurs inquiets de nous laisser. Je pose les mains à plat sur mon bureau et affiche un sourire courtois.

— Tu t'es échappée d'une salle qui est censée être impénétrable, s'étrangle-t-il. On t'avait mis un bracelet anti-magie. Bordel, comment as-tu filé entre les doigts de mes cinq meilleurs gardes ? Ils étaient postés à l'entrée.

Il passe une main rageuse dans ses cheveux qui restent bizarrement dressés sur sa tête.

— Le conseil des vampires est venu me trouver. On leur aurait fourni des preuves qui m'incrimineraient... Des preuves qui étaient gardées dans mes serveurs. Le seul moyen d'y avoir accès est en piratant le système. Et c'est le même qui gère les caméras de surveillance qui t'ont enregistrée allongée sur le lit alors que, pendant tout ce temps, la salle était vide...

— Bonjour, Luther, quelle belle surprise, le coupé-je. Comme c'est gentil à toi de venir me voir au bureau au lieu de me kidnapper.

Je ponctue mon accueil sarcastique par un rictus condescendant.

Le sang-pur porte les habits de la veille. Son costume d'ordinaire impeccable est tout froissé. Peut-être aurais-je dû attendre avant d'envoyer les informations au conseil, pour éviter que le lien entre mon escapade et la fuite d'informations soit si évident. Luther n'est pas certain de mon implication, il me sous-estime encore.

À ce stade, je ne serais pas étonnée de voir ses oreilles fumer. Lorsqu'il plaque violemment les mains sur mon bureau, les pieds en bois grincent en signe de protestation. Tranquillement accoudée sur mon bureau, je pose mon menton sur mes mains en battant des cils.

Il se penche jusqu'à ce que l'on se trouve nez à nez.

— Sale petite garce, je vais te tuer...

— Ah, sympa. Tu ferais mieux de contrôler ton entrain, Luther. Personne n'aime se faire cracher dessus, dis-je en me renfonçant dans mon fauteuil avant de m'essuyer la figure. Les humains ont un dicton : « Cause sans postillonner. »

— Je vais te saigner...

Réplique typique du grand méchant vampire.

— ... je détiens ta mère...

Je prends un air horrifié en posant une main sur ma bouche et l'autre sur ma poitrine.

— Oh non, pas ma mère, pas ta conjointe avec qui tu es depuis trente-cinq ans ! Qu'est-ce que je vais faire ?

Je laisse retomber mes mains et lui souris sans le prendre au sérieux.

— ... et ton chien de l'enfer.

Et là, tout s'arrête.

Mes railleries se coincent dans ma gorge et l'air ne passe plus. La peur m'envahit. Quand je plonge dans son regard malveillant, mes bras se hérissent.

Il détient mon chien de l'enfer.

— Je t'écoute.

Je parle d'une voix que je ne reconnais pas. Grave, éraillée, inhumaine. Je sens que mes pupilles s'assombrissent. Ma vision n'est plus trouble comme au début, mais elle est nette, perçante.

— Répare tes conneries.

Luther appuie son index sur mon bureau en baissant d'un ton :

— Assume tes responsabilités : tu te rétractes et leur dis que tu as menti.

J'ai vu les preuves, pas question de me rétracter. Luther peut toujours courir.

— Fais en sorte de nettoyer ton bordel.

Il fouille dans la poche de son pantalon et jette une carte de visite sur mon bureau.

— Présente-toi à cette adresse.

— Quand ? grogné-je.

— Vingt-deux heures, ce soir.

Mes yeux volent vers l'horloge : il est onze heures… J'ai encore onze heures devant moi. J'accepte, puis il tourne les talons pour quitter la pièce.

Maîtrise ta colère, Emma. Fais-en une arme.

Mes narines frémissent sous la rage que je peine à contenir. Je ferme les yeux un instant. Dans une tentative désespérée de calmer mon cœur affolé, je prends une longue inspiration. J'oblige mes iris à retrouver une couleur normale. Paniquer n'aidera pas John.

Putain, j'ai les boules. Une envie irrépressible de lui courir après et de lui arracher la tête me saisit. Je suis sûre d'y parvenir maintenant que ma force s'est décuplée au cours du temps.

Je choisis de passer un coup de fil à Ava.

— Lâche ce que tu fais en ce moment. J'ai besoin que tu localises John et que tu te concentres sur cette adresse.

Je lui épelle l'adresse inscrite sur la carte de visite.

— Patronne, c'est toi ? Tu… ça va ? Une seconde.

Je patiente. Ma respiration siffle et mon cœur continue de battre à grands coups dans ma poitrine en attendant qu'Ava dégote des informations sur internet. Je pianote sur mon bureau et me frotte le visage quand mon œil tressaute.

Ça fait un bail que je n'ai pas été en rogne comme ça, que je n'ai pas eu aussi peur.

Pour John.

Notre relation est l'illustration de la complexité.

Pendant toutes ces années, j'ai essayé d'avoir des histoires. Il y avait bien ce type sympa, mais il a fini par m'ignorer au bout de quelques semaines. Plus tard, j'ai découvert qu'il avait reçu une petite visite de John. En toute franchise, j'avais éprouvé une sorte de soulagement. Avoir un rencard, c'est ringard. Je me suis sentie coupable, comme si je le trompais. Ce qui est ridicule. On ne peut pas tromper un homme avec qui on n'a jamais été...?

J'imagine que lorsque le destin nous sert notre âme sœur sur un plateau d'argent et qu'on décline l'offre... Aucun d'eux ne tient la route à mes yeux, car je les compare tous à lui.

Putain, il me manque.

Je pousse un long soupir. Ce n'est pas comme s'il s'était pressé au pas de ma porte pour me déclarer sa flamme ; de toute façon, il ne le pourrait pas, car je vis dans une dimension miniature. J'observe mes doigts qui jouent sur un piano imaginaire. Secrètement, dans mes moments de faiblesse, je rêve qu'il se précipite à ma porte.

Il répond toujours présent quand j'ai besoin de lui.

Mon chien de l'enfer irascible et grognon, qui cherche à résoudre des problèmes qui ne le concernent pas.

— Oh oh... John Hesketh n'est pas hors-monde. Il a traversé le portail par lequel tu as été kidnappée il y a une heure.

Pourquoi a-t-il fait ça ? Un gémissement douloureux m'échappe. Cette tête de mule est venue me sauver. Il sait pourtant que je peux me débrouiller seule.

— Envoie-moi tout ce que t'as s'il te plaît, Ava, réussis-je à dire.

L'appel se termine et je repose doucement le téléphone sur mon bureau.

Je laisse ma tête retomber et m'agrippe au bois du bureau si fort que mes doigts blanchissent.

Il détient John.

Chapitre Trente-Huit

Debout face à mon bureau, les mains jointes derrière la nuque, je fixe le plan de sauvetage qui s'étale devant moi. Ava a réuni tout ce qu'elle a pu sur le bâtiment. Les flux vidéo en direct sont inutilisables — les vampires ont détruit les caméras — mais j'ai des enregistrements des anciennes caméras de surveillance et des plans détaillés de l'intérieur. Mon bureau déborde d'informations cruciales, mais, à mon plus grand désarroi, ça pourrait ne pas suffire.

Quand le sang-pur est parti, tout ce que je voulais, c'était foncer immédiatement pour sauver John. Agir sur un coup de tête, façon Rambo, et botter le cul des vampires. Mais je me suis raisonnée. Je ne suis pas Rambo. Non, il me fallait un plan. Et maintenant, une heure plus tard, j'ai un plan qui pourrait fonctionner, mais absolument aucun moyen de le mettre en œuvre.

On a tenté de joindre l'équipe de chiens de l'enfer de John, mais — et c'est frustrant, vu l'urgence — impossible de les contacter, car ils sont encore en mission hors-monde. Eleanor effectue une garde rapprochée et ne peut pas quitter son client. Ava a même tenté de localiser l'ange au regard d'or, sans succès. Je ne sais même pas s'il m'aiderait, je ne l'ai pas revu depuis qu'il m'a soignée. Et si Ava ne peut pas le trouver, personne ne peut.

Merde, je suis vraiment naze. Je n'ai jamais pris la peine de savoir si John avait des amis. Est-ce qu'il en a, en dehors du boulot ? J'imagine qu'il est très seul, comme moi. Je laisse retomber mes mains et m'appuie contre mon bureau. Je connais tout de ses ennemis. Il en a une tonne. Super utile comme info, non ?

Je pousse un soupir et me frotte le front. Ce qui est frustrant, c'est que je n'ai personne sous la main à qui demander de l'aide. Je tiens trop à ceux que je connais pour leur demander de risquer leur vie contre une Maison entière de vampires. Des vampires que j'ai déjà acculés. C'est du suicide. Je pourrais engager des mercenaires, mais avec des délais si serrés et le risque de dégâts collatéraux... non. Il semblerait que je doive encore me la jouer Rambo.

Je lance un regard noir aux montagnes d'informations et aux plans qui m'entourent. Quelle perte de temps, bordel.

John est ma personne de référence. Ironique, non ? Si j'avais besoin de renforts musclés, c'est lui que je solliciterais, ou alors il débarquerait sans prévenir, avec ses couteaux étincelants.

J'ai plus de chance de réussir en y allant seule. Enfin, pas tout à fait seule, parce qu'une fois que j'aurai retrouvé John, il sera avec moi. Peut-être que tout ce que je dois faire, c'est l'atteindre et le soigner. Je sais que la seule façon de neutraliser un métamorphe, c'est avec de l'argent. Si je peux le libérer du piège d'argent qu'ils utilisent, le soigner juste assez pour qu'il puisse se transformer...

Dans mon placard, j'ai un stock de potions de guérison. Il suffirait que je lui en donne une à boire. Une fois transformé en chien de l'enfer, il pourrait littéralement dévorer ses ennemis. À nous deux, on parviendrait sans doute à se frayer un chemin jusqu'à la sortie.

Argh. Sauf s'il a de l'argent dans l'organisme. Dans ce cas, une potion de guérison ne servira à rien. Son corps devra d'abord éliminer le métal, et ça peut prendre un moment. La chance ne joue pas en notre faveur.

Je pourrais me livrer à eux ce soir, à vingt-deux heures, et espérer que Luther le relâche. Mais dans quel monde ça arrive, ce genre de chose ? Les méchants ne libèrent jamais des types comme John.

Je regarde l'horloge. Le temps file à toute allure... chaque seconde passée dans les griffes des vampires est une seconde de trop. Je me tords les mains et j'enfonce mes ongles dans mes paumes. Je lutte contre la panique qui m'étreint la gorge et me comprime la poitrine.

Une petite voix dans ma tête hurle : *C'est ta faute.*

La culpabilité me dévore — tout ça, c'est à cause de moi. Si je ne m'étais pas laissée capturer, il ne serait pas revenu pour me sauver. Chaque fois, il m'aide, et je le laisse faire.

Je me sers de lui.

Je passe une main sur ma nuque, le cœur serré.

Je pousse John vers les méchants et je profite de lui. Les souvenirs de toutes les fois où John m'a sauvé la vie défilent comme un film projeté dans mon esprit. Ça compense largement notre mauvais départ. J'étais tellement blessée, tellement en colère pendant si longtemps que c'était devenu une habitude d'accepter son aide à contrecœur et de le repousser juste après. Je ne réalisais même pas à quel point j'étais cruelle.

Oh, non, je ne le faisais pas exprès, je ne pensais pas... J'essaie de ranger cette pensée dérangeante dans un coin de ma tête pour m'en occuper plus tard, mais elle refuse de disparaître. Je me rends compte que je l'utilise, comme tout le monde. Une larme coule le long de mon nez, et je l'essuie rageusement.

John Hesketh est une légende parmi les créatures... Sa réputation est presque mythique. On le voit comme le chien de l'enfer, une arme mortelle par excellence. Je me souviens de ses mots le jour où je l'ai rejeté : *J'ai la guerre dans le sang, c'est elle qui m'a façonné. Les temps changent pour certains, mais pas pour moi. Je suis un guerrier dans l'âme, je ne suis pas indispensable.*

Mais il est aussi un homme.

Toute sa vie, il n'a connu que la guerre et la violence.

Et qu'est-ce que j'ai fait ? Je lui ai montré qu'il n'était pas non plus indispensable comme compagnon.

Je m'effondre sur ma chaise, replie mes genoux contre ma poitrine, les serrant comme si cela pouvait empêcher la douleur de s'échapper de mon cœur. J'ai envie de me coucher par terre et de laisser le chagrin et l'angoisse que je ressens pour John m'envahir.

Et là, une nouvelle révélation me frappe. Quelque chose de profond, qui ébranle tout en moi... Je n'ai *pas* peur de lui. Et pourtant, je me suis accrochée à cette excuse pendant *des années* pour rester à distance.

Je le sais... Merde, je sais qu'il ne me fera plus jamais de mal. Il ne peut pas. Mon instinct me dit que John ne m'a jamais blessée volontairement. Et il m'a laissée le torturer lentement, année après année.

Nom d'un chien, Emma, il a été suffisamment puni.

J'ai été tellement égoïste. J'ai passé tout ce temps à secourir des inconnus, alors que celui qui avait le plus besoin de moi...

Je serre les dents, crispe les paupières en les fermant et me balance sur ma chaise, accablée par mes pensées. Je tire sur mes cheveux en réalisant l'ampleur de ma bêtise. Son pouvoir me terrifie, notre passé me terrifie, mais c'est une peur viscérale, ancrée profondément, qui n'a plus aucune emprise sur moi. Plus maintenant. Non, je n'ai pas peur de John Hesketh.

Il y a du désir, bien sûr qu'il y a du désir... et un manque, lancinant, constant. Mais cette peur qui m'a rongée si longtemps ? Elle a *disparu*.

J'ai grandi. Celle que je suis aujourd'hui n'est plus la jeune fille terrifiée d'autrefois, et cela m'apaise un peu.

Non, je ne suis plus cette fille-là. Je suis meilleure, plus forte.

Je suis assez forte.

Je peine presque à croire mes propres pensées... Mes mains lâchent mes genoux, et je me laisse retomber en arrière sur ma chaise, abasourdie. Je suis assez forte. Je le suis depuis *des années*. Maintenant, si John essayait de me blesser, je lui rendrais coup pour coup. Ouais, ce n'est pas très sain, mais je ne suis pas humaine.

Je suis une démone et John est mon compagnon.

Mon compagnon a besoin que je me batte pour lui. Je pose une main sur ma bouche et me balance doucement sur ma chaise.

Oh, bordel.

Je vais le sauver. Je vais le sortir de là, coûte que coûte. Un petit rire m'échappe malgré la douleur, je me redresse et carre les épaules. Même si je dois affronter tous les foutus vampires de ce monde.

Je vais sauver ce satané chien de l'enfer, et je continuerai de le sauver jusqu'à ce qu'il comprenne qu'il est à moi. *À moi*. Jusqu'à ce qu'il comprenne qu'il est aimé.

Aimé... Bon sang, oui. Je l'aime. Je l'aime vraiment, et je suis assez forte pour supporter ses démons.

Je regarde le plan sur mon bureau. J'espère juste qu'il n'est pas trop tard.

Chapitre Trente-Neuf

Le vampire fonce sur moi en m'envoyant un direct en pleine figure. Je pare le coup avec mon avant-bras gauche et lui file une calotte sur le nez. Lorsqu'il titube en arrière, je lui savate les côtes. Il grogne de douleur lorsqu'il reçoit un coup de poing dans le foie. Aïe. Je viens de me péter un truc ; l'os de ma main se reforme instantanément. Pourquoi ai-je le poing en feu ? Je suis censée avoir visé une zone molle de son corps... Pourtant ses muscles de vampire m'ont broyé la main. Je la secoue et pivote de côté pour reprendre mon souffle. Je pouffe de rire lorsqu'il rate son coup, histoire de l'énerver. Il montre les crocs avant de s'élancer à nouveau. Je perds mon sang-froid quand son poing perce ma défense et m'écrase la poitrine. Merde, ça fait mal.

Je le prends par les épaules et lui fous une béquille dans les côtes. Une... deux... Le corps des vampires ne supporte pas qu'on pulvérise leurs organes. C'est particulièrement douloureux pour eux. Celui-ci s'agrippe les flancs en tombant à terre. Pour finir le travail en beauté, je lui tire les cheveux pour lui donner un coup de genou dans le visage. Ses yeux se révulsent, puis il perd connaissance. Il ne restera pas longtemps dans les vapes.

Je l'empoigne par son T-shirt, puis le traîne à travers le couloir en soufflant afin de le caler contre le mur. Je n'ai pas envie de me prendre les pieds sur sa carcasse quand on lèvera le camp.

Au départ, tout se passait comme sur des roulettes. Dès mon arrivée, j'ai senti l'énergie de John émaner depuis la rue. Elle s'intensifiait à mesure que je me rapprochais de lui. Je me suis transformée en souris pour me faufiler dans le bâtiment sans me faire repérer. La situation s'est corsée quand je me suis montrée trop sûre de moi ; je trottinais en plein milieu du couloir sans faire attention. J'ai perdu la tête quand ma magie m'a procuré un frisson délicieux pour me signifier que John était là, de l'autre côté de cette porte au bout du couloir...

Mon sprint en ligne droite a été interrompu par un pied qui a tenté de m'écraser. Une attaque-surprise, qui m'a frôlé la moustache. Je n'ai eu d'autre choix que de me changer en humaine pour lui botter le cul.

Et en voilà deux autres maintenant... Deux vampires surgissent de l'angle. L'un d'eux avance vers moi en faisant swinguer ses poings. Au lieu de m'écarter, je marche droit sur lui. Il écarquille les yeux de surprise. J'espère que ça compliquera la tâche à son acolyte ; s'il ne veut pas cogner son copain, il va devoir attendre son tour. J'attrape son bras, bloque le coup, lui envoie deux uppercuts au menton, suivis d'un coup de pied dans les côtes. Il recule en titubant, sans s'avouer vaincu. Je lui donne un autre coup de pied, visant la poitrine, qui l'envoie valser sur l'autre vampire.

Son collègue prend le relais et me fonce dessus à pleine puissance. Plutôt balèze, pour un vampire. Je saute sur le côté, mais il m'intercepte en m'empoignant la gorge. Dans l'élan, nous roulons tous les deux au sol. Je retombe lourdement sur le dos, oubliant de relever la tête qui s'éclate contre le sol. Je grommelle, désorientée, et mes oreilles bourdonnent. Le vampire est presque sur moi... Je parviens à le retenir avec ma jambe pour l'empêcher de me coincer. Je mets toute la force que j'ai dans ma cuisse afin de le repousser. Je m'éloigne en rampant, puis me relève péniblement. Je pousse un grognement rageur en lui shootant dans le visage. J'ai probablement touché le point sensible sous le menton, car ses yeux deviennent blancs avant que mon adversaire s'effondre, K.O.

Je sens un mouvement dans l'air derrière moi. Je me baisse, et le bras du vampire encore en circuit file au-dessus de ma tête. Je saisis son poignet, plie les jambes et tire des deux mains en pivotant le bassin. J'utilise ma taille et ma force pour le faire basculer par-dessus moi. Il s'étale sur le dos dans un bruit sourd. Je lui file deux coups de pied dans les flancs, et décampe quand il essaie de me retenir par la jambe. Au moment où il tente de se relever, je saute et concentre tout ce qu'il me reste d'énergie dans mon poing. Une patate digne de Superman qui me pulvérise les os.

Ouille, ouille, ouille.

Il y en a bien trois qui se régénèrent automatiquement. La douleur me fait voir des étoiles. Je serre ma main contre ma poitrine en fixant le vampire évanoui ensanglanté.

J'inspire, expire, en secouant ma main bousillée.

Je déteste me battre, ça fait un mal de chien.

Malheureusement, notre combat a été tout sauf discret ; j'entends d'autres vampires se presser. Tout l'immeuble s'est réveillé tel un nid de guêpes.

Merde. Je me balance d'un pied sur l'autre en me demandant avec angoisse quoi faire.

Je ne peux pas passer la nuit à dégommer du vampire.

Fous-leur la trouille. Mets le paquet ou tire-toi, Emma.

Enfin, ce serait plutôt « crève » que « tire-toi »... Par contre, je peux prendre la forme de quelque chose de terrifiant. Un sourire malicieux étire mes lèvres. Sans attendre, je me change en un démon dépassant les deux mètres.

Inspirée par le reflet du carrelage rouge, mon démon prend vie avec un côté théâtral. La peau rouge, des cornes, et tout le toutim. Je vacille sur mes sabots et m'appuie contre le mur. Mes cornes raclent le plafond.

Je décide de garder au bercail mes vraies ailes qui me font mal et choisis de faire apparaître des ailes de feu. Leurs taille et forme correspondent aux miennes, la matière en moins. Ainsi, je ne risque pas de blesser mes véritables ailes au cas où le leurre ne fonctionnerait pas. J'en ai ras le bol de me briser les phalanges sur les vampires, alors je fais pousser de ma main droite une longue épée rougeoyante. Je contracte mon biceps massif en faisant tournoyer l'épée pour m'échauffer.

Que le spectacle commence...

Un garde en uniforme rouge déboule de l'angle. Dès qu'il pose les yeux sur moi, il se fige et ses bras forment un bouclier comique autour de lui. Je lis la peur au fond de son regard exorbité. Sa main semble chercher quelque chose. Il lance avec un cri de guerre une boule de potion dont le verre éclate sur ma poitrine. Je baisse les yeux et nous observons tous les deux la substance orange nauséabonde se répandre.

Abasourdi, le vampire émet une sorte d'étranglement impossible à reproduire lorsque la potion s'évapore. Je lui lance un rictus.

Et il se pisse dessus.

Oh non. Je fronce les yeux, incapable de réprimer la pitié que j'ai pour lui ; moi aussi, j'ai déjà vécu un tel embarras.

Dans sa hâte de fuir, il pivote et se cogne contre le mur, semant des gouttelettes dans son sillage.

La culpabilité que je ressens est écrasante. Je tape du sabot d'un air contrit en patientant pour l'arrivée des autres gardes. Même si je sais que sa potion devait avoir un sale effet sur moi, j'ai l'impression d'être un tyran. C'est la première fois que j'effraie quelqu'un au point de le faire se pisser dessus. Je me gratte à la base de ma corne. Peut-être que le démon de plus de deux mètres, avec les cornes, c'était un peu trop ?

Le tout premier garde — l'écrabouilleur de souris — se réveille. Un regard suffit pour qu'il se relève et parte en trombe dans le couloir en hurlant.

La vache, la vitesse à laquelle il détale est impressionnante.

J'entends des voix étranglées, de la colère, des sanglots. Dois-je jeter un œil ? Je croise les sabots et me penche en plantant l'épée dans le sol et en m'appuyant dessus comme si c'était une canne. Je ne discerne pas ce qu'ils disent. Je suppose que le lanceur de potions doit mimer avec de grands gestes ce qui s'est passé à ses collègues.

Un bruit de pas qui se *retirent*. Ah ? Visiblement, ils battent en retraite. Je hausse les épaules et continue de progresser dans le couloir.

Je prends garde de ne pas piétiner les deux gardes assommés. Enfin, j'atteins la porte. Sans vérifier qu'elle est fermée, je lève la jambe et la défonce d'un coup de sabot. J'ai assez perdu de temps comme ça. La porte vole en éclats.

Je la franchis en clopinant.

Rapidement, je balaie la pièce du regard et repère aussitôt John. On penserait qu'une année sans le voir aurait changé quelque chose. Et c'est le cas. La magie bizarre qui nous lie m'attire encore plus violemment à lui.

Je le contemple, les pupilles dilatées. Mon cœur bat à un rythme qui trahit un degré de panique croissant.

C'est pire que ce que je pensais.

Chapitre Quarante

La différence entre aujourd'hui et mon enlèvement orchestré il y a des années est *stratosphérique*. Ils ont attaché John au mur avec de courtes chaînes en argent. Les menottes ressemblent à un collier de chien, avec des piques internes qui lui creusent la peau. Au fil des années, je me suis bien renseignée. Désormais, je sais que l'argent blesse un métamorphe uniquement si la matière entre en contact avec son système sanguin.

De lourds colliers lui tombent sur le cou, les poignets, la taille, et les cuisses. Un arsenal mortel qui le cloue littérale-ment au mur. Du sang s'écoule des colliers, et la peau autour des blessures que j'aperçois prend une teinte noirâtre. D'ici, on a l'impression que sa peau pourrit. Je ravale la bile qui monte dans ma gorge et je me mords la lèvre pour ne pas crier.

Cet enchaînement barbare l'empêche de se transformer pour guérir tout en le drainant de sa magie. Un processus douloureux.

John est torse nu. Son pantalon noir est incrusté de sang séché et rentré dans ses rangers qui remontent jusqu'à ses chevilles. Ses cheveux sont assez longs pour être en bataille, mais pas assez pour l'ébouriffer. Une barbe naissante souligne sa mâchoire. Épinglé au mur, il a perdu de cette aura de tueur qui le rend terrifiant.

Je ne supporte pas de le voir ainsi. Comment vais-je lui ôter ses chaînes sans le blesser davantage ?

Sois une femme, Emma.

— Je suis venue te sauver, dis-je à travers mes dents de démon avec un petit geste de la main.

John décolle le menton de son torse et arque un sourcil dubitatif. Il analyse lentement mon apparence de démon. Sa lèvre se retrousse et il laisse échapper un rire jaune.

— Pourquoi t'es venue ?

Ah ouais, d'accord. C'est tout ?

— Salut mon ange, t'es canon ce soir. Merci d'être venue à mon secours...

Je lève les yeux au ciel, me rapproche en claudiquant, puis reprends mon apparence. Tout se volatilise, y compris l'épée. Je porte maintenant un legging, des boots et mon T-shirt noir préféré sur lequel sont imprimés un bouquet de fleurs avec un poing américain et le slogan *bats-toi comme une femme.*

Je m'efforce de rester impassible, mais au fond de moi c'est la panique totale. Un métamorphe plus jeune et moins puissant aurait déjà rendu l'âme.

Ses muscles se tendent alors qu'il s'étire vers moi. Les

chaînes cliquettent et grincent pour l'empêcher d'aller plus loin.

— Je t'en prie…, gémis-je. Tiens-toi tranquille, tu vas te blesser.

Je déglutis. C'est vraiment moche. Ma lèvre inférieure tremble, mais je me fais violence pour dédramatiser.

— On dirait que t'as un souci avec un vampire ? T'as l'air dans le pétrin, John. Comment on s'y prend pour ne pas t'estropier davantage ?

Ma voix se brise, trahissant la panique que je tente de dissimuler de toutes mes forces. Mes mains tremblent. J'ignore par où commencer. Du sang ruisselle sur ses bras, son cou, son torse. Cette vision d'horreur va me filer des cauchemars pour je ne sais combien de temps. Je frémis en me mordillant la lèvre lorsque j'analyse son épouvantable prison archaïque.

Mon Dieu, ce doit être un supplice.

John étouffe un rire.

— Ce n'est pas moi qui ai un souci avec un vampire. C'est toi que je suis venu secourir.

— Va te faire foutre, je me débrouille toute seule, répliqué-je faussement agacée. Ce n'est pas moi qu'on a enchaînée au mur, Hellboy. Visiblement, ta tentative de sauvetage s'est bien passée… Je te croyais hors-monde. Tu n'aurais pas dû revenir pour moi, John. J'avais tout sous contrôle. À quoi tu pensais ?

Je jette un œil à ses poignets qui sont dans un état pitoyable.

— Explique-moi comment te retirer ces chaînes, l'imploré-je d'une voix faible.

— Je viendrai toujours pour toi, marmonne-t-il, les

yeux clos. Tire-toi de là, ma belle. Je suis trop faible. À quoi tu pensais en te pointant ici sans renfort ? Pars, le plus loin possible, avant qu'ils te mettent la main dessus. Je ne fais qu'enchaîner les boulettes. J'ai perdu la main. Ça fait des années que je perds peu à peu le contrôle. Regarde-moi, je suis infoutu de sauver quelqu'un sans tout foutre en l'air. C'est la honte, putain.

Je l'ignore en étudiant attentivement ses menottes. Il y a du sang dessus, et sur le sol. Le sang de John est absolument partout. Je dois lui retirer ces saloperies.

— Ouais, ouais... et t'as perdu en virilité parce que c'est une nana qui vient te sauver... Non, mais tu t'entends ? C'est un peu hypocrite de ta part, John. Où est passé le battant ? râlé-je.

Mon cœur tambourine dans mes oreilles. Je tourne le poignet pour faire glisser une longue et grosse épingle entre mes doigts. Il vaut mieux commencer par ses pieds. Je n'ai pas envie de m'entraîner sur son cou ou ses mains. En me mettant à genoux, je décide d'utiliser l'épingle et la nuée de magie noire sur les piques internes des colliers autour de ses jambes. J'aurais aimé imaginer une clé qui entre dans la serrure, mais tant pis. Et puis, ce serait trop facile sinon.

— T'as pas vu mon look démoniaque ? Je vais te faire sortir d'ici avant que les vampires aient le courage d'intervenir. Je te préviens... s'il faut que je me transforme et te jette sur mon épaule comme un sac à patates, je le ferai. C'est pas comme ça qu'on secourt quelqu'un ? Le héros porte toujours la damoiselle en détresse.

Je lui lance un grand sourire en haussant insolemment les sourcils.

— C'est toi la damoiselle en question, précisé-je.

Si cela ne le motive pas à se bouger le cul, une fois que je l'aurai libéré, alors il n'y a rien à faire.

— Tu pourras trouver ma sœur ? Lui dire que je suis désolé...

Je lutte farouchement contre le sanglot qui menace de me faire céder. Non, je n'ai pas le temps pour ces conneries.

— Tu lui diras toi-même, rétorqué-je.

— Ce monde ne tolère pas les prisonniers. Si t'es faible, tu crèves, Emma. Dis-lui que notre meute n'était pas faible ; que notre père était l'un des tout premiers chiens de l'enfer et qu'on l'appelait le chien de feu.

John tousse et sa voix forte devient rocailleuse.

De quoi parle-t-il ? Je m'arrête un instant pour l'observer. Son regard vert brillant est devenu terne, vitreux.

— C'était un guerrier redoutable...

Oh putain. Il est en train de prononcer ses dernières paroles. Il est convaincu d'y passer. John grimace et un filet de sang noir s'écoule de sa bouche. Mon cœur bondit de panique et je m'oblige à me reconcentrer sur mon objectif. Je plisse les yeux et me mords la langue qui sort du coin de mes lèvres. En tremblant, j'insinue ma magie et l'épingle dans le loquet.

J'aurais dû apprendre bien plus tôt à crocheter une serrure.

— Tu sais, le monde des métamorphes d'aujourd'hui est à l'opposé de celui dans lequel je suis né il y a mille ans... Neuf-cent-vingt-deux ans. L'égalité entre les sexes régnait, aucune différence n'existait entre hommes et femmes. Il y avait des femmes guerrières, des hommes soignants. Tout ce qui comptait alors, c'était la meute. Loups, ours, dragons... Cela n'avait pas d'importance. On coexistait en harmonie.

— Tu devrais garder tes forces pour...

— Mon père a dit que le début de la chute a commencé lors de l'apparition d'un groupe de rebelles faës. Ils ont décrété que les métamorphes devenaient trop puissants. J'étais jeune quand ils se sont mis à assassiner nos femelles. Il nous a fallu un moment pour identifier leur mode opératoire, comprendre que les femelles ne mouraient pas d'une cause naturelle... Elles étaient ciblées. Ça a commencé par une, puis deux, puis des dizaines... De plus en plus d'espèces participaient au carnage. C'était horrible. On a tenté de dissimuler les femelles qui restaient. On s'est adaptés et préparés au pire. Les métamorphes insouciants sont devenus dangereux et égoïstes de bien des façons. On a perdu notre dignité, et notre force. Ce sont nos femmes qui en ont bavé le plus, en perdant leurs amies, leurs mères, leurs sœurs... leur liberté. Beaucoup se sont rebellées face au changement, et on les a brisées pour les soumettre ; d'autres l'ont accepté, car tout le monde était terrorisé. Je n'ai plus jamais connu la joie d'être un métamorphe, ou la joie tout court. Je ne voyais que la souffrance, la guerre, la lutte et l'oppression. L'espèce changeait sous mes yeux, et j'ai changé. Ma meute, mes sœurs — Nessa, Clare, Gwen — et ma mère sont devenues des cibles. Elles n'étaient pas pourchassées par d'autres espèces, mais par d'autres métamorphes, car nos femelles sont devenues rarissimes, et les métamorphes plus agressifs dans leur quête de compagne. Mon père a œuvré sans relâche pendant des années pour les protéger. Jusqu'au jour où, au sortir d'une bataille, je suis rentré trop tard. Je les ai vus étriper ma meute, impuissant. J'ai détruit les coupables, mais je n'ai pas pu les sauver. Mes sœurs... à l'esprit vif, bourrées de talent... sont mortes. Mon père, à qui je n'arriverai jamais à la cheville, a été assassiné. Pas par nos ennemis, mais par nos amis. La panique, la jalousie et la peur gangrénaient la meute. Seule ma mère a survécu.

Par la suite, elle a découvert être enceinte d'un autre métamorphe... Un autre problème.

Un rire cynique s'échappe de ses lèvres. Je lève un instant les yeux et il laisse retomber sa tête. Ses yeux me supplient de le comprendre. Les piques du collier s'enfoncent davantage dans sa peau et je suis désemparée en voyant le ruisseau de sang s'épaissir le long de son cou. Mon cœur se serre en ressentant la tristesse qui le dévore.

— On a refusé ma demande de permission, je n'ai pas eu le temps de faire mon deuil. J'ai encaissé du mieux que j'ai pu, fait ce que j'ai pu pour protéger ma mère, mais je me suis éloigné d'elle et de ma nouvelle petite sœur qui remplaçait les autres. Quand tout ce que tu connais t'est arraché... je crois qu'il est naturel de tout faire pour ne pas retomber dans le même merdier. Ma mère a fini par rencontrer un nouveau type et accoucher d'une autre enfant.

Ses poings se contractent tandis qu'il est secoué d'un rire sinistre.

— J'étais furieux. Comprends-moi, les survivantes étaient incapables d'engendrer d'autres femelles. C'était un phénomène rare. En dépit de la magie et de la science, rien ne fonctionnait. Notre espèce était maudite, comme si Dame Nature désirait notre extinction.

Il tousse à nouveau et tout son corps tremble. Je garde les yeux rivés sur ma tâche.

— Pourtant ma mère pondait des filles à la vue de tous, comme s'il s'agissait d'un passe-temps. Comment faisait-elle pour ne pas voir le monde tel qu'il était et comprendre les dangers ? Putain, toutes mes sœurs ont été trucidées. Ce n'est pas comme si elle avait contribué ou sauvé une espèce en voie de disparition... Bordel, je savais qu'elles allaient mourir, Emma. Pour moi, elles étaient condamnées. Ça n'avait pas de sens. Par égoïsme, j'ai été incapable de l'accepter. J'ai fui le problème, à ma grande honte. Peu importe si les deux petites étaient assassinées, puisque je ne me serais pas attaché à elle.

Ma mère fondait une nouvelle meute, avec un nouveau compagnon. Je m'en lavais les mains, et j'en étais soulagé. C'était le problème de *sa* nouvelle meute, plus le mien. Et comme tu le sais, tout est parti en vrille. Quand elles ont été enlevées, je me suis pris l'étendue de mon échec en pleine face. Il était impossible de les retrouver... une aiguille dans une botte de foin. La liste des suspects n'en finissait pas. En tant que protecteurs, mon escouade et moi avons été assignés à la mission. On tournait en rond, jusqu'à l'appel d'un métamorphe qui prétendait avoir aperçu une jeune femelle.

John se laisse davantage retomber dans ses chaînes et l'amertume lui consume les traits.

— Quand je l'ai vue en louve dans tes bras, j'ai craqué. J'avais compris que tu étais une démone et je me suis persuadé que tout ça était une ruse. Il n'y a aucune excuse pour ce que je t'ai fait subir, je m'en voudrai pour le restant de ma vie...

... qui ne sera pas très longue si je ne me magne pas.

— Je comprends pourquoi tu m'as rejeté, lâche-t-il avec un rire sarcastique. Je suis incapable de protéger les femmes dans ma vie. Alors je t'ai laissée partir... Mais je suis un putain d'égoïste, parce que je n'ai pas réussi à renoncer à toi complètement. Je me suis dit que te voir en sécurité, t'aider suffirait. C'était ce que je méritais. Toute la force que je possède, la magie de métamorphe, la magie du feu, les années d'entraînement au combat... tout ça n'y change rien.

Ses paroles m'achèvent et je me mets à sangloter. Je baisse les yeux et me cache afin qu'il ne voie pas mes larmes.

— Je suis un être maléfique. Même après avoir sauvé ma petite sœur, je... je l'ai laissée partir, elle aussi. La regarder m'était insupportable. Elle a survécu, et je la haïssais. Je voulais Nessa, Clare et Gwen, pas elle. Je voulais retrouver ma mère, et non l'ombre d'elle-même. J'ai été aveuglé par ma peur et ma haine... C'est vrai que tout pourrit avec la peur et la panique. Mais je suis le plus pourri de tous.

Mes larmes tombent sur mes mains, et je ne peux pas les retenir. Chacune d'entre elles est pour John.

— Je t'en prie, Emma, dis à ma petite sœur que j'ai eu tort ; que je l'aime et que je suis fier d'elle. J'ai essayé, mais... son compagnon a promis de m'arracher la tête si je tentais de lui parler avant qu'elle soit prête. Et maintenant, il est trop tard. Mais peut-être qu'elle t'écoutera, toi.

Si je pouvais échanger ma place avec la sienne, je le ferais sans hésiter. C'est horrible. Je suis en miettes. Le jour où j'admets mes sentiments pour lui, je suis forcée de le voir dans cet état, d'écouter sa confession. Je sens progressivement son énergie le quitter telle une bruine qui perce discrètement le ciel. Tout sauf le raz-de-marée écrasant. C'est injuste, putain.

— Tu lui diras toi-même. Je te promets de lui parler, et on se fera... un dîner, tiens.

La culpabilité me transperce. *C'est ma faute...* Je dois le sortir d'ici et le mettre à l'abri. Ma détermination irrigue ma magie, elle la renforce. La menotte s'ouvre dans un cliquetis et relâche ses jambes. J'étouffe un sanglot de soulagement en retirant délicatement les piques de sa peau.

Une de faite.

Maintenant que je sais ce que je fais, je dirige simultanément ma magie vers tous les loquets au lieu de me pencher sur lui. Les gardes ne devraient pas mettre longtemps avant de retrouver leur courage et débarquer.

Enfin, les serrures en argent de l'enfer sautent, puis libèrent sa peau noircie avec un bruit qui me soulève violemment le cœur. Merde, je vais gerber. Ma poitrine se serre douloureusement lorsque le sang de John se répand sur le sol autour de nous. Il ne bouge pas et ne dit rien. *Sois aussi forte que lui, Emma.*

J'envoie valdinguer ses chaînes. Il s'affaisse complètement et peine à rester debout sur ses jambes qui flageolent. Je me sers du mur pour le soutenir afin qu'il ne tombe pas.

— Assois-toi et reprends ton souffle.

Il acquiesce et je l'aide à installer sa silhouette massive par terre. Il se laisse aller contre le mur, et je pose une main derrière sa tête pour veiller à ce qu'il ne se cogne pas. Sa respiration est faible, et sa peau intacte est pâle. Il n'a pas cessé de saigner.

— Je te tiens, soufflé-je. Tu te souviens de notre conversation sous la pluie ? Quand le faë a failli me tuer ?

Il opine. D'une main tremblante, j'essuie le sang noir sur ses lèvres.

— Tu m'avais dit de me battre. Je t'ai promis de ne jamais abandonner. T'as pas intérêt à jouer les hypocrites, John Hesketh, lui ordonné-je. Tu ne vas pas mourir aujourd'hui, je te l'interdis.

— Tu ne peux pas me pardonner ce que je t'ai fait.

— Trop tard, c'est déjà fait.

Puis j'entends des bruits de pas.

Les vampires arrivent.

Je me place devant John pour faire barrage à ce qui surgira de la porte. Si les vampires veulent balancer des potions sur mon chien de l'enfer, ils vont devoir me passer sur le corps.

Chapitre Quarante-Et-Un

Dire que je suis étonnée de voir Luther et ma mère débarquer est un euphémisme. Le choc me foudroie lorsqu'ils se tiennent dans l'embrasure en balayant du regard John, moi et les débris de la porte.

— Que se passe-t-il ici ? Je croyais qu'on avait dit vingt-deux heures, déclare ma mère en repoussant les éclats de bois de son talon bleu.

Ma bouche s'ouvre en grand. Je la fixe, estomaquée. Oh, au temps pour moi, Mère... Quelle indélicatesse de ma part de ne pas m'être présentée à l'heure prévue.

— Je voulais arriver en avance, j'étais impatiente de te voir, maman. Bonsoir, Luther. J'imagine que vous n'avez pas de remède contre l'empoisonnement à l'argent ? Apparemment, vous cherchez à éliminer ce chien de l'enfer qui est votre hôte.

Je serre les dents et force un sourire.

— Non, nous n'avons rien de ce genre ici, répond-elle.

Elle contourne la porte en faisant attention et avance dans la pièce. Luther lui emboîte le pas, heureux de la laisser mener la conversation.

— On nous a rapporté la présence d'un démon gigantesque qui terrorise tout le bâtiment. Un garde a dit que le démon en question a dévoré la jambe d'un autre garde.

Elle jette un regard à la pièce avec dédain.

— Une illusion, j'en suis convaincue.

Hein ?

— Je n'ai croqué la jambe de personne, glissé-je à l'intention de John.

Le couple en face de moi est tiré à quatre épingles, à tel point que c'en est grotesque. Luther a retrouvé son apparence habituelle en endossant un costume impeccable. Quant à ma mère, elle porte une robe bleu nuit stupéfiante.

— Vous formez un joli couple, même si je dois dire que vous êtes un tantinet trop habillés pour l'occasion.

Je plisse le nez en balayant la pièce du regard et hausse un sourcil interrogateur. Tout le bâtiment aurait dû être condamné ; c'est un vrai taudis. Mais cela n'a pas empêché les vampires d'implanter un système de sécurité ultramoderne. Il est probable que cet aspect délabré, semblable à un trou à rats, soit voulu. En tout cas, ce n'est pas l'endroit idéal pour porter une robe de soirée. Lorsque j'étais une souris, j'ai évité une tonne d'excréments de nuisibles. C'était impressionnant. Heureusement, la plupart des animaux ont une sensibilité leur permettant de détecter la magie et de fuir dès que je suis dans les parages. Ravie de ne pas avoir rencontré les résidents à quatre pattes de ce bâtiment. Il ne me manque plus qu'un petit ami rongeur...

Comme ils ignorent ma pique, j'insiste :

— Vous dînez quelque part ?

Ma mère me lance un regard noir et sa lèvre supérieure se retrousse pour dévoiler un sourire mauvais. Je recule d'un pas, déstabilisée, lorsqu'elle me montre ses crocs acérés. Ah. Elle m'a plutôt habituée aux jérémiades et aux sanglots.

— Tu as toujours été une petite peste...

Et c'est parti. Je retiens ma frustration dans mes joues qui se gonflent. Allez maman, magne-toi de cracher ton speech de méchant. J'ai une damoiselle en détresse à sauver.

Maintenant que John est libéré de ces saletés de menottes, il a besoin d'un moment pour se reprendre. Si je lui donne assez de temps, son métabolisme devrait éliminer l'argent qui se balade dans son sang. Les vampires ne nous ont pas envahis, *pas encore*... Alors, je ne vais pas tenter le diable et je vais prêter l'oreille au discours de ma mère, à contrecœur.

— ... tu n'as jamais été obéissante. Tu te roulais par terre en piquant des crises. Tu disais que tu avais faim. Tu avais tout le temps faim. Tu braillais sans cesse, et quémandais. Tu étais une enfant insupportable et cela n'a pas changé apparemment.

— Oui, j'étais un bébé diabolique, ironisé-je en levant les yeux au plafond. T'as raison, j'ai agi comme ça volontairement.

Ma bouche s'étire en un semblant de sourire.

— Bon, maman, c'était sympa de te voir, mais on doit y aller. Et par *on*, j'entends moi et le chien de l'enfer, indiqué-je en désignant John, au cas où on l'aurait oublié.

— Quand Luther a suggéré qu'on t'envoie ailleurs, je savais que c'était la solution idéale. Tu avais fait assez de dégâts : tu avais ravagé mon corps, gâché ma vie. Pas un jour n'a passé sans que je souhaite que tu n'aies jamais existé. Encore aujourd'hui, je regrette d'avoir accouché de toi, continue-t-elle d'une voix blanche.

Je l'observe en clignant des yeux, sentant la conscience s'installer en moi. John avait raison de me mettre en garde contre elle. Ma mère a toujours été un peu *paumée*, cependant elle a été très habile dans la dissimulation de sa haine pour moi. Jamais je n'ai voulu croire qu'elle était une personne effroyable. Pendant vingt ans, j'ai pensé qu'elle m'avait vendue à un démon afin d'être transformée en vampire. Et pendant dix-huit années de plus, elle m'a fait croire que c'était la faute de Luther. Sa performance mérite un Oscar. Ce soir, le masque est tombé. Enfin, elle me montre son vrai visage, avec les crocs en prime.

J'ai conscience qu'accoucher ne rend pas nécessairement l'enfant attachant ou que le lien d'amour ne se crée pas tout seul par magie. Élever un enfant, ce n'est pas de la tarte, je le sais. Les parents font le boulot le plus important et le plus difficile qui existe au monde. Je suis reconnaissante de ma présence sur cette planète, cependant je n'ai pas demandé à naître. J'ai sûrement été une enfant ingérable, comme le dit ma mère, mais ce n'était pas volontaire. J'étais un bébé.

J'attends que la douleur s'abatte sur moi, mais je n'en vois pas l'ombre. J'ignore si elle tente délibérément de me mettre en colère, de me déstabiliser... Mais il semble que le bateau qui nous liait ait sombré depuis longtemps.

Je lui ai pardonné il y a longtemps, même si elle ne le méritait pas, même si elle n'en avait pas besoin. C'est pour moi que je l'ai fait. Parfois, il est bien de voir les gens pour ce qu'ils sont réellement, de renoncer à l'image idéalisée qu'on se fait d'eux, et de faire la paix avec cette prise de conscience. Au bout du compte, c'est elle qui doit se regarder dans un miroir.

Je dois boucler cette discussion et faire sortir John.

— Oui, c'était l'idée de Luther, poursuit-elle, mais c'est moi qui ai conclu un marché avec ton père.

Médusée, mes pensées s'arrêtent net.

De quoi elle parle ?

— Mon père..., m'étranglé-je.

— Oui, Arlo. C'est de sa faute si je suis tombée en cloque. La moindre des choses qu'il pouvait faire était d'assumer les conséquences de ses actes. Toutes les femmes ne désirent pas être mères, Emma. Pourquoi aurais-je voulu d'une progéniture hybride ? Je pensais qu'il était amoureux de moi et qu'un enfant nous aurait rapprochés. Mais il est parti, comme la plupart des hommes. Tous les hommes ne sont pas aussi forts et fidèles que Luther.

Elle lui sourit tendrement avant de revenir à moi, le regard dur.

— Arlo t'a prise de mes bras en me faisant promettre de ne jamais chercher à te contacter. Si c'était toi qui le faisais... j'ai promis de ménager tes sentiments...

Puis, je perds le fil de ce qu'elle raconte, je ne l'écoute plus. Le monde tourne autour de moi. Mes jambes sont étrangement faibles. Les mots tournent en boucle dans ma tête.

Arlo était mon père.

Mon père, putain.

Je n'étais pas son joujou humain, j'étais sa fille, merde.

Boum. Tout le temps passé sous son toit prend soudain sens. Il me désignait comme sa favorite sans jamais me toucher, même s'il faisait croire au reste de la maison que quelque chose se passait entre nous... C'est un sujet que je n'ai jamais abordé ; il était mon maître, j'ai appris à lui être reconnaissante. J'avais sa protection et beaucoup de points positifs. Lui avait une liste infinie d'amantes... J'étais soulagée parce qu'il ne me choisissait jamais.

Mais quelque chose m'échappe... Pourquoi Arlo m'a demandé de me déshabiller devant ses amis ? Savait-il déjà que les chiens de l'enfer étaient en chemin pour lui ?

Selon les codes de la société humaine, son comportement, ses paroles... c'était du grand n'importe quoi. Ça me dépasse. Malgré toutes mes recherches sur la race des démons, je ne les comprends pas pleinement. Si je regarde tout de plus près, c'est la panique assurée. Je me frotte la tempe. Peut-être a-t-il dit certaines choses pour me punir, ou me protéger ? J'imagine qu'en étant son joujou, j'étais invisible. Alors que si j'apparaissais comme sa fille aux yeux des autres, je serais devenue une cible.

Putain de merde.

C'est pour ça qu'il m'a légué cette montagne d'argent, ainsi que la dimension miniature. Sûrement une tentative pour me protéger, à sa façon.

Je pensais que plus rien ne me choquerait. Je ne me suis jamais vraiment penchée sur l'identité de mon père ; j'étais accaparée par la raison qui avait poussé ma mère à me vendre. Hormis le mystère opaque entourant l'espèce à laquelle il appartenait, je l'ai étiqueté comme un donneur de spermatozoïdes, sans trop réfléchir.

Tu perds du temps. Je dois sortir John d'ici.

Une autre pensée s'impose à moi. John a assassiné mon père, qui a tué sa mère. Mais quel bordel. Une longue discussion nous attend tous les deux.

Je mets mes sentiments de côté pour le moment. L'important, c'est John. Je dois le sauver.

Je tourne la tête et mes yeux glissent vers lui, qui se trouve encore avachi au sol. Bon sang, son état empire à vue d'œil, comment est-ce possible ? Une boule d'angoisse se coince dans ma gorge. Je rive mes yeux sur ma mère qui n'a pas fini de piailler...

— Laisse le chien de l'enfer mourir et viens avec nous.

Et pourquoi, maman ? Pour que tu puisses te servir de moi ? Il me semble que tu as été très claire sur ton aversion à mon égard.

— Tout le monde sait que c'est un électron libre. Il ne manquera à personne.

— Il a tué quinze de mes vampires... quinze ! C'est une bête sauvage, intervient Luther quand ma mère décide enfin de reprendre sa respiration. Dans le monde d'aujourd'hui, les chiens de l'enfer sont inutiles, superflus. Plus personne n'a besoin d'eux. C'est pour ça qu'on les envoie hors-monde. Ils ne manquent à personne. Nous rendons service aux métamorphes en les débarrassant d'un problème.

Ses paroles font monter un grognement dangereux dans ma poitrine. Mon instinct protecteur s'éveille instantanément. Mes pupilles s'assombrissent, mes omoplates fourmillent et je laisse la magie fendre mon haut pour permettre à mes ailes de démon de se déployer. Les ailes pourpres pèsent lourdement dans mon dos. Un autre grognement souligne mes lèvres noires, et une fumée sombre s'échappe de mes mains. Ma magie fonce droit sur Luther, une spirale vaporeuse s'enroule autour de son cou. Il écarquille les yeux et ses mains cherchent à libérer sa gorge de ma magie. Mais la fumée se resserre sur son cou, échappant à ses doigts affolés.

— Écoute, Luther, ta haine pour les chiens de l'enfer commence à me taper sur le système. Laisse John en dehors de ça, il n'a rien à voir avec notre affaire. Ose ne serait-ce qu'un regard de travers et je te pète ta gueule de sang-pur. Ceux de ton espèce ont besoin de respirer d'ailleurs, non ?

Je jubile en voyant ma magie s'enrouler plus fermement et son visage virer au violet. Apparemment, ils ont besoin de respirer, oui.

— C'est avec moi que tu as un souci. Au lieu de chercher à me faire rentrer au « bercail », ouvre les yeux et regarde autour de toi, lancé-je avec une mine dégoûtée. Ta Maison tombe en lambeaux. Tu fais honte à ton espèce.

Maintenant que ma mère a révélé son vrai visage, je commence à comprendre certaines choses sur le sang-pur et sa Maison. Un exemple tout bête : la saleté a commencé à s'accumuler quelques années après leur rencontre. Je rive mes yeux sur ma mère, qui arbore un air narquois.

— Les paroles empoisonnées que ma mère t'a susurrées à l'oreille t'ont rendu faible.

— Emma, laisse-le partir, dit John d'une voix rauque derrière moi.

J'entends ses bottes racler le sol alors qu'il essaie de se relever sans y parvenir.

Ce que John évite sciemment de dire, c'est que si je tue Luther, je meurs dans la semaine. Tous les vampires seront à mes trousses, et je ne pourrai pas tous les combattre.

D'un mouvement de poignet, j'envoie Luther au tapis ; son corps heurte bruyamment le mur.

— Approche John encore une fois et j'élimine toute ta Maison. Oh, et tu as tort : les chiens de l'enfer font la fierté des métamorphes. D'ailleurs, la guilde n'appréciera pas particulièrement que tu aies kidnappé un membre de l'élite.

Je pousse un grognement avant de changer d'interlocuteur.

— Toi..., fais-je en dardant un regard sur ma mère. Les renforts du conseil de vampire arrivent. Je ne traînerais pas dans le coin si j'étais toi.

Elle se précipite vers Luther et l'aide à se remettre debout. À nouveau, je secoue la tête, révulsée.

— On s'en va. Croyez-le ou non, mais je n'ai eu à tuer personne. Alors, ne m'y obligez pas.

Je tourne les talons et les plante là. Toute mon attention est concentrée sur John. Ma magie s'intensifie derrière moi pour nous protéger des deux vampires. Je m'agenouille et déploie chacune de mes ailes autour de John, ignorant la douleur. La lumière vire au violet tandis qu'elles nous enveloppent. Je baisse les yeux et caresse sa joue gonflée avec mon pouce.

— Transforme-toi, lui intimé-je, sachant qu'il a besoin de guérir.

— Je ne peux pas. J'ai trop d'argent dans le sang.

Comme un vilain chiot qui tire sur sa laisse, ma magie tiraille vers lui. Je lui laisse du mou tandis qu'elle fonce sur lui ; elle virevolte sur sa peau avant de plonger dans sa poitrine.

La vache, ça fiche la trouille... C'est la première fois que j'assiste à ça.

En quelques instants, les plaies sur son cou, ses poignets et ses cuisses rejettent des gouttelettes d'argent. Dès que le métal quitte son métabolisme, ma magie rogne la matière jusqu'à la liquéfier et la transformer en un nuage de poussière, qui retombe tranquillement sur le sol. Waouh !

Mes ailes s'évaporent.

John lève le menton et inspire profondément alors que tout son corps se tend. Il prend appui sur le mur et se relève.

Dans ma vision périphérique, mon œil capte les affreuses menottes ainsi que les chaînes qui gisent nonchalamment sur le sol. Je leur donne un coup de pied, puis plisse les yeux en les fixant. Le sang de John perle encore sur les piques meurtrières qui ont également retenu quelques lambeaux de peau. Je peux gérer ça aussi ? Ma magie relève joyeusement le défi. Elle glisse sur le sol, encercle les instruments de torture puis les réduit en poussière à leur tour.

— Tu es pleine de surprises aujourd'hui, ma belle.

J'accueille le compliment l'air de rien, puis l'aide à délacer ses rangers. Je sais que je n'ai pas besoin de l'aider à se dévêtir ; la magie d'évaporation des métamorphes peut s'en charger. Mais j'en ai envie.

Il doit absolument se transformer. Ma magie a beau avoir réglé le compte à l'argent, John doit guérir. Il retire son pantalon, et je me retrouve soudainement collée à un John nu.

Mon regard bifurque, et où est le mal ? C'est mon mec.

Bon... on peut conclure qu'il n'y a rien à redire aux proportions de Monsieur.

— Transforme-toi, toussé-je, embarrassée.

John me contemple, et je ne lis plus de fatigue ou de

douleur dans ses yeux, mais un intérêt à peine voilé. Il m'adresse un sourire irrésistible, puis opine avant d'obéir.

Sa silhouette massive, ensanglantée, est remplacée par le chien de l'enfer que je connais. Mon cœur fond lorsque je glisse mes doigts dans sa fourrure rousse et douce.

Chapitre Quarante-Deux

Je suis confortablement assise sur une chaise, dos au mur. Le café est atypique, c'est l'un de mes endroits préférés. Leur sélection de pâtisseries est incroyable. Je bascule la tête vers le plafond et étudie une branche d'arbre rose fleurie suspendue par des guirlandes lumineuses. Le bruit de la vaisselle et des cuillères joue en fond sonore tel un doux murmure.

J'ai pris l'apparence de Christine, une humaine avec de l'ADN de faë, qui entre dans la soixantaine. Carré blond, yeux bleus perçants, toute en rondeur. C'est la femme anglaise par excellence : adorable, mais dont on oublie le visage facilement. C'est mon identité de sécurité.

Je sirote une gorgée du thé que je viens de verser dans ma tasse. Lorsque je la repose sur la soucoupe, ma main se promène sur la table pour suivre du bout des doigts l'empreinte d'un prénom qu'on a gravé sur la table. *Liz*... Je suis révoltée par cet acte de vandalisme. Je prends la tasse entre les mains pour me réchauffer, rapprochant mon visage pour accueillir la vapeur.

C'est d'abord lui que je sens. Son énergie pénètre ma conscience et fait fourmiller mes sens. Un sentiment de chaleur m'envahit aussitôt. Je me sens en sécurité.

Je lève le visage et glisse un œil sur la route lorsqu'il s'approche. Il déambule d'un pas léger, assuré. Un prédateur de compétition qui marche vers sa proie. Un prédateur irrésistible, au passage.

Il me traque.

Les gens s'écartent sur son passage. Il serait très utile en séance de shopping ou lors d'un concert. La foule se fend en deux plus vite que s'il... En fait, elle n'est pas assez rapide. Tout son être crie *danger*.

Son costume noir lui va comme un gant et met en valeur ses larges épaules, son torse ferme, son ventre plat et ses jambes élancées.

Il est à couper le souffle. Je dois me forcer à respirer.

Une visite du chien de l'enfer, en costard cravate. Rien que ça. Je me redresse sans le quitter des yeux. J'éprouve une joie et une certaine satisfaction en sachant qu'il ne me reconnaîtra pas. Quand il ouvre la porte du café, la clochette tinte au-dessus de la porte.

Je tressaille lorsque son regard vert se pose sur moi.

Moi. Christine, la femme élégante.

Son regard me parcourt de haut en bas. Ça sent pas bon. Il sourit, et mon cœur s'arrête.

Il est beau, c'en est presque intimidant. Un vrai canon. Je le salue en bougonnant quand il arrive à ma table.

— Quel que soit le visage que tu choisis, je saurai que c'est toi, affirme-t-il.

Mon cœur fait un salto.

— Tu peux modifier ton physique, mais pas ton âme. Et la mienne reconnaîtra instantanément la tienne.

Une lueur douce illumine son regard.

Ça, c'est de la déclaration. Je me tortille sur ma chaise.

— Je peux m'asseoir ?

Je hoche la tête et il tire une chaise en face de moi pour glisser son corps imposant. La table a l'air minuscule maintenant. Les gens autour de nous ont interrompu leurs conversations. Ils ont senti qu'un prédateur était entré dans le café. Je glisse les yeux vers la table la plus proche, où une sorcière rouquine a arrêté sa tasse à mi-chemin de sa bouche. Elle rosit et détourne le regard en réalisant que je l'ai remarquée. La façon dont elle s'évente m'amuse.

Je reporte mon attention sur John.

— Comment vas-tu ? De retour à la normale, j'espère ?

Je l'ai sauvé, guéri, je me suis assuré qu'il allait bien, puis j'ai pris mes jambes à mon cou. Bordel, on l'avait attaché à un mur avec des chaînes en argent. J'en ai déduit qu'il avait besoin de temps pour se remettre de son expérience de mort imminente. Il n'avait pas besoin que je me jette sur lui pour lui déclarer mon amour inconditionnel. En étant honnête avec moi-même, je n'ai pas été très facile.

Mes yeux admirent la moindre parcelle de sa peau visible. Les blessures des métamorphes causées par l'argent ne guérissent jamais complètement, même après leur transformation. L'argent leur laisse de vilaines cicatrices... Cependant, je suis heureuse de constater qu'il n'y a aucune trace visible sur la peau de John. Ma magie a certainement détruit l'argent jusque dans ses plus fines particules. Un sourire triomphant étire mes lèvres, et je félicite mentalement ma magie.

— Je vais bien, grâce à toi. C'était la première fois qu'on me sauvait la vie.

Il passe une main dans ses cheveux courts et me fait un petit sourire auquel je réponds par un élan de fierté non dissimulée. Je me penche sur la table pour lui tapoter la main gentiment.

— Tu t'en es bien sorti, tu n'as même pas pleuré. Tu as été très courageux, raillé-je en opinant avec condescendance.

Je me sens en sécurité en sa présence. C'est absurde de garder le visage de Christine, alors je reprends mon apparence et lui lance un sourire rayonnant.

Le sien s'évanouit dès que son regard tombe sur mes yeux, ma bouche. Visiblement, je ne lui souris pas souvent. En fait, je ne crois pas lui avoir jamais adressé un sourire.

Il a l'air choqué.

Je baisse les yeux et fixe ma main qui n'a pas quitté la sienne.

— Je t'avais dans mes bras et je t'ai perdue. J'étais en colère depuis si longtemps. Je m'en suis voulu, je t'en ai voulu. Je n'ai jamais pris le temps d'analyser plus en profondeur, dit-il.

Je lève la tête. Ses épaules massives retombent tandis qu'il me fixe, le regard grave.

— Je ne suis qu'un homme... Je sais ce qu'est la guerre. Chaque jour est un combat, et toute trace de tendresse en moi m'a été arrachée il y a longtemps. Je viens d'une époque où les hommes n'avaient pas conscience de leurs sentiments, et c'est une chose que je n'ai pas cherché à changer, jusqu'à aujourd'hui. Je ne peux pas effacer les erreurs que j'ai commises. Putain, comme j'aimerais remonter le temps et modifier le passé... Dès que je t'ai rencontrée, j'aurais dû fuir avec toi et ma sœur. J'aurais dû assumer mon rôle de grand frère, et de compagnon.

Sa gorge se noue et un éclair de douleur passe dans ses yeux.

— Je ne peux pas revenir en arrière, et mes décisions me rongent. Mais je peux tout faire pour ne pas te décevoir ou t'effrayer. Je serai meilleur. Je sais ce que tu fais : tu aides les autres, tu sauves le monde des connards dans mon genre. Je ne veux pas être le monstre sous ton lit, Emma. Mon âme est perdue sans toi. Tu es tout ce qu'il y a de beau et de bon dans mon monde. Sans toi, je n'existe pas, je ne suis que la moitié d'un homme. Donne-moi une chance... Une chance, c'est tout ce que je demande. Tu aides les autres, alors sauve-moi... Sauve-moi de moi-même, je t'en prie. Aide-moi à retrouver une vie douce. Je ne te demande qu'une chance pour te prouver que je suis sincère. Je t'aime.

Le feu danse dans ses yeux qui s'enflamment, illuminant le coin où nous nous trouvons. Les chaises raclent le sol, les couverts et les tasses tintent autour de nous, tandis que les occupants des tables voisines décident soudainement qu'ils ont mieux à faire.

Plus tard, je serai sans aucun doute mortifiée. Mais tout de suite, je les remarque à peine. Je suis incapable de détacher mon regard de lui. Le feu dans ses yeux n'est ni de la rage ni du désir. Cela dépasse le désir ou le manque. Personne ne m'a jamais regardée de cette façon.

L'amour.

Il m'aime.

Je quitte ma chaise, contourne la table. Ma main se pose sur son torse. Sous son costume, sa peau est brûlante et ses muscles se raffermissent au contact de mes doigts. Je l'attrape par la cravate et l'attire à moi.

Je presse *mes* lèvres sur les siennes.

Un petit cri m'échappe lorsque sa bouche se soude à la mienne et me coupe la respiration. Debout, il me serre plus fort contre lui, et ma poitrine s'écrase contre son torse sculptural. La chaleur qui émane de son corps puissant m'irradie. Il prend mes deux mains dans la sienne et enroule mes cheveux dans son poing. Il me dévore la bouche, et je suis envahie par sa saveur. Mes sens s'affolent. Je veux promener mes mains sur sa peau, mais il ne les lâche pas et les menotte dans mon dos.

Lorsque des spectateurs téméraires nous sifflent, nous nous décollons lentement.

Je passe ma langue sur ma lèvre gonflée et me perds dans ses beaux yeux verts.

— Je t'aime aussi, déclaré-je.

Bon sang, j'ai tant de choses à lui raconter. Il y a tant de choses dont nous devons discuter, tant de temps à rattraper. Mais au plus profond de moi, je sais que nous allons nous en sortir. Ensemble.

Je lui saisis la main et le guide vers la porte la plus proche. Je ramène mon chien de l'enfer à la maison.

Chapitre Quarante-Trois

Je me tords les mains nerveusement, mais la grande paume chaude de John engloutit les miennes, m'obligeant à arrêter. Il les presse doucement d'un geste rassurant, pendant qu'on attend que la porte s'ouvre. Ça devrait être à moi de lui tenir la main, de le soutenir... mais punaise, je suis nerveuse comme un pou.

Ça fait des lustres que je n'ai pas vu la sœur de John. Pas vraiment, en tout cas, et encore moins en étant pleinement moi-même. Et rencontrer la meute de John — sa seule meute — en tant que sa *compagne*, c'est terrifiant. Elle l'a évité comme la peste, mais après avoir demandé à Ava de passer quelques coups de fil, j'ai décroché ce dîner.

— J'y vais ! crie une voix à l'intérieur de la maison.

Mes lèvres tressaillent au bruit de pas précipités, de chaussettes qui glissent sur ce qui doit être du parquet. Puis on entend un petit couinement, un boum, et la porte devant nous tremble. Un « *Merde !* » étouffé.

Je jette un coup d'œil à John, qui secoue la tête, amusé. Je pouffe. Celui ou celle qui accourt pour ouvrir la porte a dû déraper sur le parquet.

Un cliquetis, puis la porte s'ouvre brusquement, et mon cœur bondit. Je déglutis et serre la main de John pour me rassurer alors qu'une boule d'énergie me heurte de plein fouet. Je bloque mes genoux pour ne pas reculer d'un pas lorsque l'intensité de son aura de métamorphe s'écrase agressivement contre mes sens. Elle a un côté innocent et enjoué, mais derrière cette innocence se cache une *puissance* brute. Violente. Tordue.

Forrest.

Une petite silhouette se faufile dans l'encadrement de la porte. Une cascade de cheveux rose pâle masque presque entièrement son visage. Elle souffle, vite et fort, pour dégager ses yeux, sans succès. Alors elle s'y prend autrement et écarte les mèches épaisses d'un geste délicat.

Je souris largement, dévoilant mes dents, en découvrant enfin son joli minois.

Deux yeux magnifiques, mais troublants, nous scrutent. Leur teinte est étrange, déroutante : ni tout à fait or, ni tout à fait une autre couleur. Le droit, surtout, attire le regard : une touche de vert s'y niche, un petit éclat au bas de l'iris, absent de l'autre œil. L'effet est tel qu'il est difficile de la regarder droit dans les yeux.

Mais je m'y efforce.

Malgré sa chevelure rose, son pull orné d'une licorne, son legging, ses chaussettes fourrées imprimées de loups, et ce sourire presque enfantin, mes sens de démon s'affolent et mon instinct me hurle de courir vers le portail et de rentrer chez moi. Elle n'est pas ce qu'elle semble être… elle est *dangereuse*. Son apparence de métamorphe toute mignonne, toute rose et innocente n'est qu'un leurre pour duper les imprudents.

Oh, elle est bien plus puissante que John.

Ses yeux brillent d'un éclat malicieux et elle affiche un sourire radieux. Elle penche légèrement la tête sur le côté et me détaille de haut en bas. Son attention est braquée sur moi comme un rayon laser. Délibérément, elle ignore son frère.

— Je me souviens de toi… Tu es l'ange qui m'a sauvée.

Sa voix me surprend. Elle est rauque, presque gutturale et détonne avec sa petite taille. On s'attendrait à une voix acidulée, girly, à l'image de ses cheveux roses. Mais non, celle-ci colle à son énergie et aux éclairs de dureté que je surprends parfois dans ses yeux.

— Je me souviens de la peur, de la souffrance. J'étais tellement perdue dans ma tête, brisée… Puis tu es apparue, avec tes beaux cheveux blonds.

Forrest cligne de ses grands yeux dorés et pointe un doigt vers mes cheveux.

— La lumière du couloir derrière toi formait comme un halo. Tu sentais le cheval. Tu m'as ramenée dans ce monde. Tu m'as sortie de cette prison, de ce cauchemar dans lequel j'étais enfermée. Pendant des années, j'ai rêvé de toi. Je croyais t'avoir inventée.

Elle dit tout cela en hochant doucement la tête. Les yeux brillants de larmes. Les miens s'embuent à leur tour.

— Je suis désolée… désolée de t'avoir oubliée, murmure-t-elle.

Et, comme des années plus tôt, mon cœur se serre, mon estomac se noue, et spontanément, je m'élance vers elle, ouvre les bras et l'enlace. Forrest passe les bras autour de ma taille et me serre avec une force qui me coupe le souffle.

— Tout va bien, petite louve, dis-je la gorge serrée par l'émotion.

Je glisse les doigts dans sa masse de cheveux roses, les caresse doucement et dépose un baiser sur le sommet de son crâne.

Un silence confortable s'installe. Puis Forrest se hisse sur la pointe des pieds, dégage mes cheveux de mon oreille, et murmure :

— Ava m'a dit que c'était toi... monsieur Brown ? Merci, Emma.

— De rien. Je suis désolée de ne pas avoir fait plus, répondis-je, la serrant à nouveau contre moi avec un reniflement.

Forrest s'écarte, et plus fort, déclare :

— T'es trop *badass*, il te faut une musique de générique.

Elle hoche la tête, comme si son commentaire était parfaitement logique. Je fronce les sourcils, essuie mes larmes, et me gratte l'arrière de la tête. Mes lèvres s'étirent en un sourire perplexe. *Une musique de générique* ? Oh-oh. Je lance un regard vers John, espérant une explication. Mais il hausse les épaules et esquisse un sourire amusé, tout aussi perdu que moi.

Finalement, Forrest suit mon regard et observe son frère, toujours planté à mes côtés.

— Trouduc, grogne-t-elle, les lèvres retroussées.

C'est alors qu'une voix masculine, venant de l'intérieur de la maison, retentit :

— Forrest, fais entrer nos invités. Ne sois pas impolie.

Le ton résonne comme un grondement et les poils sur ma nuque se hérissent.

Oh, bon sang. Ce dîner ne sera pas comme les autres.

Forrest forme un « O » parfait avec sa bouche, lève les yeux au ciel et nous attrape par la main, John et moi, pour nous entraîner à l'intérieur.

Chers lecteurs, chères lectrices,

Tout d'abord, je tiens à vous *remercier* d'avoir donné une chance à mon roman. C'est déjà mon deuxième livre ! Waouh, j'ai encore réussi. J'espère qu'il vous a plu. Si c'est le cas et que vous avez deux minutes, je vous serais *très* reconnaissante de laisser un avis.

Chaque avis compte *énormément* pour un auteur — surtout pour moi, qui débute encore — et le vôtre pourrait inciter d'autres lecteurs à découvrir mon livre. Cela me toucherait énormément et m'encouragerait à continuer d'écrire.

Merci mille fois !

Ah, et il est possible que je choisisse votre avis pour ma campagne de promotion. Vous imaginez ? Trop classe !

Avec toute mon affection,

Brogan x

À PROPOS DE L'AUTEUR

Brogan vit en Irlande avec son mari et leurs onze enfants poilus : cinq greffiers touffus des ténèbres (alias ses chats), quatre chiens de l'enfer et deux licornes traditionnelles (des Irish cobs robustes à la crinière fournie).

En 2019, elle a décidé de laisser libre cours à ses délires en écrivant sur les personnages imaginaires qui peuplent son esprit. Son premier amour, et son chouchou parmi ses animaux, est Bob, son cob adoré, suivi de sa passion pour la lecture. Hors temps de lecture et d'écriture, on peut la trouver enfoncée jusqu'aux genoux dans du crottin de cheval et de la fourrure, ignorant royalement toutes ses responsabilités d'adulte.

WWW.BROGANTHOMAS.COM

Du même auteur

Créatures de l'Autre Monde

La malédiction de la louve (Forrest)

La malédiction de la démone (Emma)

La malédiction de la vampire (Tru)

La malédiction de la sorcière (Tuesday)

La malédiction de la faë (Pepper)

La malédiction de la dragonne (Kricket)

www.ingramcontent.com/pod-product-compliance
Lightning Source LLC
Chambersburg PA
CBHW050610170726
48283CB00001B/189